私小説千年史

1000

日記文学から近代文学まで

勉誠出版

はじめに

まずは秋山駿の次のような発言から。

今日、カルチャースクールの小説を書く教室は女性によって全盛であるが、こんな国、こんな民族が、他に世界のどこにあるだろう？　あるまい、と私は思う。

日本語という言語の、生活への熟した浸透において、あるいは、日常的な生の断片を語るとき文学的に熟成された言葉を使えるのは、ほとんどすべて、私小説のおかげである。文部省がいくら逆立ちしたって、そんなことは出来なかろう。

私小説は、日本独特の、誇るに足る文学である。

（『私小説という人生』平成一八年）

これは本のオビにも引かれている文章だが、まったくその通り、よくぞ言ってくれました、と心のうちで拍手をしたものだ。こういう事実をもっともっと日本の文学関係者は認識し、自覚すべきだと、私もずっと思い続けている。それで、こういう問題意識を起点にして言ってみたいことが次々と湧き上がってくるが、たとえば同人雑誌のことがある。

これも知る人、意識する人はほとんどないが、同人雑誌という〝文化制度〟も「日本独特の、誇るに足る文学」制度なのである。「文學界」の同人雑誌評を二〇余年続けた小松伸六がドイツに行ったとき、あちこちで同人雑誌のことを話してみたが、ついに理解してもらえなかったと言っている。西洋では、誰か個人が、時に資金面の援助や執筆協力者を得て始めることはあっても、人が集まって共同運営で雑誌を出すということはないのだという。面白いのは、中国のある時期、台湾、朝鮮、ブラジルにあったりするが、想像できるように、それらはみな日本からの影響だったり、日本人が嚙んでいたりしている。同人雑誌は日本独特の文化なのだ。

平成二五年の『文藝年鑑』に登録されている各種同人雑誌のうち、「小説・評論」と分類されている雑誌（団体）の数がおよそ二四〇種である。これは平成二〇年、「文學界」が五七年間続いた「同人雑誌評」欄――当然のことながらこういう文学制度も世界中で日本だけの現象である――を閉じるに当たって実施した全国アンケートでは三二〇誌が回答を寄せているから、それから五年の間に更に八〇誌が減少したことになる。若者の雑誌離れと同人雑誌の高齢化現象は既に一〇年以上前から言われ続けてきたことだが、それでも、「文學界」の同人雑誌評を引き継いだ「三田文学」編集部に送られてくる同人雑誌は年間五〇〇冊くらいで、それはここ二、三年変らないようだから、減少はほぼ底止まりに来たと思いたい。いや、減少はまだ続くとしても、ゼロになることは、先ず絶対にないと言えるだろう。というのは、一方にこんな事実もあるからだ。

『文藝年鑑』には前記「小説・評論」類雑誌の他にも詩、短歌、俳句ジャンルの同人誌（団体）が登録されている。その数は、詩が二一〇誌（団体）、短歌が一九五誌（結社）、俳句が二五五誌（結社）である。これらの数字が多いのか少ないのか、増えているのか減っているのか、残念ながら私には分からないが、増減は別にしても、これ自体面白いデータではないだろうか。

前記、秋山駿の言うとおり、日本全国の都市都市にカルチャースクールの類があって、そこにほとんど文章教室に始まって短歌、俳句、小説教室があることも、世界から見れば不思議な日本的現象であるだろうが、それは、実は日本には昔からあった短歌俳句結社の伝統から自然に派生してきた現代的な在り方なのだ。小説も詩も明治になって外国から入って来たものだが、日本人はそれをたちまち、永年短歌俳句で培ってきた仕方で、自分たちの生活のなかに取り込んでしまったのである。近代同人雑誌の鼻祖だとされる尾崎紅葉「我楽多文庫」がそうした性格から発していたことを、私は以前報告したことがあった。同人雑誌という名称自体は大正の中期、ちょうど私小説がそういう名で呼ばれるようになったのと同じ頃、言われるようになった。

秋山駿の言う、「日本語という言語の、生活への熟した浸透において、あるいは、日常的な生の断片を語るとき文学的に熟成された言葉を使えるのは、ほとんどすべて、私小説のおかげである」というところは、実は「私小説」の前に「短歌俳句のおかげである」と入るべきであろう。「私小説」はその伝統のなかから、自ずから生まれ、育っても来たのだ、と。私の考えでは、日本が同人雑誌文化の国であるという事実と、私小説を作り上げてきた国であるという事実は、一つの根から出ている二つの枝なのだが、さて、そのことが旨く言えるかどうか。

私小説とは何か、それは何時、何によって生まれたのか——こうした問題をめぐってこれまで行われてきた議論を大別すると、だいたい次の三種に分けられるであろう。

一つは、それを日本の近代文学史のなかに尋ねようとする見方で、現場を見てきた人としての正宗白鳥や宇野浩二、さらに文学史家、批評家としての中村光夫や平野謙などの言説に代表されるだろう。二つめは、日本の文学史からは離れて、もっと広く文化や社会の問題、また文学の本質論から考察しようとするもので、小林秀雄『私小説論』などがその代表である。三つめは近年の傾向だが、私小説と並行してあった書簡体小説や日記体小説との関連や、私小説という枠組みをひとまず外して、広く小説そのものが持つ告白や自己語り、自己言及や自意識表現の問題など、表現技法やその歴史のなかで私小説を捉え直そうとするもの。ひと頃の外国人による私小説研究に続いて、近年若い人たちからこうした研究が陸続と出現していて、私小説の読み方がだんだん作家論的な枠組みから自由になっていることを、私は興味深く見ている。

ついでに言えば、一つめの、私小説の淵源を文学史のなかに、誰か特定の個人や作品に求めようとする説は、現代ではほとんど意味が無くなっていると言ってよいであろう。田山花袋や近松秋江が私小説を発明したわけではないのだ。彼らにそういうものを書かせることになった文化的な地盤こそが考察されなければならないだろう。私は、花袋の『蒲団』も日本の文学伝統の方から見れば「竹中時雄日記」に過ぎないと何度か言ってきた。

そんなわけで私の関心はもっぱら二つめの、日本の文学伝統と私小説との関連という問題に向うが、それは裏から見れば小林秀雄の影響がそれだけ大きかったということかもしれない。ただ、現在の私から見ると、小林秀雄『私小説論』は、考えるべき良きヒントはたくさんあるにしても、折角よい問題を立てながら思考の方向がずれたり飛躍したりと、全体として失考が大きいから、最終的には捨てた方がよいと思っている。そのためには、これを読めば小林秀雄『私小説論』はもう読まなくてよい、というような私自身の私小説論を提示したいものだと考えているが、なかなかそうは行かなくて、こうして蟷螂《とうろう》の斧を空しく振り回し続けている。

以下、小林秀雄『私小説論』から、例として二、三の問題をあげてみよう。

『私小説論』はルソー『告白録』の引用から始まっている。人間の「告白」という行為が意味を持つのは、社会のなかに個人という存在がそれなりに認められるようになったからだと言い、ルソーの『告白録』に近代の精神と近代の文学草創の象徴を見ているわけだ。そして、そこから展開して、よく知られた「社会化された『私』」という概念が言われることになる。同じ「私」を描いても、西洋の小説の「私」にはその先に社会が見えるけれど、日本の小説の「私」はみな「作家の顔立ち」に行きついてしまう。それは、日本には未だ「封建的残渣」が多すぎて「近代市民社会」が未成熟、それゆえ作家たちが「社会化された『私』」を獲得できないからだ、というのである。そこから、『私小説論』結末のよく引用される一節、「私小説は亡びたが、人々は『私』を征服したろうか。私小説はまた新しい形で現れて来るだろう」のことばも生まれて来たわけだ。ここで「私小説は亡びたが」というのは、今から見るとその後の歴史的な事実に合わないようだが、小林秀雄がこう書いたときは、プロレタリア文学系の思想小説、観念小説に彼なりの期待があった、そんな時代の痕跡なのである。

こうした簡単な要約からでも、まず、文化史のなかの「告白」ということが、必ずしも近代社会だけの産物でも現象でもないという事実を言わなければならない。それは、いま細かいことは省略するが、ルソー『告白録』（一七七〇年）よりも千年も前に、日本には道綱の母の『かげろふ日記』（九七四年頃）という大文学がある事実だけからでも充分わかることだ。『かげろふ日記』の存在を、万事大仰なルソーに教えてやったら腰を抜かすだろうと言ってもよいが、決定的には、小林秀雄が知っていたら『私小説論』は現在あるものとは全然違った展開を見せていたに違いないのだ。

もう一つは、「社会化された『私』」だが、これも小林秀雄の近代主義、あるいは西洋コンプレックスの産物なのだろう。それをフローベールに絡めて、「私生活では一遍死んだ『私』」だとか、彼はさまざまに説明をつくしているが、そのために事態をいっそう混乱させている。「私」の「社会化」などは、それ自体には近代も前近代もない。封建時代には封建時代なりの「私」の「社会化」があることは、歌舞伎を観ても時代劇映画を観ても分かることだ。子供の頃、白人騎兵隊に次々に殺されてゆく「インディアン」の、その村の酋長が本当に偉い人物に見えたものだが、「近代市民社会」だけが「社会化された『私』」をつくりあげるわけではないのだ。

一方、芸術家の「私」という問題も、それをフローベールなどではなく、たとえば柿本人麻呂を例にしていればもっと分かりやすかったろう。人麻呂の歌柄が大きかったことと、彼が近代風な個性概念など知らぬ宮廷歌人であったこととは切り離せない芸術創造の秘密の一つだが、その事実は、小林秀雄が引いている志賀直哉のことば、百済観音像とその無名の作者との関係とぴたりと重なっている。近代的な個性観念の洗礼を受けてしまったフローベールなどを持ってきたために「一ぺん死んだ」などと言わなければならなかったわけだ。

『私小説論』のこうした読みや判断の果てに、私がいま考えているのは、小林秀雄に欠落していた日本語の問題である。一口に言ってしまえば、日本語が、その性格が私小説も生み出し、作り上げたのである。もう一歩退って言えば、日本語が日本文芸をつくりあげたのであり、もっと遡っていえば、日本語が日本人の思考法や感性をつくり、日本語が日本人の自我の形もつくっているという事実、そして私小説もそこから生まれた、ということである。

先ほどは「告白」という行為が日本では西洋より千年も前から文学様式として成立していたと言ったが、それと一緒に、西洋では一五世紀になって初めて現れた日記が、日本では八世紀には既に文学様式の一つの原型として成立していた、という事実もある。日本のジャンルとしての「日記」は必ずしも日録を意味しない。日記という名の回想であり物語でもあるのだ。さらに、これは小林秀雄も書いているが、西洋ではエッセーというジャンルが成立したのがモンテーニュ『随想録』(一五八八年)以来のことだが、それに対して日本では、『随想録』より二五〇年も前に『徒然草』が書かれていて、随筆なるジャンルができあがっていた。こうして日本の純文学——女子供の読むとされた物語もあったから——の根底には日記と随筆と和歌の永い伝統ができあがっていたのである。そしてその伝統は、言うまでもなく日本語の性格から生まれ、日本語の性格がつくりあげたものに他ならない。そういう永い伝統を持つ国に、明治になって突然入ってきたのが、坪内逍遥も驚いて『小説神髄』を書くことになった「ノベル」なのだ。だが、そのノベルを、五〇年もしないうちにたちまち消化して、わが身に合った、永い文学伝統にも適ったスタイルに改良した——西洋基準でしか文学を考えない人には改悪であるが——それが私小説だ、という次第である。

これが、いま私の考えている、私小説の生まれてくるまでの道筋、その生い立ち物語の粗筋である。しかし、こう言っただけでは、何だか国粋主義者の寝言みたいで誰も信じてはくれないだろう。この粗筋に肉付けして誰にも分かってもらえるような物語に仕立てたのが本書に他ならないが、いまその核心部分だけを一、二記しておこう。

「日本語に主語はいらない」とは、この頃は大分行きわたって来て、その趣旨の本もよく見るようになった。しかし、それを言う人がおおむねは語学関係、とくに英語圏の人たちなのが、私にはもう一つ物足りない。問題がしばしば文法論や翻訳上の話に終わって、文化の問題にまでは入ってゆかないからである。だが、言語の問題は、当然のことながら人間の思考の問題であり、感性の問題、文学の問題であり、社会の問題、人間の自我の問題でもあるのだ。

日本語には、英語が必要とするような主語が必要なく、主語なしの文章構造が成り立つから、それ故に和歌が生まれ俳句がつくられ、次々に主語が移って行く連句も可能になった。そのことは、外国語に翻訳された短歌や俳句を見れば一目瞭然だし、また、西洋人のつくったハイクと称するものが、しばしば名詞を羅列しただけに終わっている事実を見ても分かるだろう。主語の外せない言語では、厳密には歌や俳句は困難なのだ。むろん、だからいけない、というのではない。良し悪しの問題でもない。ちょうど柔道がスポーツとして世界に広まるとともに、元来あった〝道〟の精神を失ったように、俳句もハイクになって変質しているのだ。

もう一つ、日本語は主語が要らないだけではない、それと連動して、日本語には主語となるべき固定した一人称がないのだ。我々は日常、勤め先では「私」、飲み屋にでも行けば「俺」「僕」、家に還れば「お父さん」などと自称詞を使い分けている。文章を書けば「筆者」「論者」「引用者」などと、普段とは全く違う自称詞を工夫することさえある。つまり、日本語には自称詞が無数にあり、創作することさえできるのだが、逆に言えば、固定した自称詞が存在しないということである。その事実をさらに言い換えれば、日本語の自称詞はすべてそのときの相手や場によって支配され流動するのだ。そして、日本語のその性格は、そのまま日本人の自我意識もつくっている。それゆえ日本では、どんなときにも相手に、多数に、その場の空気にあわせて自分をひっこめるのが美徳であり、それが日本の「社会化された『私』」でもあるが、外国人にもっとも分かりにくいのがその点だろう。インド・ヨーロッパ語、中国語圏の人たちには、つまり常に主語が必要な国々の人たちは、他人が何と言おうが思おうが、自分を主張し押し貫くことこそが良心的な行為でもあるのだ。西洋ではデカルト以来、「われ思うゆえに我あり」が人間存在の原理だが、日本では兼好法師以来、「われらが心に念念のほしきままに来り浮ぶも、心といふものの無きにやあらむ」であり、日本語のなかでは、「私」は常に「私といふ現象」（宮澤賢治）であり、結局は〝われ思うゆえに我なし〟なのである。日本語で生活していれば、自我というものを日々こんなふうに意識し、自覚し、そこから生活も文学も営んでゆくわけだ。

もう一度、冒頭に引いた秋山駿のことばに戻れば——「日本語という言語の、生活への熟した浸透において、あるいは、日常的な生の断片を語るとき文学に熟成された言葉を使えるのは、ほとんどすべて、私小説のおかげである。文部省がいくら逆立ちしたって、そんなことは出来なかろう」と。ここで秋山駿は途中を端折っているが、「すべて、私小説のおかげである」の「私小説」のところには、同時に「日本語のおかげ」、またその「日本語が作り上げてきた日記、随筆、短歌、俳句のおかげ」だと、入れなければならないであろう。そしてついでに言えば、「文部省がいくら逆立ちしたって」の「文部省が」のところには、「中村光夫が」「桑原武夫が」「戦後派の批評が」等々と補っておくのもよいだろう。

【目　次】

II

I

日本語にとって「私小説」とは何か

序　随筆とエッセー

吉田秀和夫人バルバラ・吉田・クラフトの『日本文学の光と影』（二〇〇六年）は、西洋人から見た日本文学を論じていろいろ教えられるところの多い一冊である。ここでは西洋のエッセーと日本の随筆との違いという問題について彼女の指摘を見ておきたい。

エッセーと随筆――我々は普段その語をあまり意識もせず使い、また使い分けてもいるが、西洋でエッセーというものの概念を身につけてきた人から見ると、その日本版であるはずの随筆はずいぶん質の違ったものだと、彼女は言う。このことは日本文学の性格を考えるうえではかなり根本的な問題であって、それについてこの本には「『エッセー』と『随筆』」、「現代日本のエッセー」、「兼好とモンテーニュ」など三編の文章が収められている。今それらによりながら、その要点を見ておこう。

西洋では、モンテーニュの『エッセー』（一八五〇年、日本訳では「随想録」）以来、エッセーとは何よりも著者の思索思考を述べるものであり、「思想の分析」、またその展開である。これに対して日本の場合は『枕草子』（一〇〇〇年頃）や『徒然草』（一三三〇年頃）以来、随筆とは一貫して「あるものについて感じたことの発見」（「現代日本のエッセー」）なのである。それは、たとえ内容が「思想」に関わる場合でも、「随筆においては、洞察と認識とは（西洋エッセーのような）宣言という形においてではなく、体験という形で語られる」（『エッセー』と『随筆』）のだという。

そして、こうした性格は古典についてばかりではない、西洋の影響をたっぷり受け入れた後の近代においても少しも変わらないとして、正岡子規や幸田露伴、永井荷風や谷崎潤一郎、あるいは寺田寅彦等々、また明治の文学者ばかりではない、戦後の大岡昇平の例などまであげて分析して見せている。それらに見られる彼女の柔軟な理解、読みや解釈が一つ一つなるほどなのである。

バルバラの仕事には日本の現代の随筆アンソロジーのドイツ語訳が一冊ある（その「解説」が本書に収められている『エッセー』と『随筆』である）が、そうした仕事をとおしてこれらの見解を深くしたのだとも書いている。そこにはドイツでの反応なども紹介されているが、それらからいくつかを拾ってみれば、

「いつも自然が取り入れられている」
「仲間うちの話を持ち出している」
「審美的、郷愁的回想に偏っている」

等々ドイツ人には奇異に映る日本の随筆の特徴があげられている。それらを紹介しながら、総じてこれは日本随筆の「時間のとり方」によるだろうとも、彼女は言う。「時間のとり方」とは、別のことばで言えば、

「独特の省略法、縮小法」

であるが、言い換えると、その先は読者の判断に任せる式の飛躍する文章を言うようだ。これらの細かな特徴をあげてゆけばさまざまあるが、その根本のところに、エッセーの論理性、合理性に対し

て、随筆の感覚性、体験重視性という違いがある、としている。歌や俳句を一口に自然、花鳥風月に託して自己の感懐を述べるというが、日本の随筆もまた同様の性格を強く持っている、というのが彼女の「発見」なのである。

西洋のエッセーと日本の随筆の違い、それを言う人は実は彼女だけではないし、彼女が初めてというわけでもない。いま具体的な文献があげられなくて残念だが、私がたまたま眼にした範囲でも、ずいぶん昔、たしかフランス文学畑の人だったと思うが、それを指摘する人があった。いま思い出せば、だから自分はエッセーということばを使わないのだ、というのがその人の結論だった。それで私は、どっちでもいいではないかとしか受取れなかったのだが、最近になってバルバラの書に行き当たり、遅まきながら彼が言っていた意味に気付いた。随筆でのその違いは当然、彼我の文学観の違いであるが、もっと突き詰めてみれば文化や言語の違い、人間の生き方そのものの違いに根ざした大きな問題なのだ。

彼女はこんなふうにも書いている。

経験とは建築用の石であり、私たち西洋人はそれを一つ一つ積み重ねて家を建て、そのことを通じ、己が人生を築いてゆく。私には、西洋人とは、何をしようと、どこにいようと、絶えず石を積み、石を重ねて家を建てる人種のように思われます。逆に人生の川、時間の川に沿って生き、そこを流れる水と共に歩むというのが、体験に基礎をおく日本人の生き方のように見える時がありま す。すべては流れる。ただ現在だけがしばしやすらう。その瞬間が美しければ、そこに最高の充実を見る。（「兼好とモンテーニュ」）

美しい文章ではないか。といっても、これは吉田秀和による訳文であって、原文がどうなっているのか私には分らないのだが。しかしこの文章がエッセーの骨法ではなく、随筆の真髄を承知した人のそれであるとは言えるであろう。ここでは『徒然草』によったためか、少しばかり諸行無常の色に傾くから、若い人には反発をかうかもしれない。しかし、私に言わせれば、その若い人たちも、議論の後カラオケに行けば、けろっとして「川の流れのように」などといい気持で歌っているのが日本の日常風景なのである。あれも『方丈記』だなどと言えば歌っている当人が驚くかもしれないが、まあ「枯れすすき」（「船頭小唄」）の平成版だというくらいは誰も承知しているのではないだろうか。

――脱線したが、バルバラは別のところで、こんなふうにも言っている。自分たちは、「感じることは誰だってできる。だが、思考することは誰にもできるとは限らない」と教わってきた。しかし、日本に来て知ったのは、「感受性だって、合理性に劣らず、努力と修練の賜物」なのだという事実だった。両親はどうして私に、「さあ、しっかり感じながら、やりなさい」と教育してくれなかったのか、と。たしかに、「思考」ばかりで、「しっかり感じ」ないところからは、よい歌、気の利いた俳句一つも生まれてはこないであろう。そのことだけでも、日本の随筆が歌や俳句を作ってきた国の性格を持っていることが伺われるではないか。もっとも、日本人の全てがいつも意識的に「感受性」の「努力と修練」をしているわけではない。ただ、日本で、日本の文化のなかで、より具体的には日本語のなかで生活していると、無意識のうちにも、その「感受性」に誰もが染まるのである。そのことはまた後に詳しく言うことになろう。

そして、そんなふうに考えれば、次の一節もやはりここに引いておきたい。

日本の文学世界は、様々な種類の伝統文芸をいまなお生かし続けている。まるで、そういったものは歴史の制約を受けていないかのように思われ、これこそ現代そのものといっても過言ではないようだ。このことは、時にはいろいろな抽象物に支配されている現代社会にあって、時代錯誤と映ずるかもしれない。しかし、にもかかわらず、今日においてもなお、日本の第一級の作家たちにとっては、生あるいは人生の様相を活写することは切実な要求なのであり、日本の読者たちにとっても、「生きるために読むこと」は切実な要求に他ならないのである。

これは「『エッセー』と『随筆』」の結論部分である。念のために付け加えておくが、日本にはまだ短歌俳句が生き残っている、と言うのではない。いや、短歌俳句も生き残っているが、実は同じように随筆もまた古い古い形のまま生き残っているというのである。

明治になって、日本人は西洋にあるエッセーというものの存在を初めて知った。そして、それを取り入れて、現在ではそのことばもほぼ日常的に使うようになったが、その実は自国にあった古来からの随筆をこれに当てて、内容自体は一向に改めようとしなかった。それが日本人にとっての「生きるために読む」随筆の必然だったからに他ならない。この「生きるために読む」とは、この文章の冒頭に紹介されているフローベールの書簡中のことばである。彼はモンテーニュの『エッセー』を、夜、寝る前に頭を休めるために読む書物としては「すばらしいものです」と言っているのだが、それは日本人が日本の随筆に求めているものと全く同じだと、バルバラは言うのである。エッセーと随筆、二つは全く性質の違う文芸だが、にもかかわらず、それが人々の生活のなかに果たしている役割は結局のところは共通しているのである。

小林秀雄『私小説論』にはこんなことばがある。

過去に成熟した文化をいくつも持ち、長い歴史を引き摺つた民族の眼や耳は不思議なものである。僕はこの眼や耳を疑ふ事ことが出来ない。

まことにその通りだと思う。文化においても、「思考」、頭ではなく、「眼や耳」、肉体が真に自分に必要なものを自ずから選んでゆくのである。文学に浸かりながら半世紀余も生きてきて——私のことだが、この頃はそういう思いを一層深くするばかりである。こういうことを個人の問題として、「頭は間違っても血は間違わないものだ」と中島敦は言ったが、若いときには思いもしなかった自分の「血」を、自分たちの文化の「血」を、私も感じるようになったということらしい。

その「民族の眼や耳」、「血」が永い歴史をかけて随筆というジャンルを作り上げてきたわけである。そして、その「血」が作り上げた日本文化は、それとは質の違う、しかし生活のなかでの役割としては相通じた西洋のエッセーの存在を知っても、格別驚きも慌てもしなかったわけである。その「眼や耳」が誤りなくその本質を見極めていたのである。

ただし、ことわっておけば、小林秀雄はこのこと、日本人の持つ「伝統的な審美感」を、ここでは音楽や映画や「通俗小説」などを例にとっての人々の反応の仕方、つまり、人々が異文化のそれにおいても、よいもの、本物を聞き分け、見分ける不思議な力、そのよってきたる所以として使っている。西洋音楽ならばジャズではなくクラシックを、人々はちゃんと選び取っている、と言うのである。とすれば、当然、こう付け加えてもよいであろう。その「伝統的な審美感」が、エッセーを採らず、民族の情感に合った随筆をそのまま残してきたのである、と。

日本の近代は、文芸の領域だけに限っても、さまざまな方面で、新しいものの移入があり、古いものの改良運動があった。要するに西洋化を激しく推し進めたのであり、その近代化ぶりを誇りにもしてきたのである。が、にもかかわらず、バルバラのことばで言えば、「日本の文学世界は、さまざまな種類の伝統文芸をいまなお生かし続けている」わけだ。そう言えば誰でも直ぐに、明治の改良運動や、戦後は「第二芸術」論の難に遭っても一向に滅びない短歌俳句のことを思い浮かべるであろう。だが、ことは短歌俳句だけに限られた問題ではなかったのである。日本の随筆もまた滅びもせず、性質も変えもしないまま千年余を生き続けてきたのだ。世界の文学のなかに置いてみたとき、短歌や俳句の独自性については言うまでもないであろうが、再度強調すれば、実は随筆もまた、エッセーしか知らない人々には、ときにはいかにも不可思議な、しかし理解ある人たちにはいかにも独自な性格を持った日本の特異な文学スタイルなのである。「第二芸術」論の桑原武夫は短歌俳句だけでなく、本当は、彼自身もたくさん書いている随筆も排撃しなければいけなかったのである。

私小説は、随筆に秀でた日本文学から必然的に生まれた産物だとは佐藤春夫の『風流論』以来言われてきたことだが、そう言っただけではまだ足りない。その西洋のエッセーとはまるで違う日本の随筆が、実は歌や俳句の性格と一体であると補足しておかなければならないのだ。そして、そう言ってみれば、西洋のノベルがそのエッセーの性格と重なり、日本の小説は、その随筆の性格と重なっている事実にも気付くのである。

＊

私小説というといまだに、とくに外国の研究者などは告白や自己暴露小説だと決めつけている人が多いが、むろんそんな単純なものではない。私小説発生の初期にはそういう性格もないわけではないが、そんな面はたちまち消えている。そのことは自然主義小説と踵《きびす》を接していた白樺派の私小説群を思い出すだけでも充分わかるはずだ。それからさらに百年近く経っていまだに「滅び」ない私小説は、その間にはさまざまなバリエーションとスタイルを展開させてきている。それゆえ光の当て方、読むほうの問題意識次第でいか様にも奥行きを見せてくれるのである。

ところが、日本で私小説だと言えば、何を今さら、という顔をされることが多い。そういう人たちはおそらく、イメージとして言ってみればだが、次のように考えているのではないだろうか。たとえば一時代前ならば三島由紀夫とか大江健三郎とか、現代ならば村上春樹や村上龍のような、現代小説の一方の尖端にある作家たちの仕事によって日本の文学というものを捉えているのであろう。そうしたところから見れば、私小説を問題にするような時代は確かにもう終わったのだ。たしかに、日本にはこうした、現にその仕事が世界に通用している作家がいるわけだ。そうであるのに今さら、またことさら、古臭い、ローカルな現象にしか過ぎない私小説を問題にしようなどというのかと、私小説懐疑派はそういう疑問を持ったのだろうと思う。

私としても、たとえば村上春樹の小説の、そのどの一ページをとっても、ほとんど日本の匂いのしないような文章を、これはこれとして百年を超える日本の近代文学の一つの到達であり、成果でもあるだろうと思わないわけではない。しかしそう思う裏側には、この民族的な匂いのしないものをことさら日本の文学だと言ってみても始まるまい、という疑念もある。将来エスペラント文学とかユネスコ文学などというジャンルでもできればそれはそれで面白いことになるだろうが、いま村上春樹を読んでも私のなかの文化的な「血」は一向に反応しないのだ。私小説に反応する私の「血」から見ると、村上春樹の小説は翻訳小説よりもなお縁遠いのである。そしておそらく、そんな時代であるからこそいっそう、私の関心はますます私小説に掻き立てられるのではないかと思われる。私小説の不思議さのなかにこそ確実に日本と日本文化が集約していると思うからだ。

またこんなこともあった。私どもの発行してきた「私小説研究」の第二号（平成一三年三月）では「私小説の源流」なるテーマを立てたが、そこで外部の人にアンケートを送って協力を願ったところ、その回答のなかに井口時男の次の一葉があって、私は思わず笑ってしまったのである。「誰が『私小説』を作ったか？　たぶん、中村光夫と平野謙」と。これも我々研究会に対しての、何を今さらという反応のひとつであるだろう。言うまでもなく中村光夫は私小説批判派を、平野謙は擁護派を代表する批評家だが、つまり、私小説などは私小説論者が作り上げたものだ、というわけである。これはこれでなかなか根本的な問題を言っているのだ。かつて寺田透は、私小説は要するに「私小説論の問題」（『私小説および私小説論』）だ、つまり私小説論に取り込まれたものが私小説となるのだと書いたが、井口説はそれをもっと砕いて言ったわけだ。

日本には泉鏡花や谷崎潤一郎のような作家もいるし、また葛西善蔵や嘉村礒多のような小説もある。それでよいのであって、何をことさら私小説だ「本格小説」だ「虚構小説」だと区別し特化する必要があるのか。おそらくそういうことであるだろう。これも一つの正論なのである。しかし、中村光夫や平野謙のことはどうでもよいとしても、現に日本の近代文学の歴史に私小説論議が度々繰り返されてきたという事実は、井口時男といえども否定はできないだろう。私から見れば、日本の近代に私小説と通称される小説を作り上げてきた日本人と、その小説を過剰に意識して賑やかな議論を繰り広げてきた、あまつさえ私小説に対する「本格小説」などという、いかにもいじましい対語まで発明してきた日本人と、その二つは結局同じ性格から出ているのである。言い換えれば、私小説を作り上げたような日本人だから私小説論議もするのである。中村光夫も平野謙も、そういう日本人の一人、代表的な例なのだ。彼らの議論だけで私小説は解けないように、彼らの所為にしただけでは私小説問題は片付かないのである。

小説に私小説も本格小説もないという意見に関連して言えばもう一つ、先の寺田説と重なるが、何をもって私小説とするか、という問題がある。つまり私小説の概念、定義だが、これは結論を言えば誰の手にも余る問題だろうと思う。国語辞書には「作者自身が自己の生活体験を叙しながら、その間の心境を披瀝してゆく作品」（『広辞苑』）とある。改まって定義を求められれば誰にもこの程度のことしか言えないだろう。しかし読んでお分かりのように、この定義はそのまま「日記」にも、先に言った日本の「随筆」にも流用して少しの齟齬もないはずだ。つまり、ここに私小説の、強いて日本文学全般の根本の性格があることが端的に見えているわけだ。

ただし、『広辞苑』のために急いでことわっておかなければならないが、今の引用には、正しくはその頭に「小説の一体で」という一語が付いている。この一語によってかろうじて日記や随筆と区別しているわけだ。ちなみに『大辞林』では、「作者自身を主人公とし、自分の生活や経験を虚構を排して描き、自分の心境の披瀝を重視する日本近代文学に特有の小説の一形態」だとしている。「主人公とし」とか「虚構を排して」とか、『広辞苑』より一歩踏み込んでいるが、その分だけ問題もある。私小説は必ずしも「虚構を排し」はしないからである。たとえば牧野信一や藤枝静男の仕事を思い出すだけでも分かるように、「虚構」を駆使した私小説も立派に存在するからだ。

辞書類はこんなふうに小説のなかの一種だとして一応の納まりをつけているが、では、その「小説」とは何なのか、そう改めて問えばこれもまた厄介な問題である。ある文章を小説と読むか随筆と読むか、それとも日記なのか。実はそれもいたって曖昧なのだ。

以前、私は日本の日記文学の永い伝統から見ると、田山花袋『蒲団』も「竹中時雄日記」に過ぎないと論じたことがある。これも後に詳しく論ずるつもりだが、日本では日記と懺悔と自伝は平安文学以来の伝統なのだ。明治の「自然主義」という文学運動、作家たちの意識を問題にしなければ、それでも充分説明は付くのである。あるいは、志賀直哉『沓掛にて——芥川君のこと』が、作者自身によって「創作」と扱われたり「随筆」と分類されたり、単行本に納められる度にずっと揺れ続けていた事実を問題にしたこともある。志賀直哉の意識では、そこに嘘は一つもないという強い自負があって、そのために随筆として扱ってもいささかの不都合もない、そういう性格があったのだ。

あるいは吉田健一の『海坊主』も、森茉莉『贅沢貧乏』も、元来は随筆として書かれた作品が小説に化けていった例だが、逆に、古くは幸田露伴『連環記』や正宗白鳥『今年の秋』のような、近年では藤枝静男、古山高麗雄の仕事が示しているように、小説が限りなく随筆に近づくことによって、反って名作の誉れを得た例もたくさんある。私小説に限らず、日本文学はいつもこうした問題を、良し悪しは別にして、ある種の曖昧性を抱えている。ここにさらにこの頃流行の「自分史」などということば置いてみればどうか。私も時々読まされるが、これらは自伝なのか回想記なのか、単に長い日記、随筆なのか、そして小説とはどう違うのか。そうした区別はおそらく、書き手の意識を問う以外に分類の根拠は見出せないに違いない。そしてここでも付け加えてみれば、先に見たエッセーの国々ではこんな問題は生じないのではないだろうか。

話を私小説に戻せば、ある文章をではなく、ある小説を、それを私小説と読むか非私小説とするかという問題も、同様にいつも曖昧さを免れない。太宰治は、私から見れば全身私小説家だが、本人は一度も私小説家だとも、私小説を書いたとも言っていない。あるいは、よく引き合いに出される例として夏目漱石『道草』の場合がある。知られるように『道草』は漱石小説のなかではもっとも自伝的な要素の強い作品だが、これは私小説なのか否か。答えはおそらく次のようになるだろう。私小説の概念を広くとれば然り、だが、私小説概念をもっとも先鋭的な部分で考えれば非私小説である、と。

小林秀雄の『私小説論』では、ゲーテ『若きウェルテルの悩み』、セナンクール『オーベルマン』、コンスタンス『アドルフ』の名をあげて、「第一流の私小説」だと言っている。こういう見方をすれば、小林秀雄はあげなかったが、『道草』も確実に日本の「第一流の私小説」なのである。そして面白いことに、『それから』でも『門』でも『こころ』でも、漱石の他の作り物小説よりも、私小説性の強い『道草』が格段に優れていることも確かなのである。しかしそれでも、私小説のために全人生をかけた葛西善蔵ならば何と言っただろうか。残念ながら彼の発言は残っていないが、全盛期の自然主義作家たちの多くがそう見たように、『道草』も所詮、高踏な遊びに過ぎない、と言ったのではないだろうか。久米正雄が、『戦争と平和』も『ボヴァリー夫人』も「結局偉大なる通俗小説に過ぎない」と言ったように、である。

話が少し逸れたかもしれない。要するに私小説にもこうした曖昧さが常に付きまとうのだが、そのために、ある小説が私小説であるか否か、それは小説自体の問題であるよりも、「読みのモード」、つまり読者の受け止め方の問題なのだという意見（鈴木登美『語られた自己』二〇〇〇年）もある。たしかに、私の周りで見ても、一人称で書かれた小説はみな作者の自身のことを書いているのだと思い込んでいる素朴な読者もいるが、それを間違いだともいけないとも言う権利は誰にもないであろう。逆に、小説読みのプロでも、作者が生命を削る思いで書いている小説を面白いゲームのように読んでみせて平気でいる例もある。と、これは洒落でも冗句でもなくて、かつて、小林多喜二『党生活者』を都市論記号論で読んだ、つまりそこでは小林多喜二の思想も生活も何の意味も持たないわけだが、そんな研究発表を聞いて文字通りあいた口が塞がらない思いをしたことがあるからだ。それでまた余談になるが、おそらくこういう世代から『乙女の密告』（赤染晶子）のようなキャラクター小説が生まれてくるのであろう。キャラクターも結構だが、人間を記号にして遊ぶそんなゲーム式小説に『アンネの日記』の真実を追究したような顔をしてほしくないものだ、とは私小説精神に嵌《はま》りすぎた私だけの偏った感想だろうか。

ひと頃「作者の死」などという輸入理論が流行って誰も彼もが「語り手」一辺倒、作者作家ということばを避ける時代があった。そのあげく、作家論などは古臭く、また誤りであるというような風潮が支配した。しかし、理論的に言えば、その語り手の性格を作っているのは作者に他ならないのであって、〝読み〟を徹底すれば自ずから作者に行き当たらざるを得ないのだ。小説をそこまで読み込めない、何かの理論に頼らなければ小説が読めない人たち、あるいは小説の表層をゲームのように弄ぶことしか知らない人たちが、語り手だテクストだと騒いだわけである。だが、このことは後に詳しく言うことになるはずだが、どんな文章にも「作家の顔」(小林秀雄)が見えてしまうのが日本語の基本的な性格であって、それがどんな文章も書き手から遊離し独立してしまう西欧語との根本的な違いなのである。日本の文芸は、一面では、その見えてしまう、引き摺ってしまう「顔」との作家たちの格闘の跡に他ならないが、そういう日本文法固有の宿命から生まれた日本文学に、西欧文法から生まれた文学論を当てはめようとするのは所詮無理があって、必ずどこかに綻びが出てしまうのである。仏語を英語に訳すようには、短歌俳句を英訳しきれないことは誰でも知っている。だが、そういう日本語の性格が日本の文芸全体の性格をも決めていることには気づいていない人が多すぎる。

こんなことを、しばらく考えて行きたいと思う。

一、日記の国

日記の国、日記の時代

何という展覧会であったか忘れたが、上野の国立博物館で藤原道長の日記『御堂関白記』の実物を見た。『御堂関白記』などはいろいろなところに引用されているのでその名は知っていたが、まともに本文を読んだことはないし、まして実物にお目にかかるようなことはなかった。ああ、これがその現物かと、巻物ではなく、大きな折本仕立てになった美しいそれをしばらく眺めたのだが、驚いたのはその日記が様式の定まった日記帳に書かれていたことだった。日記帳——あらかじめきれいな字で日付が書き込まれており、天候を記入する欄なども作られ、本文の書き入れ部分にはまるで印刷されたように乱れのない罫線まで引かれていたのだ。つまり、今も年の瀬になると書店や文房具屋に積み上げられる——この現象は世界では珍しい、いたって日本的な光景だそうだが——さまざまな日記帳、当用日記などと同じスタイルのものが千年も前に既に作られていたわけだ。『御堂関白記』の名はさまざまな場で見てきたが、現物のこんな状態について教えている書物にはお目にかからなかった。私は日記の内容ではなく、日記帳の形の方に驚いてしまったのだ。こんなことは、何度も見ている藤原定家の『明月記』などからは想像もできない事実だった。むろん私はこうしたものをたくさん見ているわけではないが、おそらくは生半可な貧乏公家なんかにはできなかったこと、道長のような最高の権力者、しかも座右にした『往生要集』は藤原行成（ときの三筆の一人である）に書写させたというような趣味見識のある人だったからできたことに違いないであろうが（注　後日補訂、次章参照）。『御堂関白記』が、特装された超豪華版であるとはいえ――何しろ国宝だ、そしてその後、世界記憶遺産というものになった――要するに〝日記帳・当用日記〟と同種のスタイルのノートに記されていたという事実は、私にはなんだか嬉しくなるような新発見だった。というのは、このところしばらく私はぼんやりとながら日本人と日記のことなど考え続けていた、という事情があったからだ。昔のことはおいおい考えるとして、ここでは先ず、最近読んだ西川祐子『日記をつづるということ――国民教育装置とその逸脱』（平成二一年、吉川弘文館）から始めよう。この本はサブタイトルにも見えるように、日本の近代における日記という問題を社会学的に追っていて、いろいろ教えられた一冊だ。『土佐日記』から始まる日本の日記文学の歴史や、近代では作家論資料や歴史論資料として読まれた日記、あるいは荷風日記の持つ虚実の問題など、個別の日記を論じた研究はたくさんあるが、日記という文化を社会現象としてとらえて追求した研究は他に例を知らない。むろん私の不勉強の故もあるだろうが、ともあれこの一冊を読んで、かねて漠然と感じていた、日本は〝日記のさきはふ国〟なのだという私の思いはいよいよ確信となったのである。以下、この本からいくつかの点を拾いながら日本の近代の日記文化の〝にぎわひ〟ぶりを見て行きたい。

近代になって日本で最初に日記帳を印刷刊行したのは大蔵省印刷局、つまり明治政府の仕事だった。明治一二年のことだというが、それには印刷局長の名による序文が付いていた。かねて仏国人から手に入れた「新日記簿」がよくできているので、それに倣《なら》ってこれを作った、というのである。このあたり、どの本を見ても青木正美の著書『古本商売　日記蒐集譚』（昭和六〇年）、『自己中心の文学日記が語る明治・大正・昭和』（平成二〇年）などによっているから、現物を見ている人は少ないのだろう。印刷時代になっての最初の日記、手帳がどんなものか、私も大いに興味があるが、気になるのはもう一つ、印刷局長が模倣したという当のフランスのそれである。日記の書き手であり、コレクターでもある青木正美に尋ねてみたいところである。

話が少し逸れたが、上記の事情を知って、私が少しばかり残念だったのは、元はやっぱり西洋だった、その真似から始まったのかという点だが、そのことは今、日記自体は昔からあったが、その記入欄の工夫と、それを規格化し量産するというところに、フランスからのヒントがあったのだろうと考えておきたい。というのは、その「日記簿」は、ページの上欄が日録で、下欄に出費記録を記入する形式であるというからだ。それを誰のアイデアであったのか、小型と大型の二種をつくり、小型の方を「懐中日記」、大型の方を「当用日記簿」と名付けた。そして、小型の方は奨めて官吏に持たせたから、一般には「官員手帳」と呼ばれて人気があったのだという。この頃はあまり見なくなったが、背のところに小さい鉛筆を差し込んだあれである。二葉亭四迷の『浮雲』（明治二〇年）には、身丈の合わない洋服を着て、それでも得意気な新時代の官員さんたちや、一方、「日本服でも勤められるお手軽な身の上」の旧体制の奉公人たちを対照させた一節があるが、こういう官員さんや、新時代を代表する洋服サラリーマンたちのステータスシンボルの一つ、それが「懐中日記」の役割だった。

この「懐中日記」「当用日記簿」は一般市民にも発売されて人気があったそうだが、そこに目をつけて始まったのが、博文館の日記、手帳商売だった。印刷局のそれが紙質も鉛筆の質も悪く、そのうえ内容、つまりレイアウトが十年一日、あまりに芸がなさすぎるので、そこに新工夫、改良を加えて売り出したのが明治二八年。印刷局が始めてから一六年経っているが、日記手帳はその間に充分に人々の間に定着していたのであろう。博文館版は発売たちまち人気を得て、印刷局版はその後二、三年で廃版に追い込まれてしまったのだという。おそらく、義務教育の普及と、洋服族サラリーマンの増加とが、その地盤なのだろう。

博文館版はその後、年々改良を加えてさまざまなバリエーションもそろえるようになり、盛時には四〇種を超えたというのだから、全体の発行部数も推して知るべしであったわけだ。私も二〇代の頃、毎年様式の違う当用日記を買ってみた時期があったが、そんななかで、自分の誕生日が谷崎潤一郎のそれと同じだとか、芥川龍之介の死んだ日でもある、などという事実を知った。当用日記の欄外にそんな付録記事があって、それに引かれて種類を選ぶというような面もあったのだ。

こんなふうに、我々の世代でも博文館の日記、あるいは日記の博文館ということばやイメージは生きているが、明治時代に始まって平成の今なお続いている数少ない商品の一つが、この博文館の日記なのだと、西川祐子は書いている。蛇足すれば、日記は、日本では味噌醤油に次ぐ永久需要のある商品なのであろう。多少の不況不景気くらいでは日記手帳の売り上げは落ちないらしいからだ。この本には次のような事態が紹介されている。博文館日記は昭和一〇年代後半、紙の無くなってきた戦争中にも一ページに二日分を配するような形で刊行が続けられていたが、八月に敗戦を迎えたその翌年の昭和二一年版は、もうその年の始まった「一月廿日印刷、廿五日発行」となって、しかし、「二〇万部印刷、定価七円」として、堂々と発行されていた、と。

出版統制から解放された敗戦直後のベストセラーと言えば、森正蔵『旋風二十年』、尾崎秀實『愛情はふる星のごとく』、河上肇『自叙伝』あたり、異色を付け加えれば三木清『哲学ノート』くらいが戦後史であげられる定番であるが、言うまでもなく日記の「二〇万部」はそれらに拮抗し、また超えている。しかも「定価七円」は、ちょうどこの年の同月一三日に新発売になった煙草ピースと同価格だが、他のどの本も太刀打ちできない廉価だった。敗戦の後、日本国民が選んだ本当のベストセラーは、他人の書いた書物ではなく、これから自分で書く物語であったと考えると、なかなか含蓄があるではないか。敗戦、外国軍による国土占領という未曾有の体験、そして食住衣の極限的な欠乏のなかで、にもかかわらず、いや、そうであったが故にいっそう、と言うべきであろう、人々は日記を書きたい、書かなければならないという欲求、渇きに突き上げられていたのであろう。

隠れたロングセラーの代表として「聖書」の例がよくあげられる。しかしそれはむろんヨーロッパでのことであって日本の話ではない。日本では、もしかすると「聖書」に代って日記手帳をこそあげるべきかもしれない。あの「十戒」や「山上の垂訓」なんかが書いてある「聖書」ではなくて、形だけあって中は白紙の日記帳という本が日本人のお守りなのだと考えると、ここでも、それはそれでなかなか含蓄が深い。

話がいきなり戦後にまで飛んでしまったが、近代の社会現象としての日記についてはもう少し見ておきたいことがある。

明治二八年、発売された博文館日記の反響は大きく、翌年には早速類似のものが何種類も出回ったのをはじめ、世の中全体に日記ブームが巻き起こった。このあたりのことは、見方を変えれば次のように言えるのではないだろうか——それまで一部有識者の間での、ちょっと上等な趣味の一つであった日記というものが、近代の印刷術のお蔭で身近な存在となり、大衆文化のなかに組み込まれたのだ、と。そして以来、と言ってよいと思うが、日本では歌や俳句が身分階級を超えた国民的文化であるように、日記も一つの超階級的な国民文化となったのだ、と。日本の日記文化のこうした性格を示す一つの表象として、学校教育での日記という存在がある。

西川祐子によれば、日本の学校教育に日記が取り入れられたのは明治三三年の頃だとされている。金港堂版『高等国語読本』がなかに「日記帳簿」なる一章を設けたのが始まりだった。そしてその頃から学校教育の現場では「日記指導と検閲が教師の日常業務」となったとして、田山花袋『田舎教師』(明治四二年)のモデルであった小林秀三の日記を例に挙げている。花袋の小説では省かれてしまったが、小林秀三の日記(明治三三年)には授業で著名人の日記を読み聞かせたり、生徒に書かせた日記を宿直室で添削する記録が何度も出て来ることを示している。こんな事実を知って誰もが思い当たるのは自分自身の経験だろう。我々も夏休みとの宿題といえば必ず付いた日記、絵日記に苦労したものだ。なかでも中学一年のとき、いま思えば師範学校出の数学の教師が担任になって、その一年間は、一日二四時間を時間区切りにした行動日誌を付けさせられた。朝のホームルーム時間に机の上に開いて待ち、点検にまわってくる担任から印鑑を貰うのが毎日の儀式だった。極めて非文学的なものだったが、あんな教育法も、淵源は既に明治の時代にあったわけだ。だが、そこで西川祐子は触れていないが、教育カリキュラムのなかに「日記指導」が取り入れられているのは学校だけに限らない、世界でも珍しい日本社会が持った特異な教育法だったのである。

日本の軍人には、新年になるとわざわざ日記が支給されて、この頃の学童が、夏休み中日記を付けさせられるのにも似て、必ず日記を付けるようにと命じられたのである。おそらく日本の士官たちは、その中に真の軍人精神が表われているかどうかを調べるために、定期的に兵隊の日記を読んだのであろう。あるいは、日記を付けるという行為が、日本の伝統の中にあまりにも確固たる地位をしめているので、それを禁じるのは、むしろ逆効果となる恐れがあることを、知っていたのかもしれない。

とは、ドナルド・キーン『百代の過客——日記にみる日本人』（上下、昭和五九年）の序章「日本人の日記」の一節である。軍隊手帳を上官が「定期的に」検閲したとは、他に聞いた覚えはないが、日本軍隊の精神主義を考えれば十分あり得たことだと思われる。戦地に出てからはともかく——現に、中には英文で書かれた日記さえあったと、彼も記している——内務班生活のなかでは大いに行われたのではないだろうか。ここには、学校教育から軍隊教育まで貫かれている日本の精神主義、反省と精進を何よりも美徳とする日本社会の性格があるだろう。

ドナルド・キーンという人は戦争中、米軍の諜報担当将校として、日本兵が各地の戦場に残していった軍隊手帳を読み、必要な情報を英訳して報告するという任務についていた。毎日毎日、判読し難い、時には泥水や血痕の残る兵士たちの日記を読みながら、しかし、実は興味が尽きなかったり、あるいは感動のあまり、用済みのものをワシントンに送ってしまうのが惜しくて、禁を破って何時までも手元に置いたものさえあったのだという。そして何よりも、日本では上から下まで、上級士官から下級兵士に至るまで、誰もがこんなふうに丹念な日記を付けている事実に驚いたのだと書いている。というのは、米軍では兵士が日記を付けることを禁じていたからである。むろんそこから機密が漏れることを防ぐためであるが、そんな禁令は米軍の兵士たちにとっては何の痛痒でもなかった。何故なら、もともと日記を付けるような兵隊など一人もいなかったからだ。それに対して日本では、毎年備品として軍隊手帳が支給されたばかりではない、兵隊の方もそれに良く応えて活用、決して無駄にはしなかったのである。

日本文学の優れた研究者、また翻訳家としてのドナルド・キーンの仕事はたくさんあるが、そのなかでも日本人の日記についての関心が一貫していることは、ここに記しておく意味があるだろう。それは、いま引いた『百代の過客』が日本古典のなかの日記、円仁『入唐求法巡礼行記』や紀貫之『土佐日記』から、幕末、佐久間象山『浦賀日記』、川路聖謨『長崎日記』に及び、続編では幕末、遣欧使節らの日記から明治の政治家、思想家、文学者など三二人の日記を通覧していることからも想像できよう。さらに最近、著者八七歳の仕事は『日本人の戦争——作家の日記を読む』(平成二一年)である。日本の日記文学、日本人の日記についての関心が彼の生涯を貫いていることがよく分かる。それはいかにも、日本人に会うよりも前に日本人の日記に出会ったという珍しい、しかし決定的な体験があった人らしいことに違いない。そうして、

日記文学の伝統という一筋の糸が、円仁の時代から幕末まで、いや、今日までも、断ち切れることなくつながっている。私の知る限り、世界中他のどのような国の文学にも、これと同じ現象を見いだすことは不可能である。

（『百代の過客』「終わりに」）

という確信にいたったわけである。

ドナルド・キーンの研究者生涯をこんなふうに決定づけた日本の兵士たちの日記だが、西川祐子の調べによると、「軍隊手帳（牒）」は西南の役（明治一〇年）の官軍兵士たちの所持品のなかに既に見られたのだという。先に言った大蔵省印刷局製の「懐中日記」は明治一二年からだから、その原型だったのだろう。しかし、和紙製で兵籍なども記載されているという官軍のそれは、もしかすると、後年の認識票に代るもの、あるいは兼ねたものだったのか、とも想像する。現物を見ていない私にはそれ以上のことは言えないが、軍隊手帳の実物をたくさん見てきた西川祐子は、そこにある一つの矛盾した観念を指摘している。

軍隊手帳には付録として「大東亜戦線極地図」や「大東亜共栄圏経済地図」「決戦下銃後情勢」、種類によっては「軍事機密下士官兵員名簿」といった驚くような資料や解説が付けられているのだと

いう。まさに教育的な意図によるものに違いないが、同じ手帳の別のページには、「諜報ニ注意セヨ」「軍秘ニ亙ル事項ノ記載ハ一切サクベシ」と厳重な注意書きも記されているのだから奇妙である。我々も覚えているが、国民の日常生活で外来語の使用まで禁じた軍部が、一方で足元の当の兵士たちに配った手帳にはあきれるほどの情報を詰め込んでいたことになる。そんな奇妙さを西川祐子は「日記の教育装置」とその「逸脱」だと言っている。日記の教育的効果への期待があまりに大きいために戦略の方が疎かになってしまったのであろう。日本の兵隊たちはそんな立派な軍隊手帳を世界中に持ち歩いて、各地にその足跡を残してきた。アメリカでも中国でも韓国でも、シンガポール、フィリッピン、インドネシア等々、世界中の戦争博物館の類には必ずというほど、日本兵の残した日記手帳が収蔵されている事実を西川祐子は確認している。「軍隊手帳」はそのくらい日本の兵隊たちと分かちがたく一体のものだった。

軍隊に送り込まれた若者たちがこんなふうに日記教育を受けている間、後方の一般家庭でもやはり日記をとおした女子教育が盛んに行われていた。それらを象徴的に言えば、男たちの〈博文館日記手帳文化〉に対して、女たちの〈主婦の友日記家計簿文化〉だと見てよいであろう。

これは戦後、昭和四一年のことだが、「主婦の友」が七二万部という発行部数を誇っていたとき、その付録が「お料理日記兼用家計簿」というものだった。私の周囲でも、買えなかったと口惜しがっている声や、町の不動産屋が大量に買ってお歳暮に配っているというような噂があったことなど思い出す。七二万部はもっぱらこの付録の人気だった。東京オリンピックはこの二年前、戦後の高度経済成長の一表象と言ってよい現象だが、しかし、これにもそれなりの下地、前史があってのことだと知っておかなくてはならないであろう。

「主婦の友」七二万部発行の数字に今の我々は驚くが、実は昭和一八年には一六三万部を超えていたのである。そして、この「主婦の友」（大正六年創刊）の一貫したスローガン、役割が「主婦日記と家計簿の大衆化」だった。日記と家計簿の取り合わせ、〝教育科目〟が、明治三〇年代の「女學雑誌」などから始まっていると、西川祐子はたくさんの例をあげて見せている。官民挙げて日記教育をしている、それが日本近代の、もう一つの、しかしかなり際立った特色なのである。

話を再び明治に戻したいが、日記帳がよく売れ、学校教育でも日記指導が行われるようになった明治三三年、俳句雑誌「ホトトギス」が「募集日記」なる投稿欄を新設している。これも明治の日記ブームの反映、その一つの例だと見てよいであろう。正岡子規の選（後には高濱虚子）で、一号おきに一〇編くらいが載ったが、毎回、その月の一〇日間と定めている。年月日を揃えたうえで当時のさまざまな階層の人たちの日記が集められているところがこの企画の面白さである。ここでは、そういう事実があったと言えば済むのだが、この面白い内容に全く触れないのはいかにも惜しいので、寄り道にはなるが第一回（明治三三年一〇月）から少しだけ紹介してみたい。

まず初めが「鋳物日記」として極度に貧乏な鋳物師の日常である。これは名前はないが「鋳物」などは珍しすぎて歌人の香取秀眞だとすぐ分かる。こんなふうに日記の内容や書き手の立場に応じて名前が付けられているが、「草花日記」「田家日記」は農家。「窮理日記」は日常嘱目を片端から科学的に説明してみせるユーモア日記。「商業日記」は署名が「豊後　落月」とあるが、廻船問屋の主。郵便局から敷地内に「郵便柱箱」、つまりポストを設置せよと命じられたので、「切手売下所設置許可願」というものと併せて申請する、その煩瑣な手続きの様子が、いかにも明治の「お上」の権能ぶりを語っていて面白い。「通勤日記」は小学教員で、毎朝二里の道を歩いて分教場に通っているが、教員は彼一人で、一、二年生五〇名の生徒を教えている。今日は欠席児童があるが、授業料徴収日だからだと書いている。この教師は「ホトトギス」と「日本」の購読者で、子規のファンなのであろう。他にタイトルは立てない、ただ「日記」としたものが四編、これらは農家、牧場主、測量士、職業不明であるが、地域はおよそ全国にわたっている。

以上が「募集日記」第一回のあらましである。以下、タイトルだけ少し拾ってみると「風呂敷日記」「たべもの日記」「工事日記」「病床読書日記」（これは子規自身の飛び入り）、「小僧日記」「診察日記」「室戸岬燈台日記」「活版屋日記」「拘置所日記」「陶器窯出日記」、伊藤左千夫の「牛舎の日記」等々、眼を引くものだけを拾っていてもきりがない。籠に乗る人担ぐ人と言うが、日記を寄せている人の社会階層の厚さには驚くばかりだ。むろんこれらは子規の写生文推進運動の一環としての実践であるのだが、そのもう一回り外には、やはり、歌、俳句という国民文学の底力があるからに違いない。雑誌「ホトトギス」にはこれ以前にも挿絵や図案の募集を初め課題短文や、日付を決めた一日の記録「一日記事」などの企画による募集も続けていたから、「募集日記」欄の新設は、雑誌としては時代の空気に乗ったごく自然な企画であったに違いない。

投稿注意＝記事は気象、公事、私事、見聞事項、又これに関する聯想議論等凡て其日に起りたるものに限る。事実ならぬ事は事実の如く記すべからず。文体随意。詩歌俳句等を用ゐるも妨げず。

というのがその投稿規定である。「聯想議論」はよいけれど「事実ならぬ事は事実の如く記すべからず」というのが、いかにも子規らしくて面白い。ついでに言えば、「消息」欄には、「日記には作者居住の地名無き時は如何にも興味薄く候に付少くも国名郡名位は投稿の端にお認め可被下《くださるべく》候」と、また「年齢を記載するも面白かるべく候」とも書いている。子規が文章のリアリティーというものをどう考えていたか分かるところだ。子規自身の『仰臥漫録』が、人間の所業としては奇跡的と言いたいような一巻であることが思い起こされる。

この「募集日記」欄の創設が時の日記ブームと重なって予想外の反響を読んだことは第一回の載った号の、「消息」欄での子規のボヤキからもうかがえる。「募集日記も投稿非常に多く、之を閲するに三四日を費し、之を手入れするに亦三四日を費し申候」「応募俳句を読むやうに容易くも捗取不申《はかどりもうさず》候」と。反響が大きかったのは良かったが、長文が多くて病床の子規には負担がかかり過ぎたのである。二回目は応募が一五〇通もあったと、やはり「消息」欄に示している。

この「募集日記」欄は明治三五年いっぱいで消える。おそらくその年九月の子規の逝去の後、選の労を取る人が無くなったためであるだろう。高濱虚子の編集時代になってから、夏目漱石の『自転車日記』（明治三六年六月）のような単発の「日記」は何度か載るが、「ホトトギス」全体の日記時代は子規とともに終わったのである。

雑誌「ホトトギス」の日記時代はこうして終わるが、明治の日記社会はまだ終わったわけではない。「募集日記」時代に続くのが「日記体小説」の出現であると、最近目にした論文、山口直孝『内面の卓越化から凡庸化へ――近代日記体小説をめぐる覚書』（平成二一年一一月「日本近代文学」八一集）によって知った。これによってこの時代の日記ブームの周辺をもう少し補ってみると、まず、「募集日記」にはまだ続きがあった。「ホトトギス」の後には「文庫」「文章世界」「新声」と、投書系の雑誌が軒並み投稿日記欄を設けているからだ。さらに、「早稲田文学」他、単発の「日記特集」を組んだ雑誌も少なくないし、雑誌ばかりでなく新聞にも同種の企画が載るようになった。なかでも「国民新聞」などは「昨日午前の日記」と称して坪内逍遥以下大家たちの日記を次々に載せたが、新聞社らしい速報性を打ち出したのであろう。これらはみな明治三〇年代後半から四〇年代、大正初めにかけてのことである。

そしてこれらと並行して日記をネタにしたさまざまな出版物が出現した。知名人の日記を集めたなどはいかにもありそうなことだが、なかでは「芸妓日記」や「虎列拉《コレラ》日記」のような変種、いかにも興味本位な際物までである。それでも、これらはまだ日記そのものであるが、その周辺には日記を付ける意義や効用を大真面目に説いた入門書や、『日記文作法』（吉野臥城、明治四一年）、『日記文練習法』（金子薫園、大正二年）のようなものまである。余人に見せるものではないはずの日記、その正しい書き方や上手な書き方あるのかと首をかしげたくなるが、前記山口論文はその手の本を七種もあげている。出版というものはいつでも柳の下の泥鰌を何度も掬いたがるものだが、であるとしても、この日記ブームが、普段は日記など付けようとも思わなかった人種まで巻き込んでいる様子が目に浮かぶようだ。

「日記体小説」もこんな時代のなかで生まれた現象であり、呼称であった。前記山口直孝は、国木田独歩『酒中日記』(明治三五年一一月)から菊池寛『無名作家の日記』(大正七年七月)まで、一六年間に合せて四三編の作品を、日記幾日分という注記まで入れてリストアップしている。そこには当時の主だった雑誌の名がほぼ出揃っているし、また主だった作家の名もおおむね見られると言ってよい。そして、なかには志賀直哉『クローディアスの日記』(大正元年九月)も含まれているように、こちらの「日記」はあくまでも小説であって、「ホトトギス」の「募集日記」が求めたような実録の意味はない。「日記体小説」として採取した基準は「(まえがき)+日記+(あとがき)」という形式を踏まえた作品に絞ったと断っているが、つまり「日記」と言うスタイルのフィクションなのだ。

こんなふうに流行した「日記体小説」だが、大正七年を境に急に見られなくなると言い、その理由として、「日記体小説」自体が抱えていた「背理」があるだろうと、山口直孝は論じている。彼によれば、日記は元来秘められた「自己特権化」を前提にしているが、小説ではそれが友人に託されたり交換されたりすることによって第三者の目に触れることになる。つまり理解者や読者を得たことになるが、それを論者は「類似の読者を求めることで凡庸さを生じてしまうという背理」だと言うのである。全ての日記が「自己特権化を目指す」とは言えまいが、「日記体小説」、つまり他人に見せるという要素が入り込むとそんな性格が付随してくるのかもしれない。大庭葉蔵の手記という形を取った太宰治『人間失格』(昭和二三年)が確かに「自己特権化」と自己弁護の要素を免れないように、手記日記というものは、それを外に出した途端に弁明弁解、裏返された自己主張の色を帯びてしまうのだろう。そこをどう解決するかが求められるが、それなりの内容や工夫がなければやがては厭きられてしまうことになろう。

山口直孝によれば、この「日記体小説」と、あまり目立たないが、言文一致運動と密接な形で展開してきた「書簡体小説」、この二つが、私小説と並行してきた明治の自己表象文学だということになる。ちょうど「日記体小説」がぱたりと消えてしまった大正中期は、後に私小説と呼ばれるようになる「俺は俺は」小説が盛んに書かれ始めた時代でもあるから、この説にも大いに聞くべきところがあるが、今は「日記体小説」についてもう少し補足しておきたい。

「日記体小説」の流行は廃れるが、日記体小説そのものが消滅したわけではない、とは言うまでもないであろう。それは、山口直孝が流行終息とした大正七年から、ちょうど七年後に『十七（六）歳の日記』（初出、大正一四年八、九月）のような名作が現れていることからも想像できよう。

川端康成『十六歳の日記』――死期の迫った祖父を看取りながら綴られた日記、そこに表れた、「日記が百枚になれば祖父は助かる――何だかそんな気持がするのでした」という、この「気持」、少年の懐いた信仰にも似た日記へのこの不思議な感情はいったいどこから来ているのであろうか。さまざまなことを想像させ、考えさせるが、今はっきり言えることは、これが日本近代の〈日記の時代〉のなかでの少年の行為だったということである。「十六歳の日記」が実際に書かれたのが大正三年五月四日から一六日の間、川端康成は一五歳、旧制中学二年生だったが、それは、たとえば先にあげた金子薫園の『日記文練習法』のでた翌年のことだった。

「日記体小説」ということで言えば、直ぐ思いつくものに太宰治『女生徒』（昭和一四年七月）があり、戦後の名作に井伏鱒二『黒い雨』（昭和四〇～四一年）がある。が、その『黒い雨』が盗作論争まで生んだことはまだ記憶に新しい。この論争の余波で『黒い雨』の元になった重松静馬の日記まで刊行されることになった（『重松日記』平成一三年、筑摩書房）。『女生徒』の方は近年になってからだが、やはり元になった『有明淑の日記』が公刊（平成一二年、青森県近代文学館）されて、研究が一段と進んだ。それらによれば、『女生徒』で太宰治がやったことはほとんど抄出のための編集作業に等しかった事実も明らかにされている。『斜陽』（昭和二二年）でもそんな問題が取りざたされたが、現代なら盗作問題が生じてもおかしくない作品だったのだ。

そうした実態や議論にもかかわらず、この二編は紛れもなく日本文学のなかの名作に数えてよい作品だと、私は思っている。しかしそのことを逆に言うと、「日記体小説」を代表するような名作が、ともに盗作議論を引き起こすほどの原拠を持っていたという事実は何を意味するだろうか、という疑問にもなる。ちなみに言えば、川端康成『十六歳の日記』は、それを書いた一〇年後に、書いた事実も、日記の存在自体も忘れていた作者が、そのことにまず驚いたという趣旨の「あとがき」を付して発表した。ところが、そのオリジナルと称する日記そのものの存在を疑問視する、つまりすべて創作だろうという学者が現れて、作者を激怒させたというエピソードもあった。

創作だと思わせたものに典拠があったり、オリジナルだと提出したものを創作だろうと疑ったり、「日記体小説」はこんなふうに特異な、微妙な問題を抱えてしまうらしい。だが、ここでもう一つ跳んで言ってみれば、二葉亭四迷『浮雲』や森鷗外『舞姫』から始まる日本の近代文学では、『暗夜行路』でも『濹東綺譚』でも『雪国』でも、名作とされる小説はみなどこか主人公の手記日記という面影を宿しているのである。しかしこのことはまた改めて言うことになるだろう。話をもう一度明治に戻したい。

山口直孝が調べ上げた「日記体小説」四三編のなかには、たとえば夏目漱石『自転車日記』は含まれていない。これは日記体でも随筆だから当然ではあるが、漱石の小説で言えば、日露戦争で戦死した河上浩一の遺した日記が重要な働きを持つ『趣味の遺伝』(明治三九年一月)のような作品もある。あるいは『吾輩は猫である』(明治三八年)の苦沙彌先生や、『三四郎』(明治四一年)の三四郎が盛んに日記を付けているような事実まで思い出して行くと、「日記体」ではないが「日記」の絡む小説は相当の数になるだろう。そうした日記と文学の問題や、明治が果たした日記の大衆化、社会化という問題を考えれば、ここに阿部次郎『三太郎の日記』(大正三年)についても触れておかなくてはならないだろう。

『三太郎の日記』が旧制中学・高等学校生の間に異常なほどの人気を集めた要因には、そのタイトルと日記という形式の力があったに違いないのだ。『三太郎の日記』に頻出する「内面生活」「内生」の強調と誇示は、すでに現実の社会では所を得にくくなっていた明治的立身出世主義の納まり場所として、旧制中学・高等学校生たちには納得しやすいものであったに違いない。そして、そのはけ口としての「日記」というツールがピタリと合致したのだ。「内生」――皮肉にみれば、外に生きず内に生きるとはよく言ったもので、いわゆる「大正教養主義」の時代とは、別の見方をすれば、「日記主義」の時代なのだ。『三太郎の日記』はまさに明治の日記社会の申し子であり、またある意味でその後の日本の日記の性格を決めたのである。

『三太郎の日記』とは実はその本を贈った夏目漱石から、「『三太郎の日記』といふ名は小生の好まぬものに候」(大正三年四月九日付書簡)と一撃を受けてしまった態のものであった。欺瞞を何よりも嫌う漱石には、あの、至って生真面目な哲学的思索を述べながらそれら全体を青二才「青田三太郎」の仕業だと、謙遜に見せて逃げ道も用意している二枚腰が許せなかったのであろう。だが、「教養主義」の時代は、漱石先生のその警醒の一句をとうとう理解できなかった。そして、『三太郎の日記』を読んで育ったたくさんの若者たちが、あの『きけわだつみのこえ』(昭和二四年)を遺して死んでいったのだ。戦争に追い詰められた、いやおうもなく国家の運命を背負わされてしまった若者たちには、「三太郎の日記」の裏返されたエリート意識が、反って都合の良い救いの神になったのかもしれない。特攻隊少年青年たちこそ、まさに「内生」にしか生きる場所を持ちえなかった人たちだった。神風青年たちにとって、日記はまさに自らの魂鎮めであり、お守り札となったのだ。そんな末期の日記を人に託して死んでいった沢山の少年青年たち、それは日記文化の国日本の、一つの極った光景だったかもしれない。

*

ところで、お前はいったい何が言いたいのか、と問われそうだが、ここでの結論はいたって簡単である。――こういう時代、こういう文化のなかから、私の言う「竹中時雄日記」としての田山花袋『蒲団』(明治四〇年九月)も生まれてきたのであり、また受け入れられたのだということである。『蒲団』に直ちに反応した島村抱月の、「此の一篇は肉の人、赤裸々の人間の大胆なる懺悔録である」

（『「蒲団」を評す』明治四〇年一〇月）という評は当時の『蒲団』ショックを代表することばとして度々引用されてきた。このことばの少し後には次のような言い方をしているところもある。

醜いといふ条、已みがたい人間の野生の声である。それに理性の反面を照らし合はせて自意識的な現代性格の見本を、正視するに堪へぬまで赤裸にして公衆に示した。

「自意識的な現代性格の見本」、これが『蒲団』の重要な明治的性格なのだ。そしてそれは、明治の、日記の時代の性格と一体のものだった。

あるいはこうも言えよう。日本の私小説の出現は、中村光夫が言うような、『蒲団』一編のせいにして片付くほど単純なものではない。本当に考えるべきは、『蒲団』を生むにいたった背景、日本の文化文学の性格であり、その『蒲団』を受け入れた社会地盤でなくてはならない。そう考えたとき、そこには日本文化の特異な性格、その一つとしての日記文化、近代の日記社会という文化的な背景が浮かび上がってくる、ということである。

歌と日記、国風の自覚

ここでは先ず間違いの訂正から。

前章で私は藤原道長の『御堂関白記』を日記帳の元祖だと、面白がって書いたが、これがとんだ誤りだった。正しくは「具注暦《ぐちゅうれき》」、言うならばカレンダーですよと、ありがたいことに友人が教えてくれた。恥しながら具注暦などとは、そんなことばも知らなかった。急いで辞書を引いてみたが、以下は『御堂関白記』について泥縄式な調べをもとにした訂正と、幾分の補足である。

「具注暦」とは奈良時代から存在したそうだが、平安時代には宮廷中務省の陰陽寮で暦博士たちが作り、毎年一一月に上奏、一五〇部くらい作って公卿たちに配られたものだそうだ。書かれていることは、各月日の宿星、干支、吉凶や宮中公事、つまり行事予定で、お公卿さんたちは毎日それを心得て行動したわけだ。道長の時代には半年分を一巻として一日分が三行に割り当てられ、そのうちの二行分が空白になっていて、そこに個人の記入が行われたのだという。二行で足りなければ裏に書いたり、別紙を貼り付けたりしたということだが、何を書いたのかといえば、さまざまな公儀、儀式の記録である。そういうものを子孫に残して、いわゆる有職故事のデータとしたわけである。したがって、先祖の書き残したものをたくさん所持している者ほど大きな顔ができたのであろう。書かれた内容を分類整理して調べやすいようにした、一種の索引付きのものもあったのだという。そして、そういうものが平安時代だけでも八〇余種残っているそうだ。もちろん、その後鎌倉期になれば武家の日記も現れてきて、日本中の日記記録の数はどんどん増えてゆく。

私は、たまたま実物を目にした『御堂関白記』のあまりの美しさに感嘆して、こんなのは権力と趣味とを併せ持った藤原道長だからできたことだろうと想像したのだが、事実はそんな個人的なものではなかった。陰陽寮から届けられたものを道長も座右に置いて、一月二四日「雪降一寸許」、二五日「風邪発動、心身不宜」などと、慣例にしたがって一応漢字で書き入れていたわけである。こういう自筆〝日記〟が、現在一四巻（もとは三六巻）残されているのだという。それを通読したドナルド・キーンは、前記『百代の過客』で、「まれにしか出て来ない私事への言及を見つけようと、天候、儀式、宴会、昇進などに関するくだくだしい情報の山を分け進むのは、相当の忍耐を要する」と書いている。彼はとうとう『御堂関白記』から道長像を引き出すことができなかったようで、ここではもっぱら『大鏡』や『紫式部日記』によって道長のエピソードを紹介している。『御堂関白記』はやはり日記ではあっても日記文学ではなかったわけだ。しかし、読み方によってはやはり道長の私情、心情の表れた、まさに日記なのだと、今度読んだ『日記と記録』（山中裕）には書かれている。

……こうして『御堂関白記』は、道長の感動の描写が事実の記録の中におのずと湧出たというだけでなく、外戚の発展とわが家の繁栄、これが彼の『御堂関白記』に最も書きたかった一つの主題と称すべきものであったとみる。

（『「御堂関白記」は感動の日記である』）

日記文学だとまでは言えないとしても、単純な公儀の記録だけでもない。道長の詩と真実は充分に伝わってくるのだというわけである。いや、機械的な公儀の記録のなかにも見える一族の繁栄のあとこそが、彼の喜びであったわけだ。とすればドナルド・キーンは少しばかり「忍耐」が足りなかったのかもしれない。と言っても、自分の目では一度も読んだことのない私に、何かを言う資格はないのだが。

だが翻って、我々が面白がったり、有り難がっている文学的な価値などということ自体が、そもそも日記全体の存在意義からみたら、ごく一端のちっぽけなことなのかもしれない。と言うのは、今回の雑読のなかで次のような一文に出会って、私には思いがけない、嬉しい収穫だったからである。

日記は多く失われたとはいえ、なお豊富に伝えられており、十世紀以降の歴史が、後世編纂の史書によらなくても、ほぼ一貫して当時の日記によって組み立てうることは世界でも珍しい。

（『日本古典文学大辞典』）

官製の歴史書によらなくても、民の私的な日記を集めれば歴史記述ができる。日本はそういう、「世界でも珍しい」日記の国だというのである。この、今書いている文章で、私が無い知恵を総動員して言いたいと思っていることは、要するに、日本は〈日記の幸ふ国〉なのだということに尽きるが、その強力なデータがこんなところにもあったわけだ。公卿から武士から町人まで、日本人は根っから日記好きな民族であるらしい。

具注暦についてもう少し補足しておくと、鎌倉時代以降になると伊勢（神宮）暦や三島（大社）暦など、お上の許可を得たうえでの民間の暦も出回るようになったそうだが、それとともに具注暦を真名暦、民間のものを仮名暦とも呼んだのだという。カレンダーに真名と仮名の別があったとは面白いが、むろん具注暦が漢文（字）で書かれていたからである。言い換えると、江戸時代には随分崩れたそうだが、日本では公的な文書は原則的に漢文で書くのが永い間の慣例であったから、知識人であり、政治家であり、官僚でもあった宮廷人たちも皆それに縛られて、私的な文書であるはずの日記類まで漢文で書く習慣があったわけである。官製カレンダーへの書き込みから始まった平安貴族たち、男たちの日記とは、そういう性格を持っていた。そして、そういう背景があったところに生まれてきたのが、「をとこもすなる日記といふものを、をむなもしてみんとてするり」という発想、『土佐日記』（九三五年）の誕生であったと考えてよいであろう。

前章で紹介した「ホトトギス」の「募集日記」、その正岡子規自身による『病床読書日記』（明治三三年一二月）には『土佐日記』のことが書かれているが、そこで子規は思いがけず『土佐日記』を褒めている。古典日記の大方はつまらないなかで、「土佐日記も極めて粗略なるものなれどもこれだけに事情の善くあらはれ居て面白き者後世に無きは如何にぞや」と言うのである。かつて「貫之は下手な歌よみにて古今集はくだらぬ集にて有之候」（『歌よみに与ふる書』）と一刀両断に切り捨てた子規である。現にここでも阿仏尼の「十六夜日記の如きは駄句を配列せるのみ」と手厳しく書いているが、そんなところから見ると『土佐日記』はたくさんあるその歌も含めて合格だったのである。

ただ、「面白き者後世に無きは如何にぞや」と誉めておきながら、その直ぐ後には、日記中の「食物に関する語」を拾いあげ、列記して、「土佐日記の如く食物の記事多き日記は他にあらざるべし。注意すべき処なり」などと、まるでそのために『土佐日記』が「面白」いかのような口ぶりなのだから可笑しい。『病臥漫録』その他、特異な食べ物記事にあふれた子規自身の日記を思い出すではないか。現にこの日も、『土佐日記』談義の後、「此日、樽柿一個、蜂屋柿一個、蜜柑六個」と食物記を忘れていない。『土佐日記』に記された五〇日間、一日も欠かさない天候に関する記録が、現代の気象学から見ても正確な情報であって、研究の参考になるという気象学者の文章を読んだことがあったが、人はみな己の関心に従ってものを見るということなのであろう。『土佐日記』中の酒食の記事に注目した人は子規の他にあったろうか。

「ホトトギス」この号の「消息」欄には、子規による「募集日記」への反響や、予想以上に集まった投稿原稿の数にネをあげたこと、また日記投稿者への注意などが記されている。つまり、「募集日記」という編集企画やその反響に刺激されて、子規は改めて日記というものを考えることになり、その勢いから『土佐日記』を読んでみることになったのであろう。日記について考えようとすると、日本では誰でも、まず『土佐日記』を思い出すわけだ。私もそのひそみに倣って『土佐日記』のことを考えているが、その最初にあるのが、なぜか正岡子規は一言も触れていないが、一般にはやはり作者の女性仮託という問題であろう。紀貫之は何故女装しなければならなかったのか――それに対する教科書的な回答は、だいたい次のようになるだろう。

一、それ以前、日記というジャンルはあったが、それは男たちが漢文で、社会的な事柄を記録する、公的な文章に接続する種類のものであって、女たちが書くべきものではなかった。

二、一方、公的な表記法である漢文とは別に、私的な消息や歌などを書き記す仮名文も発達してきていて、それは男も女もなく自在に駆使されていた。

三、さらに、個人の歌を集めた家の集、和歌集の伝統もあり、そこには長い詞書、その歌の生まれた経緯背景を記して、歌物語の源流を形成していた。

こうした文学的状況、環境のなかから一歩を進めて『土佐日記』が生まれたわけである。言い換えると、紀貫之は任地からの帰京を機会に旅の記録と私歌集を一体にしたものを作ろうとしたのだが、そこに彼が男であったがゆえに日記という形式を思いついたのであったろう。漢文と歌とは馴染まない。歌は仮名で書くのが既にできあがっていた伝統だから、歌日記は必然的に仮名日記になったのである。貫之本人の名で書けば漢文日記・紀行文足らざるを得ない。それではもっとも書きたいことである歌となじまない。こうして、「をとこもすなる日記といふものを、をむなもしてみんとて……」という一行が生まれたのであろう。紀貫之が男・宮廷人であり、歌人であったところから、旅と歌と日記が結びついたのだ、と言えば何の変哲もないようだが、逆に言うと、作者が本当に女であったら、日記形式という発想は出てこなかったに違いないのだ。

今度は『土佐日記』とともに『古今和歌集』(九〇五年、または九一四年頃)の「仮名序」も読んでみたが、こちらの関心の在り処が変わったせいか、昔読んだときとは違った面白さ、発見がいくつもあった。その一つは、紀貫之がもっていたらしい、「やまと歌」復興への情熱を知ったことだった。「かの御時よりこの方、年は百年あまり、世は十継になむ、なりにける」と、『万葉集』(八世紀後半)が編まれてから十代、百年もたっていると強調し、その間、歌は次第に宮中から追い出されてしまい、「古の事をも、歌をも知れる人、詠む人多からず」と、嘆いている。やまと歌は、今では「色好みの家に、埋もれ木の、人知れぬ事と成り」、公の場、改まったところでは、「花薄、穂に出すべき事にも有らず成りにたり」と、話題にもできなくなったと訴えている。貫之に言わせれば、万葉の時代、柿本人麻呂のいた時代は、天皇も「歌の心」をもって天下を「知ろし召し」、臣下もそれによく応えていた。「君も人も、身を合はせたりと言ふなるべし」ということになる。

やまと歌の衰退に対する激しい慨嘆をこんなふうに言っている貫之の胸のうちには、その頃の宮廷における漢詩文の支配に対しての強い反撥があったわけだ。言うまでもないが、『古今和歌集』は後に三代集、八代集、十二代集、二十一代集など言われるようになった、歴代天皇の恒例事業となる勅撰和歌集の最初の例であった。言い換えると、『古今和歌集』以前には勅撰和歌集はなかったのであり、勅撰集とはもっぱら漢詩集を意味したのである。その勅撰集ということばを漢詩から奪取して大和歌の方に持ってきたのが、紀貫之たちのやったことであった。たくさんある歌の勅撰集のなかで「真名序」があるのは『古今和歌集』と『新古今和歌集』（一二〇五年）だけであるが、和歌集に漢文で書かれた序文が付く、そんなところにも勅撰集が漢詩集を意味した、宮廷全体の唐風文化支配時代の名残があるわけだ。

そこに、現実にはどんな政治的経緯があったのか、貫之たちの強い働きかけがあったのか、それとも醍醐天皇という人の思想によって成ったのか、私には分らない。ただ、天皇親政の理想時代という意味で、「延喜天暦の治」ということばがあるから、そしてその理想時代はまた文運隆盛の時代をも意味したようだから、醍醐帝の叡慮と考えてよいのであろうと、私は思っている。それは一つのルネッサンス時代でもあったのではないか。そして、そのルネッサンスは「万葉に還れ」であるとともに、漢詩からの解放をも意味したのであろう。『新古今和歌集』の場合はその名のとおり『古今和歌集』の踏襲という性格が強かったから「真名序」もそれに倣ったのであろう。しかし、その復古精神の裏には、勅撰者であった後鳥羽院の歌好きという事実のほかに、宮廷文化そのものの宣揚ということや、何よりも武家勢力に対しての宮廷権力復権の願望という要素のあったことも間違いないであろう。歌は個人のものだが、歌集は良くも悪くも、積極的にも消極的にも、政治の波をかぶらざるを得ないわけだ。

平安時代といえば、我々は何となく大宮人はみな歌三昧の暮らしをしていたようなイメージを持っているが、それはどうも大雑把に過ぎる見方であるようだ。少し中に入ってみれば、平安四〇〇年のうち、初めの一五〇年ほどは、少なくとも『古今和歌集』（九〇五年頃）が現れるまでは、宮廷人たちの中心あった文学は漢詩であった。勅撰集として編まれた漢詩集は『凌雲集』（八一四年）、『文華秀麗集』（八一八年）、『経国集』（八二七年）の三集だが、それらはいま散逸したものもあってすべてを見ることはできないのだという。

もとより私は、それらのどの一つもまともに読んだことはない。それは『懐風藻』（七五一年）も含めて、この時代の漢詩があまり信用できなかった、どうせ唐詩の模倣、精一杯の〝お勉強〟の成果だろうとしか思えなかったからだ。ところが最近、漢学者も交えた小さな研究会で、たまたまその話が出たが、それらの漢詩が必ずしもそうバカにしたものではないと教えられた。『経国集』には空海の詩なども収録していて立派なものなのだという。そんなことを聞いて、私は自分の怠慢を反省するとともに嬉しくもなったのである。日本において漢詩を作るとは、要するに外国語で作詩することだが、日本人のそういう方面の能力もそうバカにしたものではない、ということらしい。

大和奈良時代、国家意識に目覚めた日本は万事唐風を取り入れ模倣して国造りに励んだ。たくさんの渡来人の力を借りて国史を編み、全国の風俗を集め記録し、万葉仮名を創案して土着の文学を記録した。そうした国造りのなかで、国の指導者たち、知識人たちは必然的に唐風文化を身につけ、漢学の素養においても中国人に負けない、阿倍仲麻呂や吉備真備、菅原道真のような人物まで生み出したわけだ。

それは人材養成のために科挙制度まで取り入れた宮廷政治の、それなりの成果であり成熟であったと見てよいであろう。考えてみれば、菅原道真の建議に従って二六〇年余も続いてきた遣唐使を廃止してしまったのは、醍醐帝の父親、宇多天皇であった。そこには、和漢折衷のなかで成熟してきた平安文化への充分な自信があったのに違いないが、象徴的に見れば、遣唐使の廃止(八九四年)と『古今和歌集』勅撰の宣旨(九〇五年)とは、日本文化のなかでは一体のものだったのだ。遣唐使派遣がないのであれば、指し当って「漢才」養成制度の必要も薄くなる。代わってやまと歌が盛んになるというわけである。「紀貫之らが、この世に同じく生れて、この事の時に会へるをなむ、喜びぬる」と、貫之が「仮名序」に書いた、その「この事の時」への「喜び」には、そんな歴史的背景があったわけだ。

私は、この一五〇年ほどのやまと歌雌伏時代を、歴史的になかなか面白い時代だったと思う。言うまでもないが、大宮人たちは、仕事としては唐風文化を推進しながら、しかし宮廷から下がれば古来からのやまと人の生活をしていたわけである。貫之は歌が「色好みの家」にばかり伝わることになったと嘆いているが、それはあくまでも比喩であって、事実は決してそんなことはなかったことは、彼も充分承知していたであろう。

そのことは、今あげた「漢才」の秀才三詩人が、同時にみな立派な歌人でもあった事実からも明らかであろう。「天の原ふりさけ見れば春日なる三笠の山に出し月かも」(阿倍仲麻呂)の歌は、日本の中学生ならば皆知っている。大宮人たちは、一方で国家制度としての漢文化を推進しながら、その土台としては充分大和文化人であったのだ。漢詩時代は、大和歌はいわば「第二芸術」であったが、その歌の雌伏時代こそは、実は仮名文化の成育成熟期間でもあったに違いない。そして、そういう文化の力が『土佐日記』という新しい国風文学を生み出す地盤となっていたのだ。『土佐日記』を突破口として、その後堰《せき》を切ったように続々と女流日記文学が現れたのは、そんな背景によるだろう。

思うに、古代宮廷の知識人たちの生活は、一面では明治の官員さんたちとよく似ていたのではないだろうか。二葉亭四迷にからかわれているように、身につかぬ洋服を着て毎日お役所に通い、お上の方針に従って新しい洋式な規則を振り回し、推し進めているが、役所を退いて家に帰れば、早々に和服に着替えて、昔ながらの江戸人生活をしている。仲間と俳句をひねり、謡を唸っていたかもしれない。

歌人としての紀貫之は大きな存在だが、宮廷での彼は、その家柄のことは措くとして、公務員としてはたいした存在ではなかった。中納言藤原兼輔の信頼を得て土佐の守になったとはいえ、終生従五位に終わった程度の中堅官吏であった。文章生出身の「御書所預《みふみどころあずかり》」、つまり宮中の書籍管理部門の責任者くらいの地位だったらしい。能書家としても知られたというから、日々漢籍を調べたり、その上で具申したりするのが彼の仕事だったのであろう。つまり宮中の唐風文化担当の一員だったわけである。彼が勅撰集の撰者として選ばれたのは、歌人としての実力は当然としても、もう一つ、宮中の書物資料に通じていたという条件があったのかもしれない。こういう人によって、一五〇年の雌伏を強いられていた国風文学は復権し、平安ルネッサンスの口火が切られたわけである。

明治政府は、日本の民が知らなかった西洋音楽を教えるために教育カリキュラムから日本の伝統音楽を一切追放してしまった。そんな、世界にも例のない酷い仕打ちにもかかわらず、邦楽は滅びることなく生き残って、今、日本の伝統音楽、民俗音楽は盛んに外国にまで進出している。先日も琴とヴァイオリンの合奏というものを聞いたが、こんな自由な時代に巡りあわせたことを私は喜んでいる。それで、何度も存亡の憂き目に遭いながらも一向に滅びることなく二千年近くも続いている和歌について、その不思議、その力、その意味について考えたいが、それはまた時を改めることにしよう。

*

旅と歌と日記が結びついて生れたのが、新しい文学様式としての『土佐日記』だといったが、内容から見ると、紀行的、戯曲的、歌論的な性格を持っていると、一般的には言われている。このうち戯曲的というのは何を指すのか私にはよく分らない。繰り返し現れる亡児への追慕の記述や、何度かある海賊への恐怖のエピソードなどをドラマチックな要素だと見るのだろうか。また、そういうところを指して『土佐日記』がかなり意識され計算された〝作品〟であったとするのが一般的な解釈である。紀貫之がどれほど〝創作〟意識を持っていたのかは分らないが、結果としてはみごとにコロンブスの卵となったことは事実だ。『土佐日記』が一つの指標となって以下さまざまな平安女性日記文学を生むことになったからだ。

たとえば、『土佐日記』が仮に「土佐紀行」とか「土佐道中記」とでも名付けられていたら――まだ紀行も道中記も、そういうことばは登録されてなかったが――少なくとも、あの『かげろふ日記』(九七四年)や、従って『更級日記』(一〇六〇年)も書かれることはなかったろう。『土佐日記』が「日記」とされていたお陰で次のように言われる日本文学の特色も明らかになったのである――「平安時代の宮廷女性のおかげで、西洋では、むしろ文学の周辺分野として片付けられている日記も、日本では、重要な文学の分野として発達してきたのである」(ドナルド・キーン『日本人の美意識』)と。

話が少し先走ってしまったが、後から見て『土佐日記』には、整理してみれば次の二つの発明、先駆性があったのではないだろうか。

一つは、それが仮名文字で書かれたということ。このことによって文学を女性と、女性たちが持っていた歌に、一挙に解放したわけである。強調すれば、『土佐日記』以前、日本には一人の女性散文作者もいなかったのである。繰り返すが、歌の家の集のようなものは充分準備されていたから、それらが表に出る資格を持った、資格があるのだという認識を一挙に広めたのである。

二つは、日記という単純な記録様式を文学様式にまで格上げしたことである。日記は元来私的なものであるが、それまでは漢文という表記法に縛られて、公的な性格を抜け出せなかった。それが、歌と連動した仮名表記を獲得することによって、同時に個人の内面の記述まで可能にしたのである。可能にしたばかりではない、そのことによって文学的な価値が高まることを、『土佐日記』の実験によって、人々が知ったのである。そして、そういうところに、『土佐日記』の「最も正統的な後継者」

（山中裕『日記と記録』）と言われる『かげろふ日記』が生れてきたのである。

『土佐日記』の結末はこんなふうになっている。

みしひとのまつのちとせにみましかば
とほくかなしきわかれせましや
わすれがたく、くちおしきことおほかれどえつくさず。とまれかうまれ、とくやりてん。

「とくやりてん」、早く破り捨ててしまおう、とは少々見え透いた謙辞に過ぎるようだが、好意的に読めば、個人的な慰みであるはずの日記だが、それさえも愛児を失った悲しみの前にはとうてい意は尽くせない、役には立たない、というのであろう。こんな口ぶりには、日記はあくまでも私的なもので、他人に見せるべきものではないという前提があって、それに論理の辻褄を合わせているような趣がある。

ところが、この『土佐日記』から六〇年ほど後に現れた『かげろふ日記』では、知られるように冒頭から、

……人にもあらぬ身の上までかき日記して、めづらしきさまにもありなん、天下の人のしなたかきやと、とはんためしにもせよかしとおぼゆるも……

と、「とくやりてん」どころか、日記は公表されることが大前提とされている。この大胆な序文を、私は以前、ルソーの『告白』（一七八二年）の序文に等しい人間宣言だと論じたことがある。『告白』が西洋近代文学の源流となったといわれるように、日本では、『かげろふ日記』によって、以後の日記文学の基本的な性格は決ったと言ってよいのである。だが、ならば日記文学とはいったい何なのか。

玉井幸助によれば、平安以後、日記と称されたものが二六〇種あるのだそうだが、なかには『和泉式部日記』のような歌物語の性格の強いものや、『紫式部日記』のように明らかに書簡の混ざってい る、いわば遺文集に類するものなど、内容はさまざまである。また内容ばかりではなく、『和泉式部日記』が同時に『和泉式部物語』と呼ばれたり、『多武峰少将物語』が『高光日記』であったりと、日本古典の日記ジャンルはいたって曖昧である。

だが、考えてみると、日記という様式は、他の文学ジャンルに比べると、もともと曖昧、また融通無碍な容れものである。その基本は日録であるが、『土佐日記』が既に紀行的、戯曲的、歌論的といわれたように、その日録というノートを持って旅に出れば紀行文となり、それは遠く『奥の細道』まで繋がっている。また、日々の観察や思考を書けば随筆やエッセーにもなる。そんな性格は既に『紫式部日記』にもみられるが、それがもっと進めば、そして日付を取ってしまえば『徒然草』になるだろう。日本は〈日記の幸ふ国〉だと言ったが、また同時に随筆の盛んな国なのである。

もちろん、仮名日記の最大の功績はやまと歌を盛る器となったことだが、そこからは前述のように、『和泉式部日記』のような相聞歌日記、歌物語となる。そして、一人だけの回想を連ねてゆけば自伝にもなるというわけである。しかし、ならば一体、何をもって日記だと、人々は言ってきたのであろうか。

先の玉井幸助は、その二六〇種の日記文学の性格を統括して、「何事にせよ、その事実を有りのままに記録したものをすべて日記と呼んだことが知られる」(『紫式部日記』日本古典全書)と言っている。つまり、嘘や作り事ではありませんよ、というのが、日記というラベルの意味なのである。

前に紹介したが、正岡子規は「ホトトギス」の「募集日記」の応募者への注意事項として、「聯想議論」はよいけれど、「事実ならぬ事は事実の如く記すべからず」と書いていた。子規がなぜそんな条件をことさらあげたのか分らないが、また同時に、それが日記というものの基本的な約束だろうとは、誰にも納得できるのである。ついでに言えば、日本では、小説には嘘も書くが随筆には嘘は書かないという、暗黙の約束が一部には通用している。事実性と内面性、それが歌にも共通した、日本人の好きな文学の性格なのである。

*

歌日記としての『土佐日記』が歌自伝としての『かげろふ日記』を生んだが、その『かげろふ日記』のお陰で、日本は早くから世界でも「珍しい」自伝文学を成熟させたと、佐伯彰一は指摘している。世界文学史の規模で見れば、普通は伝記文学が熟したうえで初めて自伝文学が現れるのが「通則、常識」なのだという。そしてこの事実、「わが国で自伝ジャンルが、いわば世界に先駆けていち早く定着を見たという事実は、もっと広く認知、顕彰されてしかるべしと思う」(『自伝と伝記の奇妙な関係』)とも言っている。何にせよ〝世界一〟であるのは嬉しいものだが、その日記・自伝ジャンルの「早い定着」を実現させたのは、そのもう一つ奥に、日本が世界でも「珍しい」やまと歌の国であったからだという事実も忘れてはならないだろう。歌の国であったがゆえに日記の国となったのだが、また、日記の国であったがゆえに自伝の国ともなったのである。そして付け加えれば、その日記と自伝の国が近代になって「私小説」の国をも作ったのである。

日記文化の東西比較

この際にと思って、かねて気になっていたフランス人女性ベアトリス・ディディエの『日記論』（西川長夫他訳、一九八七年、松籟社、仏語初版は一九七六年）を読んでみたが、そこに次のようなエピソードが紹介されていて、まず笑ってしまった。引かれているのは一七世紀半ば、ロンドンの一護民官の日記である。ある日彼は夫婦喧嘩をしたのだが、その原因はなんと妻の日記を発見してしまったことだった。

妻は日記の中で彼女の孤独と悲しみをほとんど嘘を交えず詳細に生き生きと書いている。これがわたし以外の第三者にみつかって読まれでもしていたら、と考えたら腹が立った。わたしは日記を破り捨てるよう妻に頼み込んだり、命令もしたが、彼女は拒んだ。仕方なく力ずくで日記をもぎとってひきさき、それから箱にあった残りも奪った。

というのである。彼は相当なスキャンダル好きの男だから、自分がそのネタになるようなことによけい堪えられなかったのであろう。後日、彼は、この夫婦喧嘩の和解のために高価なモヘアのドレスを妻に新調してやることになるが、「こんな大金を使うのは遺憾だが、おかげで仲直りできた」と書いている。妻の方は残念ながらドレス一着くらいで篭絡されてしまったらしい。やはりこの書で紹介されているトルストイとその夫人の日記のように、二人の日記を対照できたら後の人にはさぞ面白かったであろうのに、惜しいことをしたものだ。こんな例を引きながら『日記論』の作者は、「女性解放以前、実質的にはフランス革命以前に、女性の手になる日記がないわけがこれで納得できよう」と言っている。

ヨーロッパでは、この護民官氏のような人物たち、「小貴族と市民階級」が勃興するまで、「日記は一五世紀以前には存在しなかった」が、そのうえさらに、一八世紀スタール夫人の例が現れるまで、女性の書き手は出現しなかったのだという。そして、その理由がこの護民官氏の振る舞いのなかに見えるというのだが、さてどうだろうか。男たちがみなこんな考え方をした――ディディエによれば、女を一人前の人間として認めていないことになるが――のだとしても、もし本当に日記を書いていた、書きたかったのであれば、女たちも、男の裏をかくくらいの工夫はしたのではないだろうか。女性の日記が残されていないのは、女性たちもさして日記への欲求を持っていなかった、書く習慣がなかったからに過ぎないであろう。

ついでに記しておけば、フランス語には英語のdiaryに相当する単語がない。それを言うときはjournal intimeとなるそうだが、journalの語の一般は新聞、雑誌の意味だから、それにことさらintime内面の、秘密のという形容詞を付けてやっと個人的な日記の意味になるのだと言う。これは『日記論』

の「訳者あとがき」にある注記だが、言い換えればそれほど、文化全体のなかで日記などは問題にならなかった、ということであろう。

この護民官サミュエル・ピープスの『日記』はヨーロッパではよく知られた存在で、今では訂正されたが、長い間ヨーロッパ最初の日記作者だとみなされてきたのだという。ディディエの『日記論』では、作者自身が女性であるゆえか上記のような論及のされ方になってしまう。逆に言うと、彼女はこんな程度しか言及してないが、グスタフ・ルネ・ホッケの『ヨーロッパの日記』（石丸昭二他訳、一九九一年、法政大学出版局、ドイツ語初版は一九六三年）では何度も取り上げられ、浩瀚な大著のなかで大活躍しているほか、別巻のヨーロッパの日記アンソロジーにも抄録されている。

それらの情報を総合すると、このピープス氏はもと実直な仕立て屋の息子。ケンブリッジ大学を出た後「殿様」サンドイッチ伯爵――これは、あのサンドイッチを考案したとされる人の父親（三世）らしい――に仕え、引き立てられてさまざまな官職を経た後、最後は海軍大臣にまでなったのだという。ある日、国王から親しく声を掛けられ、下問を受けた彼は震えるほど感激するが、そのあと食事が始まると、貴族ではない彼は着席できず、立ったまま終わるのを待ったと、抄録された『日記』にはそんな話が出ている。おそらく大臣になる以前のことであろうが、身分階級とはこういうものかと、読んで唸ってしまう一景である。

ピープスの生きた時代はちょうどクロムウェルの共和制から王政復古への過渡期でもあった。彼はクロムウェル派であったというが、それは彼がなまじ王侯貴族に立ち交じっていたゆえであったからに違いない。ピープスは後にこの国王の処刑に立ち会うことになる。日記は宮廷人たち、政治家たちの私生活やスキャンダル話にあふれているが、それもまた時代の空気でもあったようで、彼自身も、「音楽と女」については、「ぼくはもうどうにも抵抗できない」と、率直に告白している。リコーダーを吹いては人に招かれる程の腕であったらしい。そして女性関係では自家の若い女中から上流夫人に至るまで限りがないが、こうしたことを彼は自ら考案した暗号文字で書いているのだという。

そんな日記だが、もと海軍大臣閣下だという経歴がものを言ったのであろう、彼の母校であるケンブリッジ大学に保管され、そのまま一〇〇年も眠っていたのが発掘され解読されて世に出ることになった。出版されるとたちまちヨーロッパ中の評判となり、人々に改めて日記というものを考えさせるきっかけを作ったのだとされている。彼はまさに「ブルジョア」「都市市民階級」という存在の典型なのだ。

ここでヨーロッパの日記について何か言うつもりはないのだが、ピープスについて紹介したのは他でもない、彼のエピソードを読みながら『かげろふ日記』のことを考えてしまったからだ。ピープス、この一七世紀ロンドンの一上流市民は、妻の付けていた日記、もしかするとヨーロッパでは最も古い女性の日記になったかもしれない作品を破り捨ててしまったが、それより七〇〇年も前、一〇世紀、日本最初、そして世界最初の女性の手になる日記『かげろふ日記』の場合は、貴族たるその夫によって破棄されなかったばかりではない、もしかすると、むしろ夫によって奨励されていたかもしれないという、彼我二例の対照を面白く思ったからだ。

前記のように、ピープスによると彼の妻はその「孤独と悲しみをほとんど嘘をまじえず詳細に生き生きと書いて」いる――その事実を冷静に認めているところは奇妙に立派だが――ことになるが、それはそのまま『かげろふ日記』にも当てはまることだ。そのあげくピープスは、「これがわたし以外の第三者にみつかって読まれでもしたら、と考えたら腹が立った」というのだが、『かげろふ日記』の場合は、日記のなかでさんざんにこき下ろされている夫・藤原兼家《かねいえ》の方は少しも腹を立てたような形跡はない。むろん腹を立てなかった証拠があるわけではないが、もし彼が立腹していれば、彼の地位と権力からしても、妻の書いた日記の存在をこの世から抹消するくらいのことはわけもなかったろうと思われるからだ。『かげろふ日記』の存在を、その評判を知りながら、わが兼家は何の手出しもしなかったのである――しかし、ここはもう少し順序立てて言わなければならないだろう。

『かげろふ日記』の成立についてはあふれるほど議論があるが、私が興味をもつのは、この日記が彼女の生涯の終わりに書かれたものでも、あるいは長く秘匿されて没後に発見されたというようなものでもなかったという事実である。簡単に言って、あの日記は当事者がまだ元気なうちに書かれたばかりではない、公表もされていたのだ。

日記は兼家からの求婚、結婚のあたりから書き起こされ、その兼家が大納言に昇進、しかし夫婦の間はますます冷えて、作者が隠棲するように郊外の広幡中川へ転居したあたりで終わっている。この間、約二一年だが、それは作者の一九歳頃から四〇歳くらいだと推測されている。ところが、彼女の死は長徳元年(九九五)、六〇歳前後であったろうという事実は動かないようだから、『かげろふ日記』を書いた後、彼女はなお二〇年くらいの余生を送ったことになる。『かげろふ日記』は、見方を変えると、その作者のもっとも女盛りの時代の産物だったが、またそれは同時に、夫兼家の宮廷人として、政治家としての上昇期隆盛期、「花咲き実なるまでなりにける日ごろ」に重なってもいたのだ。とすれば、『かげろふ日記』とは、作者道綱母にとって、いったい何であったのか。

＊

嘆きつゝひとりぬる夜のあくるまはいかにひさしきものとかはしる

百人一首でお馴染みの道綱母の代表作の一つだ。この歌が詠まれた経緯が『かげろふ日記』に書かれているが、それによれば、彼らが結婚後一年か二年の頃にできた一首だった。八月、道綱の出産も無事に果たしたが、一〇月になって兼家が「町の小路なる女」のもとに通いだしたことを彼女は知ってしまう。そのことに思い悩んでいたある明け方、兼家がしきりに門を叩いたけれど、彼女は意地になって開けてやらない。やがて牛車は引きあげるが、翌朝、そのままではあまりにも素っ気無さ過ぎると反省して、「れいよりはひきつくろひて書きて」、つまり格別丁寧に、心をこめて書いて、「うつろひたる菊」の花に付けて届けさせたのが、この歌だとされている。本当は一日でも、一刻でも自分のもとに留めておきたいのに、嫉妬と怒りとに負けてやってしまった自分の仕打ち、それへの身を絞られるような後悔――そんな誇り高い女の心理が手に取るように見える一節だ。

そして、この歌への兼家の返歌、

げにやげに冬の夜ならぬ槇の戸もおそくあくるはわびしかりけり

ここには面子を失った男の苦い思いが見えているが、この歌につけた彼の便りには、「あくるまでもこころみんとしつれど、とみなる召使ひの、来あひたりつればなん。いとことはりなりつる」とあって、兼家はあくまでも心優しい。開けてくれるまで待つつもりであったが、家から急用を知らせる使いが来たのでやむをえなかったと、ちゃんと引きあげた理由をこしらえているのである。女たちのどんな身勝手でヒステリックな言い分にも優しく応えてやるのが西欧中世の騎士道精神だそうだが、わが平安貴族の若君たちも充分にナイトだったのだ。

ところが、その思いやりの口実が彼女には気に入らない。家からの使いが来たからとは何事か、『うち』になどいひつゝぞあるべきを」、内裏からの使いだったという口実さえ作ろうとしないのか、というのである。ウソ・アイサツだと分っていながら、そのウソ・アイサツにも相応の軽重使い分けを求める、彼女のこの自尊心のありよう。結婚して二年近くたって子供まであっても、なおこんな駆け引き、心理劇を抜け出せない女性、その深い「孤独と悲しみ」。平安文学が近代だと言われるのは、こんな人間模様が生き生きと描き出されているからに違いない。

彼らが結婚したのは兼家が二六歳、道綱母が一九歳だろうと推定されているが、想像すれば、それから一五年ないし二〇年、兼家の出世と成熟して行く一人の男の心理としても、離れて住む第二夫人道綱母のもとに通う日数は減ってゆき、必然的に彼女の不安、「孤独と悲しみ」は増大するばかりであったに違いない。「一般に日記は監獄的状況から生れやすい」と前記『日記論』でディディエは書いているが、その「監獄」が心理的な「状況」だとすればそれは『かげろふ日記』の場合にも言えよう。ただ、次にある問題は、そうして書かれた日記が何時「第三者」の目に触れることになったのかということである。私の俄か勉強の範囲ではそのあたりを明確に示している文献が残念ながら見当たらなかった。そうして、どの文献も揃って、道綱母が「本朝第一美人」(『尊卑分脈』)と言われるほどの美貌の持ち主だったこと、歌の方でもその才能が早くから認められていて、兼家の妹を初め多くの宮廷女性たちとの贈答歌があること、さらに、そうしたなかに兼家との結婚前後の才気にあふれた歌のやり取りの評判も、周囲には早くからあったこと等々が指摘され、研究はそれらを大前提として論が進められている。

そもそも兼家は道綱母の美貌を自分の目で見たからプロポーズしたわけではなかった。すべては評判、噂――それがつまり時のメディアであったのだが――から始まり、噂は運命でもあったわけだ。言い換えると、道綱母は『かげろふ日記』以前に充分有名人であったからこそ『日記』も書かれることになったのだということである。従って『かげろふ日記』も、少なくともその上巻は書かれてからそう遠くない時期に、その目的のことはともかく、事実としてはすでに周辺には充分に知られていたと考えてよいのではないだろうか。

ちなみにその周辺とはこんな人たちである。まず近いところには日記にも出てくる彼女の兄二人、姉と妹それぞれ一人の兄妹があった。もっとも兄妹などは日記を見せない関係の筆頭かもしれないが、しかし、長兄理能《まさとう》の妻は清少納言の姉であったと知れば、やはりその交流も想像したくなるが、現に清少納言、紫式部、菅原孝標の娘、和泉式部と伝わっていったことは推測される。次兄長能《ながとう》は知られた歌人であったし、少し後のことになるが、彼女には孫に当る道命《どうみょう》もやはり歌人として知られる人となった。それから、これは笑い話のようだが、姉の夫為雅《ためまさ》の弟為信《ためのぶ》の娘は紫式部の母であったし、日記には出てこないもう一人の妹の方は『更級日記』の作者の母親となった人。つまり『更級日記』の作者は『かげろう日記』の作者の姪になるわけだ。他にも日記に出てくる文通のあった人たちには兼家の妹たち、「安和の変」で筑紫に流された源高明《たかあきら》の室愛宮などが分っている、といった具合である。これだけの知友があれば宮中にその評判が広まるに充分だったのではないだろうか。

歌をつくる人たちにはそれを控えた「家の集」がそれぞれにあった、とは既に言ったが、それに絡んでもう一つ、その「家の集」をお互いに、時には遠いつてを頼ってまで、借りたり貸したりし合うのも当時の習慣であった。『更級日記』にも見えるように、筆写時代の書物文献の流通ネットワークは今漠然と想像するよりはずっと広く密でもあったのだ。それゆえ『かげろふ日記』も、少なくともその上巻――あの「天下のしなたかきやと、とはんためしにもせよかし」という前書きと、「猶ものはかなきをおもへば、あるかなきかの心ちする、かげろふのにきといふべし」という結末を持った上巻は、書かれた直後から、宮廷文化人たちのネットワーク上に乗せられていたとみて間違いはない。いや、話はむしろ逆、そのネットワークに乗せるというモチーフがあって書かれたからこそ、この前書き、後書きも生れたのである。そして、そう考えてみたとき、日本の日記文化をめぐるもう一つの特異な性格も見えてくるように思われる。

『蜻蛉日記』はどうだろう。序と跋を持つ上巻こそ『蜻蛉日記』であるが、それは藤原兼家との関係が続いている最中に書かれる。磊落な開放的オポチュニストである兼家は、日記による女の糾弾などまったく意に介さない。むしろ彼の援助があって日記は書かれたのではないかと思う。当時の女流作家の著作のどれもがパトロンの援助により執筆流布の可能であったことを考えると、一家庭主婦の日記執筆流布は兼家の協力なくてはあり得ないと思う。

（山口博『身の上話とうわさ話――日記と歌語り』「鑑賞　日本古典文学」第十巻「王朝日記」）

この山口説によれば、当時の貴族たちの生きがいはもっぱら「官位と女にある」のだという。そのことを著者はいくつもの物語から例を引いて示しているが、戦争のない時代はいつもそんなもんか、と何となく納得してしまう。ただ、ここで面白いのは、その「女」とは、特定の女性との関係ばかりではなく、もう一つ広く、「男たちが女のおしゃべりの話題の人物になりたい、女の間での知名人になりたいという欲望」であったと強調している。当時、宮廷人なら誰の家にもあった「家の集」、それを土台とした歌物語、その「歌語りの主人公となる」ことこそが若い貴公子たちの憧れ、夢であったと言うのである。皆どこかで縁戚関係にあるような狭い社会、そして天皇を中心にたくさんの女性たちを抱えた特殊社会でもある平安宮廷を想像すれば、それは大いにあり得ることだと思われる。何時の時代、何処の社会でも「うわさ話」は人のコミニュケーションの潤滑油みたいなものかもしれないが、平安宮廷では、その「うわさ話」と分かちがたく一体であったのが歌という文化だった。貴族たち、女性たちの通信は必ず歌の形を取り、歌を伴い、歌は誕生の背景を、物語を伴って人々に伝わってゆくのだ。

前記に続けて山口博は、「それならばなぜ兼家は日記に協力したのか。私は兼家の歌語りの主人公としての積極的登場の意志だと思う」と書いている。兼家の後半生、仲の悪かった兄兼通《かねみち》の圧力を跳ね返して自らの外孫である一条天皇を即位させた手腕、人々の目を見張らせたその出世ぶりと権勢獲得の物語、この、宮廷中の誰もが注目する当代の英雄にぜひとも必要だったのがもう一つの勲章、女たちの「うわさ話」のなかでのヒーローとなることだった、と。大宮人たちの英雄は武張った実力や出世物語だけでは人気を集められない。そこに歌語り、愛の物語がなければ、画竜点睛を欠くのだ、というわけである。

かくて兼家は『かげろふ日記』を黙認し奨励し、それの流布にも見えないところで力を貸していた。あるいは、少なくとも『かげろふ日記』が宮廷での噂になっていても彼はビクともしなかったし、内裏での地位も少しも揺るがなかった。時の人々がそういう物語的英雄を受け容れてもいたからである。『大鏡』には兼家の豪傑ぶりを示したエピソードがある。天覧相撲の席なのに平気で下着姿になってしまったとか、人々が気味悪がった古家で月見をして、物の怪が格子を落とすと叱りつけて元に戻させた、などという話が記されている。「磊落」「開放的」と言われる所以であるが、小事に拘らない彼の豪放ぶりは、彼女の書きぶりにもかかわらず、日記中の道綱母への対応にもよく見えている。『かげろふ日記』は兼家の理解や支援があって書かれたという山口説がどれほどオーソドクシーをもつのか、私には分らない。ただ、そこで著者が、『一条摂政御集』『本院侍従集』『多武峰少将物語』の名をあげて、これらが書いたり書かれたりと、関わり方はさまざまだがみな兼家の兄弟が関係している書物だとしている指摘は、私にはなるほどと思われた。これらは個人の歌集と歌物語と日記と、さまざまな要素の混在した原初的散文作品だが、そこに一頭地抜きん出た作品として『かげろふ日記』も並んでいたと想像するのは、それだけでも何かが伝わってくるではないか。当時の最上級の貴公子であった兄弟たちは権勢だけではない、歌と色好みの世界でも張り合っていたのである。

むろん、ここに解説はしないが、これらの作品もなかに入って行けばそれぞれ書き手の問題から始まって成立の事情や年代等々、さまざまに不確定な要素をもっているのは言うまでもない。従ってどれがどれの刺激影響を受けたか受けなかったか、まして対抗意識があったか無かったか、決定的なことを言うのは困難である。ただ、そういう疑問をたくさん含みながらも、ある貴族の兄弟が揃って歌日記、歌物語のヒーローであったという事実は、やはりある時代の文化的な空気を伝えている。

時の宮廷人たちは歌を中心に、そしてそこに半ば必然的に付随した恋と愛の生活、その打ち明け話を喜び、尊びもする気風を持っていたわけだ。言い換えれば、歌のあるところには恋と愛と自然の交感した歌物語がともにあり、それを受け容れる精神風土が充分できあがっていたのだ。たとえ兼家が『かげろふ日記』を喜んだのではなかったとしても、逆に、それを抑え込んだりしていたら、彼は大宮人として失格だったのである。

ヨーロッパと違って、日本では早くからすでに男女両性が力を合わせて文学の営みにたずさわっていた。詩歌は、そもそものはじめからして、男性と女性の作だった。

（バルバラ・吉田＝クラフト「女の文学」『日本文学の光と影』）

前にも引いた吉田秀和夫人の観察だが、われわれが一口に平安女性文学と言っているところには、少し眼を離して見てみれば、世界のなかでもこんな特色があるわけだ。ヨーロッパで女性による日記は一八世紀のスタール夫人が現れるまで無かったとはすでに言ったが、日本には幸いピープス氏のような横暴な男性がいなくて、一〇世紀に書かれた女性たちの日記がたくさん残っている。いや、そういう事実のもう一つ前、より大本にはやまと歌があって、万葉の時代からそれは「男女両性が力を合わせて」やってきた。日本にはそういう、ドイツ人女性も驚く美しき伝統があったわけだ。

＊

少し古い資料だが、「思想の科学」昭和四四年二月号が、「特集　日記の思想」を組んでいて、いろいろな人に書かせている。そのなかの多田道太郎・加藤秀俊の対談「〈対論〉日記の思想・序説」にはこんな一節がある。

Q　……日記専門の出版社なんて世界に類例がない。そこで日本人の日記好きはどういう理由であるのか、そのへんのところを論じて欲しいのだが……。

P　個人的な会話がへただということじゃないだろうか。会話の中で発散できるものを発散できないで、自分の中へ持ち込んで、夜寝る前に書く。セルフ・コミュニケーションという形態が日本人に向いている。……

それからもう一つ、勤勉意欲というか、がんばらなければいけないという衝動があって、それが反省日記の基礎になっているね。

おそらくPは多田道太郎、Qは加藤秀俊だと思われるが、それはどうでもよいとしよう。Pのこの意見に触発されて、次にはQが、「西欧で日本ほど日記がさかんでないのは、ことによると、神様がいるからじゃないだろうか」として、寝る前に祈る習慣をもつ西洋人は、そこで日々の「良心を清算する」（P）から、日記など必要がない、「日記はお祈りと対応するかもしれない」とも言って、二人は共感し合っている。

これらは間違いだとも断じられないが、しかしそのとおりだとも言いかねる。ある外国人研究者の、日記も私小説も日本人の覗き好き故だと言うのと同様、まことに厄介な俗説だ。とりわけこの年代、世代の知識人たちが往々にしてそうであるように、この二人も文化と言えば「ヨーロッパ人」「西洋人」しか眼中にないようだが、日本もその一端にあるアジアを少しでも意識していればこんな乱暴なことはいえないだろう。「寝る前のお祈り」の習慣などもたない非キリスト教圏、そういう国々でも、日記などに関心のない人たちはたくさんいる。日記を持たない彼らがみな「勤勉意欲」に欠けるとも、「会話」に巧みだとも、まさか言えまい。「日記はお祈りと対応」などしていない。宗教の違いだけでは説明できないのである。これらは、文化論というものはこんな専門家（！）でも、えてしてこういう陥穽に落ちいりやすいという例であるだろう。

何度も繰り返すようだが、私がここで言いたいと思うことは、日本は平安の昔から、昨日今日の現代に至るまで、世界でも珍しい「日記の幸ふ国」、そういう精神風土をもった国だということと、その同じ精神風土が近代になって文学のうえで「私小説」を生み出し、育て上げてきたということだ。端的に言ってしまえば、日記の好きな日本人であるゆえに私小説も好き、好きなばかりではない、それを特異な、高度な文学にまで展開してきたのだ、ということである。私の議論はそれで充分なのだが、ただ、その背景には、では何故、日本人は日記が好きなのかという問題があることは言うまでもない。それが言えれば、私小説問題も案外簡単に解けてしまうと思われるが、実はこれがなかなか厄介なのだ。ただ、日記についてはもうキリにしようと思う今、改めて少し補足しておけば、およそ次のようなことである。日本人が日記を好むのは、ここにたどたどしく述べてきたように、それは歌と一体なのだ。日本人が歌を好む――世界に類のない短歌俳句という文芸様式を作り、もち続けてきた――その原因・理由と日記の「幸ひ」とが同根だからである。歌をつくる心と日記を書く心は一体、あるいは歌と日記は一つ根から出た二つの枝なのだ。

では、その歌は何故できあがったのかといえば、それが日本語に適った表現形式・様式だったからである。すべては日本語がその犯人、原因、出発点なのだ。逆に言えば、日本語で生活することによって、人は日本語の持つ性格に支配され、たとえ歌はつくらなくても歌を理解する情感を身につけるのである。もう一度バルバラのことばを引けば、「……日本こそまさにこれとは反対の国、感情に強いアクセントを見出す国です」(「兼好とモンテーニュ」)と、こういう現象は、日本の自然環境と言語と文化とによってできあがってきた精神風土ゆえであるが、それが日本のすべての文芸にも浸透している、いないはずはない、ということである。

二、歌の国

写生という思想

私小説という問題を考えて、その背景にある日本の随筆と日記文化の性格を見てきたが、その流れで見ればやはり短歌について考えないわけにはいかない。前にも少し言いかけたのだが、歌と随筆と日記とは、とくに日本の古典文学では分かちがたく結びついている。そして、その三位一体がまさに物言わぬ神のごとく日本文学全体の基底を支配しているが、そのことが現代小説においても基本的に変わりないのが不思議であり、また脅威でもあるところだ。ここではそうした問題を考えてみたいが、まずは高見順の次のような発言から。

今までの日本の小説に於いてはいはゆるオーソドックスとして絶対の権威をもつた作品といふものは、所詮その本質に於いて、短歌的精神・俳句的精神に見事に貫かれてゐたではなかつたか。日本の小説が短歌俳句に対して二流の位置にあつたといふのは、さういふ意味である。しかも二流の位置に忠実であればあるほど、その小説は「純粋」であるとされてきた。この本質的隷属性、――

即ち日本の小説界は短歌俳句の植民地であつたといふことは否定しがたい真実である。どんな小説の傑作を反証材料として持つてきて、短歌俳句より上級だと言ひ張らうとしたところで、肝腎の精神が短歌俳句の前に頭を下げてゐる以上は、駄目である。絶対に頭が上がらぬのだ。

（『日本文学に於ける写生精神の検討』）

これは、昭和二二年四月、編集部から課された「近代文学としての日本の小説の検討」というテーマに応えて書かれた文章の一節である。まず、課題自体が日本の小説は「近代文学」として問題ありという前提を含んでいて、今から見れば抵抗があるが、そういうことが少しも疑われずに通った時代のなかでの議論なのである。高見順自身も、冒頭には織田作之助の『二流文学論』（昭和二一年一〇月）に触れて、「日本の小説は二流だと、織田作之助は一種の大見得を切つて、死んで行つた。これだけほんとのことを自覚するには、死なくてはならないのかもしれないと思はれるほど、これはほんとだ」と、その前提を少しも疑っていない。穿ってみれば自身も、その「二流」の小説を書く一人という自嘲からも、こんな挨拶でもしなければ話は進められなかったのであろう。そうして彼は、日本の小説が「二流」たらざるを得ない理由、原因として「短歌的精神・俳句的精神」ということをあげ、とくにそのなかの「写生」という問題を「検討」している。

最近は、やはりノーベル賞作家も一人ならずいるお陰なのであろう、日本の小説が世界レベルでどうだというような議論をあまり見なくなったが、昭和二〇年代、三〇年代までは日本の小説の「二流」性をいう言論ばかりであった。そして、その直接間接の原因に私小説が挙げられたのである。一方、その時代には同時に、日本の短歌俳句自体の前近代性や、文学的自立性を疑う言説もたくさんあった。高見順のこの文章はその二つを結び付けて、日本小説の、私小説も含めた弱点、その原因に「短歌的精神・俳句的精神」の問題があると言ったところにいわば彼の発明、新しい見たてがあったと言ってよいであろう。

高見順という人はいつもいわゆる文壇というものの空気を代表するようなところのあった人だが、そんな人だったからと言うべきか、右に引いたような一節には日本の小説が抱えた特異な問題が鋭敏に感じ取られ、的確に言い表されている。それをどう評価するかは別にして、「日本の小説界」は、その上部構造はすっかり短歌的俳句的文学観によってできあがっていることは否定できない事実だ。日本の小説家は幸か不幸か皆そういう土壌のなかでそれぞれの仕事をしなければならなかったのであるが、それを明確に自覚した人は、実はあまり多くはなかったのである。

たとえば、よく知られた久米正雄という例がある。彼は私小説議論が盛んになった大正の末頃、「散文芸術の本道は『私』小説である」として、そこから見れば『戦争と平和』も『ボヴァリー夫人』も「信用が置けない」、「高級は高級だが、結局、偉大な通俗小説に過ぎない。結局は作り物であり、読み物である」(『私小説と心境小説』大正一四年四月)という「暴言」で文学史にも記録されるような人だ。彼がそんな過激な意見を持つに至った背景には、そこで自ら言っているように、長年の句作で培われた確たる文学観があったからである。碧梧桐門下の新鋭として大正三年には句集『牧唄』のある俳人三汀が久米正雄のもう一つの顔である。つまり劇作家小説家としてのデビュー以前に彼は十分俳人であったわけだ。それが、どういう運命の引き回しであったのか、大正時代、ジャーナリズム膨張期の波に乗って、菊池寛と並ぶ大衆小説作家の大御所となってゆく。そして、そうしたなかでも続いた彼の句作は、言ってみれば師であった夏目漱石晩年の漢詩作りにも似ていたのではないだろうか。漱石が新聞小説、具体的には『明暗』執筆で「俗了」された頭脳を浄化すべく、午後は漢詩作りに腐心したとは知られたエピソードだが、久米正雄における俳句もそんな役割を持っていたのであろう。ビジネスとしての大衆小説執筆の合間に趣味としての句作りに心傾けて精神のバランスをとる――そんな久米正雄が後に、「心境小説」擁護論をさらに推し進めて『純文学余技説』（昭和一〇年四月）まで称えるようになったのは、だから充分理解できるのである。

小林秀雄は、久米正雄の生活と文学の在り方を、「生活の芸術化乃至は私小説の純粋化を果たさなかった久米氏の往時の夢のつづきがある」（『私小説論』）と評した。文学的な中途半端性を指摘したわけだが、しかし、久米正雄が抱えていたもう一つ奥の問題、それが久米正雄個人を超えて日本の現代文学全体の問題でもあったというところまでは小林秀雄の目は届かなかったようだ。

久米正雄が抱えていた問題とは、小林秀雄が言ったような、彼が葛西善蔵にも志賀直哉にもなれなかったというようなことではなくて、その核心には、俳句用の文学観と西洋近代文学用の文学観と、二つの文学観のある現実をどう受け止めるか、という問題があったのだ。言い換えれば、俳句用の文学観で西洋小説の価値を図れるのか、裁けるのか、という問題だ。俳句精神で『戦争と平和』を読めば、判定すれば、それは言うも愚かだが、おおむねは「作り物」「読み物」にしか見えないだろう。西洋の小説などはみな蝿一匹追うのに鬼の金棒を振り回すような騒ぎなのだ。だから、この限りでは彼の判断は間違ってはいないはずだ。もし間違っているとしたら、それは彼が、ではなく、彼が判断の基準とした俳句的文学観が間違いなのだ、ということになろう。

夏目漱石は英国まで留学してみて、「漢学に所謂文学と英語に所謂文学とは到底同定義の下に一括し得べからざる異種類のもの」（『文学論』序）という現実に気付いて悩んだ。「漢学」と違うくらいだから、まして彼の好んだ俳句とも大いに違っただろう。そこから後には『草枕』のような異色な小説も生み出したのだろうが、あの方向はその後どうなったのだろう。『明暗』が『草枕』の発展形態だとは到底思えないが、俳句精神で小説を書くという試みは、漱石においても結局捨てられてしまったのだろうか。午後の気晴らしにとどめて家庭の安泰を図ったのだろうか。

明治以来、あるいは坪内逍遥『小説神髄』（明治八年）以来、日本では、従来の文学観では測れない西欧式文学のあることを知り、それを学び、また作りもしてきた。しかし一方、日本人は、万葉古今以来、永い時間をかけて育て培ってきた歌、またそこから展開した俳句、それらを中心とした文学観文学論、そうしたものを棄てもしなかったし、確固として堅持し、磨きさえしてきた。その結果、東西二つの文学観の間で揺れ続けてきたのが、日本の近代文学の歴史だと言ってよいであろう。久米正雄は、彼なりに素直に正直に、その背反の苦しみを止揚せんとしたのである。だからここで短兵急に言ってしまえば、短歌俳句の文学精神と矛盾背反しないのが私小説系の文学観なのだが、久米正雄の「余技」説はそのことを言っていたのだ。

初めに引いた高見順のエッセー『日本文学に於ける写生精神の検討』はそういう問題を言ったもの

だった。「今までの日本の小説に於いてはいはゆるオーソドックスとして絶対の権威を持つた作品といふものは、所詮その本質に於いて、短歌的精神・俳句的精神に見事に貫かれてゐたではなかつたか」――日本人が名作として認めてきた小説はみな短歌的俳句的文学観に適った作品ばかりではないか、というわけである。

では、その「短歌的精神・俳句的精神」とは何なのか。それは、高見順によれば「写生精神」なのである。そう指摘して、前記エッセーは以下、斎藤茂吉、正岡子規などの写生論を「検討」している。そうして、日本文学に根強くあるその「写生主義」、自然描写を尊び、喜ぶような文学気風が、小説においては「極めて大切」な要件である「虚構構築精神」を「抜き取」ってしまうことになる所以を論じている。

> 結論はかうである。日本の小説は近代小説としては未成育の状態にある。多分に非近代的なものを持つてゐる。かかる日本の小説はそれを支配してゐるところの短歌的精神・俳句的精神から解放されなくてはならない。「写生主義」からの解放、そこに私は、日本の小説に於ける近代的未成育の一つの解決を見たい。
> （『日本文学に於ける写生精神の検討』）

ここに言われている「日本の小説は近代小説としては未成育」という意識、認識は、まるで通奏低音のように日本近代文学の歴史のなかを鳴り続けている観念だ。その「未成育」の原因を、たとえば小林秀雄『私小説論』（昭和一〇年）は、日本の近代市民社会の未成熟、作家たちが「社会化された

『私』」を持ちえないゆえの宿命だと論じた。このことはまた改めて検討しなければならないが、いま高見順で言えば、そのところを、日本の小説が短歌俳句の植民地になっているから、「短歌的精神・俳句的精神」、具体的にはその「写生主義」「写生精神」に支配されているからだと、彼は指摘したわけである。

日本の小説の「近代的未成育」性
↑「虚構構築精神」の薄弱
↑「短歌的精神・俳句的精神」の浸食
↑「写生主義」の支配

という論理構造、てっとり早く言ってしまえば、短歌俳句を棄てよ、しからざれば近代小説は書けない、ということになるが、さて、どうだろうか。

高見順にはその昔、文壇の物議をかもした『描写のうしろに寝ていられない』（昭和一一年三月）という発言があって、そこには「自然描写はかなはん」ということばもあった。それは、一口に言ってしまえば転向文学以後の、人格崩壊だの自意識人間だのと言われた当時の二〇世紀小説がはらんでいた問題で、「白いといふことを説き物語る為だけにも、作家も登場」して、主人公と一緒に「作品中を右往左往して、奔命につとめねばならぬ」」、小説のそんな時代に、悠々と自然描写などしていられるはずがないという意見なのである。これはこれとして文学論的には一つの筋の通った意見だが、それが戦後になって先のような「写生主義」排斥論に発展展開したことは疑いないだろう。かつて創作方法論として言われた「描写」「写生」問題が、いま戦後になって、日本の小説の性格の問題として問い直されたわけである。高見順には「描写」「写生」は親の仇だったのだろう。

では「写生」とは何なのか。

畫の上にも詩歌の上にも、理想といふ事を称える人間が少なくないが、それらは写生の味を知らない人間であつて、写生といふことを非常に浅薄な事として排斥するのであるが、其の実、理想の方が余程浅薄であつて、とても写生の変化多きには及ばぬ事である。（正岡子規『病床六尺』）

斎藤茂吉がしばしば引用しているから、として高見順も前記エッセーで引いている正岡子規の写生論である。時代の動きの激しいとき、価値観の揺らぐときにはいつも問題になることだが、ここでも歌を思想や観念で推して行くか、それとも黙って天然嘱目に従うかという議論のなかで、子規は黙って自然を写す方を採ったわけである。「理想」＝思想、イデオロギーは、それが時代の要請と合致したときは大きな力を持つが、ひとたび時代が移ればたちまち古びてしまう。そうして、一時は時代遅れと見えた「花鳥諷詠」に結局は負けてしまうのだ。我々は僅か百年余の日本の近代文学史のなかでも、こうした光景を何度も見ている。正岡子規の時代で言えば、与謝野鉄幹の詩歌などがまさにその負けしまった例であるだろう。まことに子規の言うとおり、思想、観念、イデオロギーを背負った文学は「非常なる偉人の変つた理想」でもなければ時を超えて生き残るのは難しいのである。

文学における「写生」とは正岡子規の発明になることばだが、その内実は、たとえば芭蕉の「松のことは松に習え」、観念をもってモノを見るな、ということばにも窺えるように、古くから考えられてきたことに違いない。そのことを絵画好きだった子規が彼の時代のことばで摑み、表現したわけだ。実は「叙事」「抒情」ということばは西洋にもあるが、「叙景」という語は西洋にも漢語にもない、やはり正岡子規の発明だった。つまり事実や技法としての「スケッチ」は何処の国にもあったが、思想としての「叙景」「写生」はなかったのである。この、子規の言いだした写生、叙景を出発点として、やがて弟子たちが「花鳥諷詠」(高濱虚子)と言い、「実相観入」(斎藤茂吉)と言って、それぞれ一つの文芸思想にまで育て上げてきたのが、日本近代の短歌俳句の歴史でもあった。と言っても、もとより「花鳥諷詠」ですべてが片付くわけではない。子規が盛んに「月並調」——これも子規の発明によることばだが——を排撃したように、短歌も俳句もその一面では、九九パーセントは家庭塵のようなものだという現実がある。「花鳥諷詠」は、その裏は「卑俗陳腐」(正岡子規『俳句問答』)の温床でもあるわけだ。そこに「実相観入」などという難しいことばも生まれてくるのであろう。

子規の「写生」とは、思想、観念をもって見るな歌うなという思想なのだが、それは言い換えれば無私の精神、そういう人格主義なのだ。自然の写生を通して自己の無私を鍛え、自己の無私を通して自然の真を、力や美を摑む、裸になって自然に向き合い、また自然を通して裸になる、そうした往復運動なのだ。虚子の「花鳥諷詠」も、茂吉の「実相観入」も、みなその機微を自分流のことばによって示そうとしたもの他ならない。松のことを松に習うために、松を前にした「私」がどうあらねばならないかと、実は日本文学はずっと考えてきたのである。そして、これらの写生論に見られるような、自然との融合のなかに生の真実を観取しようという思想は、日本文化全体の地盤に流れていて、近代小説においても『暗夜行路』「大山」の場面などにもつながっているわけだ。高見順が、日本の小説が支配されてしまっている、そのために小説から虚構構築精神を奪ってしまっていると直感した「短歌的精神・俳句的精神」、その「写生主義」「写生精神」とは、この無私の精神と文学との関係にほかならない。だから彼は志賀直哉の次のような文章も引いている。

夏目先生のものには先生の「我」或は「道念」といふやうなものが気持よく滲み出してゐる。それが読む者を惹きつける。立派な作家には何かの意味で屹度さういふものがある。然し芸術の上から云へば此「我」も「道念」も必ずしも一番大切なものではない。そして誰よりも先づ作家自身、作品にそれが強く現はれる事に厭きてくる。「我」といふものが結局小さい感じがして来るからであらう。「則天去私」といふのは先生として、又先生の年として最も自然な要求だつたと思へる。

志賀直哉の「夏目漱石全集」への推薦文だという。私には全く記憶にない文章だったのでちょっと意表を突かれる思いだった。ここでは思想やイデオロギーどころか作家の「我」さえ不要だとまで言っている。漱石の無私の精神への強い願望を、その必然をよく捉えていることと、併せて、これはいかにも後にあの「大山」の場面（『暗夜行路』）を書いた人らしい着眼であることにも感じ入ったのである。

こうして「写生」の精神、無私の精神は日本の近代文学からも「理想」や「道念」や「我」を捨てさせてきたのであるが、その結果は、

夢殿の救世観音を見てゐると、その作者といふやうな事は全く浮んで来ない。それは作者といふものからそれらが完全に遊離した存在となつてゐるからで、これは格別な事である。文芸の上で若し私にそんな仕事でも出来ることがあつたら、私は勿論それに自分の名など冠せようとは思はないだらう。

ということになるわけだ。〝私小説の神様〟とも言われたような志賀直哉、生涯「私」のことしか書かなかったと言ってもよいような作家が、その一方で、作者の存在など意識させないような作品をこそ書きたいと願っている、この不思議な文学観。小林秀雄はこのことばを、「私小説理論の究極が、これ程美しい言葉で要約された事は嘗て無かつたのである」と言った。そう言っている小林秀雄の『私小説論』は、その特色は、人々はあまり気づいてはいないようだが、彼が論じている当の私小説と相通じた強い求道性、人格主義的な精神、つまり無私の精神への強いあこがれによって書かれている。言い換えると、小林秀雄『私小説論』にも、日本の民族的、伝統的な文学観である「短歌精神・俳句精神」は着実に流れているのだ。

＊

敗戦後にたくさんあった文学論争や議論のなかで『第二芸術』（昭和二一年一一月）論くらいバカげた議論はなかったと思っているが、しかし、一歩退いて眺めてみれば、この評論の空しさは、それを桑原武夫という一人の大学教授、仏文学者個人の問題に帰して済むことではないであろう。それは敗戦直後の、文化各方面にあった一億総懺悔の嵐、そういう時代の熱病のなかで、あの『第二芸術』論も書かれ、また受け入れられたのに違いないからだ。現に、『第二芸術』論は俳句を槍玉にあげたが、それより早く短歌への批判が臼井吉見を初め諸方から出ていた。そうしたなかで小説も例外ではなかったのである。後にも触れるが、『第二芸術』論騒ぎの陰に隠れてあまり話題にはならなかったが、桑原武夫にも小説批判である『日本現代小説の弱点』（昭和二一年二月）があった。小説では初めに触れた織田作之助の『二流文学論』や『可能性の文学』（昭和二一年一二月）が圧倒的な話題を集めたのである。そして、これらの現代小説への反省や批判は、志賀文学への体当たりであった『可能性の文学』がよく示しているように、つまるところは、戦後のあの私小説批判の嵐へと集約していった。

ここに取り上げた高見順のエッセイも、そうした機運のなかで問われ、書かれたものの一つだった。ここに直接は触れられていないが、先にあげた彼の論理に従えば、「虚構構築精神」の薄弱の次には当然、

→私小説の跋扈

という問題を含んでいる。ここに触れていないのは、彼自身が私小説の書き手でもあるから、そこ

には、時の批評家たちのような一刀両断の議論では済まされない微妙な問題が絡むことと、実はその微妙な問題を含めて、このエッセーの続稿としての『日本の近代小説と私小説的精神』(昭和二一年四月)があるからであろう。そちらの方では、「私は、私小説をもつて日本の小説の典型とすることには異論を持つてゐる」と言っている。日本近代小説の「未成育」性、「二流」性の、所以や原因として私小説を槍玉にあげるのには組みしたくはない、というわけである。そうした彼なりの事情が、私小説をダイレクトに批判するのではなく、私小説になってしまう日本文化の土壌としての「短歌的精神・俳句的精神」を考えさせたのであろう。そこがこのエッセーの言わば眼目だといえよう。その後あまり顧みられることもなく時とともに忘れられているが、日本で文学というものを考えるためには無視できない、根本的な問題を、それなりに含んでいたのである。

韻と拍とリズム

日本人はワルツ、三拍子が苦手で、たとえばどんな一流のオーケストラでも指揮者がいないとたちまち乱れてしまうのだという。それがヨーロッパ人であれば、曲の出だしだけ振っておけば後は指揮者がいなくてもちゃんと演奏してゆくのだと、そんなことを小泉文夫が言っているのを昔読んだ(小泉文夫・團伊玖磨対談『日本音楽の再発見』昭和五一年、講談社現代新書)。以来、そのことが忘れられず、いつも頭の隅にあっていろいろな場面で思い出される。

読んですぐ思ったのは、恥ずかしながらわが中学高校時代のブラスバンド体験のこと。顧問だった指揮する先生の来ない普段の練習のときだ。行進曲ならば、質はともかく、たいがいはお終いまで通せるのに、ワルツや、途中シンコペーション部分の入る曲になると、ごく単純な曲でも必ずと言うほど乱れて揃わなくなる。それをわれわれは自分たちの技術の未熟ゆえだとばかり思っていたのだが——事実その通りでもあろうが——そのもう一つ奥には、我々の意識しなかった民族的な性格があったとは、と改めて思い出したのだ。

もう一つは、これも既に古い話になるが、テレビで見たウィーンフィルのニューイヤーコンサート。何度ものアンコールに応えていた指揮者のカール・ベームが、最後には曲の頭のところだけ振っておいて引っ込んでしまった場面だった。ウィーンフィルのニューイヤーコンサートなどは一種のお祭りだからそんな慣例があるのかもしれないが、あの遊びだけは日本のオーケストラ相手では真似ができないのだろうなと思ったのだ。

日本人と三拍子ということで私にはこんな経験やら見聞やらがあったが、最近、川田順造が同じようなことを言っているのを読んで（川田順造・湯浅譲二対論『人間にとっての音↔ことば↔文化』平成二四年、草場書房）、改めて右のようなことを思い出したという次第。川田順造は西アフリカ、サバンナのモシ族と一緒に生活してきた、とくに音楽に造詣の深い民俗学者だが、かれは世界各地の音楽を調べるなかで、ブラジルのインディオの踊りには抵抗なく入って行けたのに、アフリカではついに一緒には踊れなかったのだという。それは彼らが、日本のパーカッションの名手さえも、生まれ直して来なければダメだと嘆かせたような、三拍子を中心とした複雑なリズムを持っているからだが、川田順造はそんな説明に加えて次のようなエピソードを紹介している。

サバンナの独立記念日に首都ワガドゥグーの競技場で見た光景だ。ブラスバンドのマーチに乗ってさまざまな団体が入場してくるなか、一団の女子中学生のグループが平気で三拍子のリズムをとって行進して来たというのである。「そこまでして二拍子に逆らいたいんですね」と川田順造は付け加えている。ここでは「女子中学生」というところが大事な一点だろう。つまり、まだ子供であって、教育や現代的都市的環境からの影響が少ないということだ。それゆえ、いくら二拍子を聞かせても、行進してゆくうちに自然に体が反応して、生まれもった民族のリズムである三拍子になってしまうというわけだ。働く母親の背中に括り付けられているときから身に付けてきたリズム感はそう簡単には改まらない。取り外すことは出来ないということだろう。

こんなふうに民族の持った固有なリズム、リズム感というものがあるようだが、それが何によって生まれるのかということを、先の小泉文夫は、農耕民族と騎馬民族との違いによって説明していた。農耕作業は地面を離れるわけにはいかない、常に平面を水平移動するだけだが、馬に乗る人々は走る馬の跳躍に合わせて自分の身体も上下させなければならない。そこに三拍子が生まれるというのだ。このことは音楽と密接な舞踊にも通じていて、農耕民族日本人の踊りはどこまでも平面を平行移動するだけだが、騎馬民族西洋人の舞踏は飛んだり跳ねたり、垂直の運動を持っている、と。

なかなかスマートな説で、江藤淳の『成熟と喪失』（昭和四二年）などもその一つだが、とかく農耕民族コンプレックスを持つ日本人の心理をくすぐって受け入れられやすい解釈だ。しかし私は当初からこの部分には問題ありだなと留保を付けていた。というのは、一方には江上波夫の騎馬民族説のあることも思い出していたからである。騎馬民族説が正しいならば、日本民族のなかにも三拍子に乗って行く血も流れていてよいはずだが、それはどこへ行ってしまったのだろうか。それとも騎馬民族は日本にやってきて、政権は打ち立てたが文化では縄文弥生以来の農耕民たちに呑み込まれてしまったのだろうか。あるいは逆に、日本人のリズム感一つとってみても騎馬民族説は成立しないということになるのか。そんな疑問とともに、小泉説は長い間私の中に漂っていたのだが、そこへ今度、川田順造の体験的な観察を知ったわけである。彼が驚いたアフリカの少女たち、この血肉のなかに三拍子を持ったサバンナの人たちは、言うまでもなく騎馬民族ではない。焼畑式などの素朴な形ではあるが生活の基本は紛れもなく農業。一部に狩猟も含まれるが、もちろん馬には乗らないし、そういう文化を持っていない。にもかかわらず彼らは三拍子の民族なのだ。

といったような次第で、小泉文夫の三拍子騎馬民族由来説は、少なくとも私のなかでは成立しなくなってしまったのだが、では、三拍子はいったいどこから来たのだろうか。そうして、日本人はなぜそれが苦手なのだろうか。

そういう問題をまったく違った方向から考えているのが別宮貞徳『日本語のリズム――四拍子文化論』(昭和五二年、講談社現代新書)である。日本語の性格をそのリズムから考察しているのは、私の知る限りこの人だけではないかと思う。ただし、この一冊が言っていることはいたって単純なことであって、要するに、日本語は基本的に四拍子で運ぶ言語なのだということにつきるであろう。ただ、それ故にと言うべきか、そこから、その根本の性格から派生してくる問題は限りなくある。言うならば日本文化の根幹に関わるたくさんのことがこの事実によって理解、あるいは説明できるのだ。さしあたり言えば、日本人の三拍子が不得手な資質も、原因はこの日本語の四拍子性格によるのである。母親の胎内にあるときから聞いていることばがすべて四拍子だから、学校にあがって教育を受けるようになってから知る三拍子などはよほど訓練しなければ身につかないのだ。ちょうど、アフリカの女子中学生たちが音楽を聞けばみな反射的に三拍子にしてしまうように、日本の子供たちも、放っておけばみな四拍子にしてしまうのである。[1]

前記『日本語のリズム』に次のような一節がある。

英語が三拍子の言語だといわれるのは、おそらくこれ（注・アクセントとアイアンバスの関係）によるだろう。英語はアイアンバス（注・強弱格）になりやすい、そしてアイアンバスは三拍子になりやすい、したがって、英語は三拍子になりやすい。

ここで著者は『ハムレット』の有名なせりふ、「To be or not to be, that is the question 」のリズムを音符にして示しているのだが、なるほど綺麗に三拍子になっているのだ。こんな図を見ていると、子供のころ面白くも厄介にも思った歌の文句での英語と日本語の違いのことが思い当たる。誰でも感じていることであろうが、日本語なら音符一つに一音を当てればよいのに、英語の場合は一音符に一単語を当てなければならないから、同じ歌を英語歌詞で歌うと妙に忙しいのと、だいたい合唱のときなどは声が揃えにくかった。「I'm dreaming of a white Christmas 」を歌うのに音符が五つしかない。一つの音符に「Christmas」と、日本式に発音すれば五音分も言わなければならない不合理さ、などと思ったのだ。むろんこれは、日本語は一音一音に母音が付く、時枝誠記の言う「等時拍音形式」だから単語をどこまでも分割できるが、英語は子音が多いから、したがってアイアンバスも多く、単語を途中で分割できないという性質によるわけだ。

「お許しください、シャイナゲーワ・ステーションは日本ではシナガワと発音します」とは、曾野綾子『遠来の客たち』（昭和二九年）に出てくるアメリカ占領軍との会話の一つだが、この「シャイナゲーワ」がホテルに勤める日本人従業員には何のことか分からず一騒ぎあったというエピソードである。日本語ならシナガワと抑揚もなく四音四拍になり、それ以外の発音は誰も考えもしないだろう。ところがそれをShinagawaとローマ字表記で読むアメリカ人は自然にシャイナ・ゲー・ワと強弱つけて三拍子にしてしまう。このホテルの従業員たちは、初めは電話のあるたびに正しい日本の発音を示して訂正していたが、そのうちに疲れてしまうのだろう、訂正もせず相手に合せてシャイナゲーワで通す者も現れて来る。人と和することを美徳とする日本人はこういうところでも譲ってしまうのだ。

それで思い出すが、高校生のとき、英語の教師に戦前のアメリカで暮らしたことのある人がいて、教材に出てくるTokyoを平板なトウキョウではないアクセントの付いたトゥ・キョウだと生徒の読み方を何度も訂正した。反発した我々は何で日本の地名を外国人の発音に合わせなければならないのかと猛反論したが、今は英語の時間だと押し切られてしまった。それからしばらく、我々の間ではトゥ・キョウやカマ・クーラが揶揄冗句の合い言葉になった。いま思うに、基地の町の子であった我々もヨコスカやカマクラの四拍をアメリカ人たちがヨコ・スーカやカマ・クーラと三拍にしてしまうことを一方では承知していたのである。だが逆に、自分たちが元来三拍のクリッス・マスを平気でクリスマスの五音にしてしまうことについては案外無自覚だったのである。

英語はワルツのように三拍子がもとです。日本語は二拍子です。ですから相当に日本語の上手な外国人でも、ついリズムが三拍子になるのです。私はいつも外国人の日本語にならないように、二拍子を意識しながら日本語を話しています。

前記『日本語のリズム』に紹介されている服部龍太郎『日本の民謡』に引用されているという「日本語の達者な外国人の話」である。孫引きのままで恐縮だが、こんな事実は、たとえば鈴木孝夫『日本語と外国語』(平成二年、岩波新書)などにも、かけらとしても出てこない、言われていない。しかし英語の教師などが早くからこのこと教えてくれていたら、あの恥ずかしい英会話の授業も少しは楽しくなっただろうにと、今さらながら思う。ついでだからここで今更ながらをもう一つ書いておけばこんなこともある。

最近、由紀さおりがイギリス、アメリカで大評判、彼女のコンサートがロンドンではロイヤルアルバートホールや、ついでアメリカではカーネギーホールをいっぱいにしたのだという。その評判の記念アルバムCD『1969』を私も買って聞いてみた。一九六九年にヒットした曲から選んであるのだそうで、その意図は分かったが、我々からすればとくに由紀さおりでなければならないほどの歌が並んでいるわけでもない。何で今更、という思いが打ち消せないが、CDに挟まった解説によれば、そもそもは由紀さおりが二〇一〇年に依頼を受けて日本語で「ホワイト・クリスマス」を歌ったのがアメリカ、カナダで評判となり、それが引き鉄となっての、昨年あたりのブームということであったらしい。カーネギーホールでのコンサート当日をＮＨＫテレビが取材していて、たまたまそれを見た私は思わず唸ってしまった。会場を出てきた若い女性たちがインタビューに答えて、一つ一つの歌の意味は分からなかったけれど、母音の多い歌にとても癒されました、というのである。坂本九の「上を向いて歩こう」を「スキヤキ・ソング」にしてしまった三〇余年前とは違って、今度ばかりは彼らも一音符一音で歌う日本の歌の意義に、その力に気付いたらしい。一般に、外国語はとかく駃舌《げきぜつ》、百舌鳥《もず》の囀りで、煩く耳障りなものだが、日本語が、母音の連続が人の心を癒すとは、私も初めて聞いたのである。

余談になるが、楊逸の小説『ワンちゃん』（平成二〇年）には、「やたらにネー、ネーの多い日本人の会話」という一節があった。そう言っている中国人の会話は、日本人には猫が集まって叫びあっているように聞こえるのだから面白い。しかしこれは煩くはあっても駃舌という感じではない。駃舌という語で私がすぐ連想するのはドイツ語だが、ヨーロッパの人たちはどう聞いているのだろうか。最近の言語学研究では、温暖な国の言語は母音が多いという調査結果が報告されているそうだが、確かにフランス語と同様、母音の多いイタリア語は耳に優しい言語だと書いたものを読んだ覚えがある。とすれば、われわれは意識もしないで来たが、母音の多い言語は癒し系、この感覚は案外世界に共通しているのかもしれない。

＊

日本語には圧倒的に母音が多い、一音一音に母音が付くこと、それゆえ発音から捉えると「等時拍音形式」であること、それはリズムとしては自ずから四拍子となってゆくこと――これらの要素はそれぞれ切り離すことのできない、一体となった日本語の性格なのだが、その性格から派生してくる問題はむろん、日本の民謡はほとんど四分の二拍子だ、日本人はワルツが苦手だ、ということにつきるわけではない。それは当然のことながら日本文化のさまざまな面に浸透し、文化自体を性格づけているが、さしあたり私が指摘しておきたいと思うのは、この日本語の性格こそが短歌、そして俳句という固有の文学をつくり上げたのだという事実である。以下、前記、別宮貞徳『日本語のリズム』によりながら、そのあたりのところを確認しておきたい。

日本語の単語を類別すると二音節のものが全体の六〇パーセント、三音節が三〇パーセントを占めるが、とすると二語からなる合成語も必然的に四音節が最も多い勘定になる。そこへ単語をつなぐ助詞「てにをは」や、また動詞形容詞などの語尾変化が付くが、これらが大部分は一音節、わずかに二音節なのだという。そこで、「一番できやすい組合せは五音で、短い句が五音になるのは、確率的にも当然のことに過ぎない」ということになる。そして、永いながい試行錯誤を繰り返してきたなかで、「生得的なリズムである四拍子に合致するものとして、短い句は五音節、長い句は七音節という標準を完成した。これがすなわち、五七五七七の短歌形式」なのである。

何だか単純で呆気ないようだが、「万葉集」で「やまと歌」が固まるまでのさまざまな様式、歌謡、旋頭歌、仏足石歌、長歌等々、それらが生まれ、一度は流布したのに結局消えてしまった歴史を思い出すと、こんな解釈も頷ける。

四拍子理論から言えば、短歌の五七五七七は、休みを入れれば、全部八八八八八で、それらがすなわち四拍子に他ならない。逆にいうと各句が八音以下なら、休みを適当に入れることによって四拍子はそのままなりたつ。つまり、九音以上では処置なしだが、八音までなら、字数のうえでは字あまり字たらず破格かもしれないが、リズム（拍子）のうえではぜんぜん破格ではないことになる。

（別宮貞徳『日本語のリズム』）

著者は、いろいろな文章を学生たちに読ませた場合の息継ぎの間をどこでとるかなどの実験データも付している。四拍子民族には、五音七音という奇数音に一拍の休みを入れて、それが一番安定感のあるリズムなのだ。

やまと歌がなぜ生まれたのか、その発生については多くの議論がある。なかには漢詩の五言七言から来ているといった笑ってしまうような説まであったが、しかし、そのスタイルが結局五七五七七に定着してきた背景、要因としては、ここに言われたような解釈が私にはもっとも納得できる。要するに日本語は五七調、あるいは七五調が一番安定した形をつくる、ということにつきるのだ。

後に参考にする予定の荒木博『やまとことばの人類学』（昭和五〇年）には日本人の標語好きな性格を論じた一章がある。毎年標語を募集して入賞作を発表する団体が、その名前を列記するだけでもまるまる一ページを必要とするほどたくさんある。日本は、世界でも珍しい標語好きの国なのだという。そうして毎年大量に生産消費されてゆく標語が、これがまた全て五七調七五調、つまり俳句や川柳と同形なのだ。五七調七五調は日本人が身体で反応し納得してしまう言語形式なのだろう。日本語で生活するなかで身に浸みついて行く言語感覚感性なのだ。

短歌俳句は日本の言語と風土のなかから生まれ、何世紀もかけて育ててきた日本文化の一つなのだ、などと言えば、中学生か外国人にでも聞かせるつもりか、と笑われよう。しかし私がいま思うのは、その中学生でもわかる常識が、歴史のなかではしばしば忘れられてきた事実である。

香りあふれる闇のしじまを
なに思ふなく沈んでいつた。
めまひが湧いて泡がひかつた
星かげ揺れる夢のなみまを。

うすらひ破《わ》れる想ひでのそこ
よりそひ眠る生物のむれ
しづかにめざめ　告知の葉ずれ
大気の歌に耳すます――どこ？

中村眞一郎の「Idée」と題された詩の前半部である。ご覧のように第一連では「しじまを」と「なみまを」が、「いつた」と「ひかつた」が、第二連では「そこ」と「どこ」が、「むれ」と「ずれ」

が、それぞれ脚韻を踏んでいることになる。しかし各連とも、二行と三行はまだしも、一行と四行などは、文字を見ていればともかく、耳で聞いただけでは、離れすぎていてとても同音が繰り返されているとは意識できない。同音のかさなりとしてはむしろ、「湧いて……ひかつた」や、第二連の「うすらひ破れる想ひでの」の方が特徴ある言い回しとして耳に残るから、その後に付く「そこ」を三行も先の「どこ」に関連付けて聞けと言われても、それは無理でしょうとしか言いようがない。

やがて明りが流れはじめる
無垢の鳩が空にむかつて
ただよふ花が魚を追つて！

そこに「私」が泳ぎながめる
水平線を掻きけしながら
知らぬ世界をおどろきながら。

と、後半も同様である。第三連の「むかつて」と「追つて」、第四連の二つの「ながら」の同音はまだしもだが、第三連の「はじめる」と第四連の「ながめる」などは言われてみなければ気が付かない。とうてい「脚韻」だなどとは言えないが、こうした一四行を一組として西洋のソネット、一四行詩の日本語版だと、「マチネ・ポエティック」の人たちは主張した。引用はもうやめるが、『マチネ・

ポエティック詩集』(昭和二三年)にはこうした詩の試作品が並んでいる。しかし、それらの「脚韻」詩は概して種類の限られた助詞の類か、無理な言い回しや改行による帳尻合わせにしか見えない。当時すでに言われたことだが、だいたい子音の少ない、一音一音に、それも今は全部で五種しかない母音の付く日本語、さらに西欧語とは違って動詞が文末に来る日本語では「脚韻」はそもそも無理なのだ。三〇代の初め、とは私のなかにもまだ西洋的なものへの憧れがいっぱいあった頃だが、必要から『マチネ・ポエティック詩集』を読んで、何でこんなバカなことをやっているのかと思ったものだ。先の『日本語のリズム』には最近のヨーロッパやアメリカの俳句流行、その音節数まで合わせようというやり方の無意味さを指摘、「気がしれない」と一笑に付しているが、それは日本語版のソネットについても同様であろう。

戦争下の昭和一八年ごろ堀辰雄を慕って集まり、ともにフランス文学を研究していた青年たち、加藤周一、窪田啓作、中村眞一郎、福永武彦らが、自分たちの集まりをそう名付けたのが「マチネ・ポエティック」である。今あげた詩集や、時評的な文学論集『1946文学的考察』(昭和二二年)などを刊行して注目され、戦後文学の一角を形成したのである。あの軍国主義一色の文化不毛時代にこんな高踏的な文学的遊びをやっていた若者たちがいたのかと、そういう驚きをもって迎えられたのだ。戦後文学は一般に戦争体験や、廃墟と化した祖国の現実の上に立って始められ、築かれてもきたが、そうしたなかで彼らマチネ・ポエティックの仕事は全く異質だった。そこには、戦争も焦土も一切無視され、ひたすら西欧的な芸術至上主義が押し通されている。時代の現実を考えればまるで獄中で饗宴を開いているようなものだったが、それはそれで貧しかった現実の裏返された反映であったろう。

『マチネ・ポエティック詩集』についてはその後の私の〝勉強〟のなかで、たとえば三好達治が、「同人諸君の作品は、例外なく、甚だ、つまらない」、「押韻としての曲のなさ貧弱さ」、「文章語脈と口語脈との混在」、「感受性の安つぽさ」(『マチネ・ポエティックの試作に就て』)等々とコテンパンにやっつけているのを知って、私は妙な安心感を持った。三好達治はこんなふうに全否定の後、「ごらんの如くそれは極めて平凡な意見で、要するに現代及び将来にわたつての、邦語の宿命を説いたにすぎない」とも言っている。「平凡な意見」とは、さらに痛烈なパンチだが、つまり常識的な意見、日本の詩人たちがみな知っていること、感じていることだという意味に違いない。

『日本語のリズム』でも、著者は「日本語が本質的に押韻に向かない」ことを言い、マチネ・ポエティックの試みの不毛性を指摘した後、日本語で「押韻の効果を出そうと思えば、『来ました、見ました、勝ちました』式に、同じ音を大量にぶち込まなければならない」と言い、谷川俊太郎の詩『かっぱ』を引用して見せている。同音異義語の多い日本語の特性を生かした『ことばあそびうた』であるが、私も別の詩を引いてみよう。「週刊朝日」に連載された『落首九十九』(昭和三九年)から。

事件だ!
記者は報道する
評論家は分析する
一言居士は批判する
無関係な人は興奮する

すべての人が話題にする
だが死者だけは黙っている——
やがて一言居士は忘れる
評論家も記者も忘れる
すべての人が忘れる
事件を忘れる
死を忘れる
忘れることは事件にならない

真ん中の「黙っている——」からの転調がみごとだ。脚韻のためにはまことに貧寒にして不自由な日本語が、ここでは逆転して生き生きとことばの生命を飛翔させているではないか。そして、このユーモアと批評性。

なお、少しことわっておけば、谷川俊太郎の『二十億光年の孤独』（昭和二七年）に次ぐ第二詩集は『62のソネット』（昭和二八年）であった。何故ソネットなのか分からないが、詩のあらゆる形式に挑戦している彼のことだからソネットもその一つの過程であったのだろう。ただし、この『62のソネット』は、要するに四連の一四行詩というだけで、脚韻などにはほとんどとらわれていない。立原道造の詩がそうであったように、谷川俊太郎の詩も、ソネットに名を借りた自由詩、脚韻の代わりにリズムが中心になった、ソネットの日本語バージョンと考えればよいのであろう。『マチネ・ポエティック詩集』の観念的で空疎な世界とは対照的に、潑剌とした日本語による思念世界は爽やかで気持が良い。こういう、日本文化のなかで充分に消化されたソネットが現れたのを知って、マチネ・ポエティックの人たちは詩作から離れたのだと考えることにしよう。

誰であったか、『マチネ・ポエティック詩集』を「時代錯誤な仕事」だと書いている人があった。調べてみると、ソネットは西欧でもシェックスピアあたりを頂点として、その後は廃れて行ったのだとされている。たくさんある西欧の詩形式のなかでは比較的短い形式だそうだが、そのわりには韻の他にも約束事が多くて思想を盛るためには不自由に過ぎたからだとされている。マチネ・ポエティックの人たちが何故ことさらそんな古いものに依ったのか分からないが、そこには、先にも言った日本の非文化的な時代のなかでの反動という働きが大きかったのかもしれない。そんなところは大いに同情もできるが、しかし、突き放していい言えば、これは時代錯誤であるよりも、むしろ文化錯誤ではなかったかと、今の私は思う。

別のところでも書いたことでもあるが、明治の昔、東京帝国大学の御雇い教授であったケーベル博士を訪ねた学生たちが、博士に問われて、日本に誇れるような文化はありませんと答えて、ケーベル博士を驚かせたり呆れさせたりしたが、こういう学生たちによって、漱石ふうに言えば、金の延べ棒を丸呑みにするように西洋文物を丸呑みにしてきたのが日本の近代だった。堀辰雄の家に集まったマチネ・ポエティックの青年たちも、その昔ケーベル博士を訪ねた学生たちの末孫に他ならない。もちろん、その後はそれぞれ彼らなりの成熟を遂げて、なかには日本の近代の知識人の多くが辿る道筋、つまり日本回帰を果たした作家もいるのだが、マチネ・ポエティックまでの彼らが時代錯誤ならぬ文化錯誤のなかにいた事実は否定できないのである。

これも小泉文夫の前記『日本音楽の再発見』に言われていたことだが、明治政府は創設した義務教育カリキュラムのなかから日本の伝統音楽を一切締め出してしまったのだという。それは、ひろくは〝近代〟というものを一種の接ぎ木として始めなければならなかったアジア的な宿命でもあったのだが、それでも、音楽についてだけ言っても、教育プログラムから自国の伝統音楽をこれほど大胆に切り捨ててしまったのは日本だけだったのだという。そうまでして、しかし実際に明治政府がやったことはいわゆるヨナ抜き、半音階は使わない奇妙な、中途半端な西洋メロディーだったのである。そんなことをやった首謀者、時の文部官僚伊澤修二を、小泉文夫は名をあげて批判していた。私はいま言ったケーベル博士を訪ねたときのエリート学生たちを連想するが、見方を変えれば日本人はそれほど素直というかお人よしというか、とことん〝総懺悔〟の好きな民族なのだ。

そこで、私の希望するところは、成年者が俳句をたしなむのはもとより自由として、国民学校、中学校の教育からは江戸音曲と同じやうに、俳諧的なものをしめだしてもらひたい、といふことである。

これは明治の伊澤修二の発言ではない。すでに何度も名をあげている、桑原武夫『第二芸術――現代俳句について』（昭和二一年一一月）の、お終いの方の一節、つまり結論部分である。先の『マチネ・

ポエティック詩集』も、こんな提言が評判を呼んでいるような時代のなかで刊行されたわけである。この人たち、桑原武夫もマチネ・ポエティックの人たちも、幸いに文部官僚ではなかったが、もしそうであったら戦後の教育も、小中学生に短歌俳句を止めてソネットを作らせるようなことになっていたかもしれない。

『第二芸術』論の論旨はいたって単純明快である。俳句は一句ぐらい見たのでは玄人も素人も見分けがつかない。つまり個性の刻印もできないし、まして思想を盛ることはできない。そんなものは芸術だとは言えない。「隠居の菊づくり」と変らない、せいぜい「第二芸術」と呼ぶのが正しい。そして、そんな「低級」（引用です）なものを、国民誰もがやっているからといって誇ってみても始まらない。むしろ、こうした「素人芸術家」の多いことが真の芸術のためには邪魔になっている。

俳句を若干つくることによつて創作体験ありと考へるやうな芸術に対する安易な態度の存するかぎり、ヨーロッパの偉大な近代芸術のごときは何時になつても正しく理解されぬであらう。

ということになる。くどいようだが、「ヨーロッパの偉大な近代芸術のごときは何時になつても正しく理解されぬ」と、これがこの人たちの泣き所なのだ。ここでは「理解されぬ」、その元凶がたまたま俳句になったが、俳句の代わりに「私小説」でもよかったのであって、それが同じ著者による『日本現代小説の弱点』（昭和二一年二月）である。だが、まぜっかえすようだが、こうした文化錯誤、精神の姿勢でいるかぎり、日本の優れた芸術も文化も、「何時になつても正しく理解されぬ」のである。繰り返せば、四拍子文化の国にいながらそれを自覚せず、身に合わない三拍子の国の文化ばかり追っかけていては、いつまでたっても本物は生み出せないのである。

先ほど私は、短歌俳句は日本の風土と日本語の性格から生まれてきた日本文化の一つだと言ったが、少し先走っていえば、「私小説」もまた、紛れもなく同じ条件のなかから生まれてきた「日本文化の一つ」なのである。だが何故かそのことを、日本の近代文学史はずっと〝恥じて〟きたのである。恥じたために、正しい姿を観ることもできなかったのである。

> 吾等は天下無用の徒ではあるが、しかし祖先以来伝統の趣味をうけ継いで、花鳥風月に心を寄せてゐます。さうして日本の国家が、有用な学問事業に携はつてゐる人々の力によつて、世界にいよいよ地歩を占める時が来たならば、日本の文学もそれにつれて世界の文壇上に頭を擡《もた》げて行くに違ひない。さうして日本が一番えらくなる時が来たならば、他の国の人々は日本独特の文学は何であるかといふことに気を付けてくるに違ひない。その時分戯曲小説などの群つてゐる後の方からここに花鳥諷詠の俳句といふやうなものがあります、と云ふやうなことになりますまいかと、まあ考へてゐる次第であります。

ずいぶん皮肉たっぷりに持って回った言い方だが、決して『第二芸術』論を意識して書かれた文章ではない。昭和一二年ごろに書かれた高濱虚子『花鳥諷詠』の一節である。その頃にも、日本の戦時体制化の進行とともに「文章報国」などということが言われるようになった、そうしたなかでの発言である。虚子は「俳句報国」などということは考えられない——実際にはその後「報国」に励んだ俳人たちも出てしまったのだが——と言い、正岡子規のことばを引きながら「自分たち俳人を「天下無用の徒」だと言い切ったのである。こうした時代も潜り抜けてきた虚子だったからこそ、戦後の『第二芸術』論騒ぎのときも〝少しもあわてず〟でいられたのであろう。俳句はこれまで一度だって「芸術」だと認めてもらったことはないので、「第二」にせよ「芸術」として認められたのは慶賀すべきことだと言って、議論自体を煙に巻いて見せた。虚子の老獪ぶり、狸親爺ぶりが話題になったと記憶するが、それにしても、今「ハイク」が世界語になっている——その内実についてはさまざまな問題があるにしても——ことを思うとき、虚子のこの〝予言〟のみごとさに驚くばかりだ。短歌俳句が何度もの震災や洪水、革命やクーデターに遭っていながら、にもかかわらず、日本の民族文化の一つとして一向に廃れも亡びもしない理由を、我々はもっともっと考え、認識しなければならないのである。

（1）もとより私は三〇種余に分かれるというアフリカの言語については欠けらも知らないから、ここは想像にすぎない。ただ、川田順造の他の書などに見える（『サバンナの博物誌』）、サバンナの物の名や地名——ワガドゥグーのような——などから三拍子言語に類するのだろうと見当をつけている。いつか機会があったら確かめたいところだ。

西行の伝統

……だが、作者の自我の問題は、言葉の再組織による自律的な、又多かれ少かれ永続的な形式を作り出す工夫のうちにしか実際の解決はない以上、文学の故郷は、やはり詩だといふ事になるだらう。

これは小林秀雄の『詩について』(昭和二五年四月)の結末に近い一節。この前には、「浪漫主義文学」が「作家の自我の問題」を明るみに出して以来、それは文学の「あんまり大きな遺産」となりすぎて、今では作家たちの「重荷」とさえなっている、という趣意のことが言われている。文学が暢気に物語を語っていた時代は既に終わって、今は作家たちがみな語ること自体の問題に苦しんでいる、というのである。その部分も含めてすっとは頭に入りにくい文章だが、言われていることの全体は充分に納得できるのである。そのうえで、私がいま注目したいのは、末尾の「文学の故郷は、やはり詩だ」という結論部分である。まことに、歴史的にも民俗的にも、現象的にも本質的にも、「文学の故郷は、やはり詩」なのである。そして、その「詩」が、日本では「歌」に他ならないのだ。その事実を、くどいようだが、我々はもっと認識し、意識もすべきであろう。

ドイツ文学の松本道介の言い方を借りれば、千年も昔にできた「百人一首」をいまだに伝え遊んでいるような国は他に例がないそうだが、そのくらい日本は歌の国なのだ。「源氏物語」に歌いこまれている歌を誰もが注釈なしですんなり理解できるわけではないにしても、そういう人でも短歌教室に通ってせっせと自分の歌は作っているのである。あるいは、日本には俳句結社が一七〇〇くらいあるそうだが（平成二四年現在、『文藝年鑑』に登録されている、つまり雑誌を公刊している団体は二五五結社である）、それにさらに結社以前の俳句集団を加えたらどのくらいの数になるのだろうか。文学人口は短い形式のものほど多いそうで、短歌集団は俳句の半分ほどだとされている。なるほど、私の知る小説同人雑誌は現在ほぼ四〇〇誌くらいで、それは確かに短歌集団のさらに半分ほどということか。であるとしても、冒頭にも言ったが全国の都市都市にカルチャー教室の類があって、驚くべき数の、とくに女性たちが文学をやっている。「こんな国、こんな民族が、世界のどこにあるだろう」（秋山駿『私小説という人生』）ということだ。いずれも景気不景気、事故災難にたちまち影響支配される世界ではあるが、これらの数字はほぼ日本の平均的、恒常的な文学人口を示しているだろうと思われる。昔の大宅壮一ふうに言えば、一億総文人歌人俳人、詩人の国なのだ。その〝一億〟がみな、小林秀雄の言う「文学の故郷」を守り、抑えてもいるわけだ。

こうした特色はむろん〝数〟のうえのことだけではない。前に久米正雄の例を言ったが、彼などがその日本人の隠れた文学の〝質〟つまり文学観を代表しているだろう。久米正雄は、日本の文学ジャンルでは最も新しい近代の小説を専門とする作家となった。しかしそれは言わば商売、生計のための手段であって、彼が本当に信じていたのは、彼にとっての〝純文学〟は俳句だったのだ。その本音の文学観からしたら、外国の文学、『戦争と平和』も『ボヴァリー夫人』も、まさに「結局、偉大な通俗小説にすぎない」ということになるわけだ。その当時の日本では、「通俗小説」の作家だと思われていた人が、逆に世界の一級品だと思われている小説の方こそ「通俗小説」だと言ってみせた大胆さ、可笑しさ。

だが、こうしたあり方は何も久米正雄に限った特別な例だというわけではない。通俗小説だとこそ言わないが、『ボヴァリー夫人』は、あれはあれで一級品だが、しかし、他国には通じないかもしれないが、わが『奥の細道』も一級品なのだよと、そう思っているのが、前述の桑原武夫のような人種を除いた、大方の日本人の文学観ではないだろうか。建て前の西洋式文学と本音の日本式文学、近代の日本人はずっと、意識無意識のうちに、そうした二重基準のなかで生きてきた。その事実を率直に認めようではないかと大胆に言ったのが久米正雄の『純文学余技説』（昭和一〇年四月）に他ならなかった。いま付け加えてみれば、この正直さ率直さはまさに俳句精神、日本自然主義精神、私小説精神なのだ。

同じようなことが千年余も前にもあった。平安時代、時の貴族たち、知識人たちは建て前の漢詩づくりと、その裏で守られてきた本音の大和歌づくりの二重生活を一五〇年余もやっていたが、そういうなかで、もう民族の文学、大和歌に帰ろうではないかと言ったのが紀貫之であり、彼らによる『古今和歌集』の誕生であった、とは既に見てきたが、その故事に重ねてみれば、坪内逍遥『小説神髄』（明治一八年）から始まった西洋倣《なら》いもすでに半世紀余、ここらでもう本音で行こうではないかと、文学観の逆転を迫ったという意味で、久米正雄も、日本の歴史に時々現れる紀貫之、本居宣長系人物の一人だったのだ。

話を戻せば、高見順が直感していた、「日本の小説界は短歌俳句の植民地」だという認識の背景には、日本の文学のこうした永くて層の厚い、錯綜した現実があったわけだ。そうだと知って、今そこからもう一歩進めてみれば、高見順とは別に、こうも言えるのではないだろうか――日本の小説界の問題は、実はすべて宗主国「短歌俳句」のなかに既にあるのだ、と。高見先生、「短歌的精神、俳句えてみたい。

的精神」は何も「写生」問題だけではないのですよ、ということだが、ここではそういう問題を考えてみたい。

日本の小説の問題は短歌俳句のなかに既にある——そういう事情のよく見えるのが、たとえば小林秀雄の『西行』論（昭和一七年）である。数ある西行論のなかでも私の好きな、あるいは最も信頼する西行論の一つだが、いま改めて思い当たるのは、それが、まず第一に、文学の故郷は詩だ、そして、その詩が日本では歌なのだという事実を明瞭に教えていたからであろう。小林秀雄の西行論は、西行の歌の文化的な解釈や鑑賞、あるいは伝記的事実の究明などではなくて、歌と一体になった西行の人間や精神にまっすぐに迫り追究している、つまり小説を、とくに私小説を読むのと同じスタンスで西行の歌を読んでいるのだ。

小林秀雄は西行の分からないところの多い伝記などは「僕には興味のないことだ」と言い、「彼が忘れようとしたところを彼とともに素直に忘れよう」と書いている。しかしそう言いながらも一方では、「この人の歌の新しさは、人間の新しさからじかに来る」のだと言い、その「人間」について、

天稟《てんぴん》の倫理性と人生無常に関する沈痛なる信念とを心中深く蔵して、凝滞《ぎょうたい》を知らず、頽廃を知らず、俗にも僧にも囚はれぬ、自在で而も過たぬ、一種の生活法の体得者だつたに違ひない。

と、まるで行状を見てきたような人物評だ。しかし、これらはみな、あちこちに断片的に伝わる西

行伝から類推したのではなく、あくまでも作品、西行の歌から読み取ったわけである。

日本語が近代になるまで三人称を持たなかった事実と重なって、歌が基本的に一人称の文学であるゆえにこういう性格を持つのである。むろん一人称で歌いながら、そのなかにフィクションを含まなかったわけではないが、しかしどんな場合にも、「その景を作者が見たということを前提としなければ、和歌も短歌も、読者はどう読んでいいか分からない」（永田和宏「『私』の変容」『短歌の私　日本の私』）というのが歌、日本の「文学の故郷」の基本の性格なのである。たとえフィクションを詠ったときでも、ことばの指し示す事柄とともに、ことばを発している「作者」の影も映ってしまうのである。このことはまた後に改めて言うことになろうが、ここでは、仮にも仏道修行者たる人にむかって、「一種の生活法の体得者」などと、彼の残した歌から読めてしまい、言えてしまう、そういう「歌」というもの、日本語というものの性格を確認しておきたかった。

で、そう言われてみれば確かに、心の迷いを、悩みをたくさん詠った西行だが、一方では彼は何よりも実行実践の人であったに違いない。悩みを知らないことが必ずしもその人が実行者であることを保証するわけではないように、人は深い懐疑を抱きながらも同時に果敢な実行者でもあり得る。逆説的だが、こうした人間理解が批評家小林秀雄の大きな魅力である。考えてみると、志賀直哉でも正宗白鳥でも、菊池寛でも本居宣長でも、この批評家がいつも敬意を表してやまないのは、その人の作品よりもその人の「生活法」であることが多いのだ。

日本の歌は、一面ではこんな読み方を可能にするわけだが、むろんそうでない歌、そんな読み方に何の意味もない歌もある。それも小林秀雄の『西行』から拾えば、俊成がいるし、定家がいる。西行の歌は確実に「生活人」の歌だが、それに比べれば俊成も定家も「審美家」や「美食家」に過ぎない、と小林秀雄は言う。そしてその勢いで、「新古今」以来、歌人たちが「幽玄」な美を詠ったお手本として仰いできた定家、西行、寂蓮の「秋の夕暮」三首をさして、「三夕の歌なぞと出鱈目を言ひ習はしたものである」と一蹴している。三首のなかでは西行の一首がまったく他と歌の次元を変えていることは明らかなのだ。それが、歌の判別に美意識しか基準のない人たちには読み取れなかったというわけである。小林秀雄に倣ってここに改めて三首を引いてみることはしないが、こんな啖呵を切ったような口ぶりのなかには、小林秀雄がいかに歌われた景色よりも歌う人の心、モチーフを重視していたかがよく現れている。

＊

世の中を思へばなべて散る花のわが身をさてもいづちかもせん

無常を詠って、あえて言えば子供のように純で素直な一首だが、その素直さが下の句の純粋さと一途さとを性格づけ保証している。一見平凡に見えるなかに奥行きの深いことも思わせる、西行という歌人のいわく言い難い資質がよく現れている一首だと思う。小林秀雄の『西行』はこの一首を中心に成っているところが際立った特色である。それは、たとえば上田三四二の西行論『花月西行』(昭和五五年五月)が、「吉野山こずゑの花を見し日より心は身にもそはずなりにき」を中心にしているのとはいい対照である。その違いの意味について考えれば、歌そのものの性格から始まって様々な要素があるが、ここでは立ち入るまい。ただ、一点だけ、小林秀雄の『西行』は四〇歳の仕事、それに対して上田三四二は五七歳、生死を分けた大病後の仕事であったとだけ付け加えておこう。言うまでもないであろうが、短歌も俳句も、その読者が持った作者の全体像が個々の一首一句の読みにも反映して、動かしたり色づけたりすることを免れないのである。こんなところも、実は私小説とよく似ていると、頭の隅に入れておきたい。

「世の中を――」に戻るが、この歌には次のようなエピソードが残されている。西行は晩年七〇歳になってから、伊勢大神宮に奉納すべく歌合せ形式の自選歌集『御裳濯河歌合』と『宮河歌合』を編むが、前者を俊成に、後者を定家に、それぞれ預けて判詞を乞うた。それが二年もたってから定家の判詞が届くが、そこに、九番の判詞として、「左歌、世中をおもへばなべてといへるより、をはりの句のすえまで、句ごとにおもひいれて、作者の心ふかくなやませるところ侍れば、いかにもかち侍らむ」(『宮河歌合』)ということばがあった。西行は自分より四四歳も若い歌壇のニューエイジの判詞に感激して、早速返礼を書く。

九番の左の、わが身をさてもといふ哥の判の御詞に、作者のこゝろふかくなやませる所侍ればとかゝれ候、かへすぐ〵おもしろく候物かな。なやませると申す御言葉に、万《よろず》みなこもりて、めでたくおぼえ候。これあたらしくいでき候ぬる判の御言葉にてこそさふらふらめ。古《いにしへ》はいと覚え候はねば、哥のすがたに似て、言ひくだされたるやうに覚え候。一ゝに申上げて、見参にうけたまはらまほしく候物かな。

（『贈定家卿文』）

ちなみに記しておけば、西行がこの九番に並べた「右」の方は、「花さえに世をうきぐさになりにけり散るを惜しめばさそふ山水」の一首で、「花に寄せて懐ひを述ぶ」の詞書がある。注釈によれば小野小町の「わびぬれば身をうきくさのねをたえてさそふ水あらばいなむとぞ思ふ」を踏まえているそうだが、なるほど文字通り悪しき古今調で、これでは定家でなくても「負」は明瞭だろう。――などと言うのは、おそらく近代文学に染まった現代人の見方に過ぎない。古今調の時代には、いや古今に限らない、万葉の昔から歌に詠われる悩みや憂いといえば恋の憂いか花を案ずる思いと決まっていたのだ。西行のこの九番の一セットも、そうした伝統を充分承知したうえでのご挨拶の含みがあったに違いない。

たとえば、無常は万葉集時代にも詠われてはいたが、それらはいわばそうだと知った嘆きであって、無常のなかで自身がどう処するかという煩悶にまではなっていなかった。そういうことを知っていた定家は、西行の「わが身をさてもいづちかもせん」のなかに、歌の歴史としては前例のない、新しい心のありようが織り込まれていることを感じ取ったのだろう。そのところを、「作者の心ふかくなやませるところ侍れば」と言ったのに違いない。西行の「心ふかくなやませる」の中味は仏教的な世界観に立ったうえでの〝如何に生きるか〟だったのだが、前例のない「こころ」を前にして、歌の家の歴史を背負った者としてはそんなふうに言うしかなかったのであろう。

一方、そうしたことを感じ取った西行は、「なやませると申す御言葉に、万《よろず》みなこもりて、めでたくおぼえ候」と、若い定家の直観を喜んだわけだ。「これあたらしくいでき候ぬる判の御言葉」、歌の批評としてはまことに新しい概念だが、それは「哥のすがたに似て、言ひくだされたるやうに覚へ候」と、西行としては、自分の歌が誘い出して言わせたことだろうと、嬉しかったのに違いない。「やまとうたは人のこゝろをたねとしてよろずのことの葉はとぞなれりける」と言った紀貫之の宣言は大和歌に一つの蘇生を促したが、その大和歌の歴史のなかにもう一つ新しい生命が懐胎し、それが認知された瞬間が、ここには見えるわけだ。

小林秀雄は、定家、西行の、このやり取りを知って、自分の西行論が固まったと言っている。

実はさういふ西行の姿を心に描きつゝ、あれこれ読み漁つてゐる時、贈定家卿文に出会ひ、忽ち自分の心が極つて、西行論の骨組みのなるのを覚えたのであつた。蓮阿《れんあ》にも頼朝にも明かさなかつた、彼の歌学の精髄が、たまたま定家の判詞にふれて迸《ほとばし》つてゐると思へたからである。

と、執筆にまつわる楽屋話まで打ち明けている。それほどこのエピソードに感ずるところがあったということなのだろう。

小林秀雄に言わせれば、西行には格別な文学論、歌学も歌論もなかったのである。また「理屈などはどうでもよかつた」のである。だから弟子には「古今集の風体をもととして詠むべし」(『西公談抄』)などと、常識的なことしか言えなかったのだし、また、彼にはそれで充分だったのだ、と。そこが、西行の生得の歌人たるゆえんであるし、小林秀雄の言う「生活人」たるところでもあるだろう。歌でも仏道でも、それ以前の武術においても、彼は何事によらずまず実行家であって、理屈などいらなかったのである。そして、だからこそ新しいものを生み出すことができたのだが、その、自分では理論にできなかったところを、若い定家が感じ取っていたというわけである。この、歴史の機微は、小林秀雄に次のような名言を吐かせることになった。

如何にして歌を作らうかといふ悩みに身も細る想ひをしてゐた平安末期の歌壇に、如何にして己れを知らうかといふ殆ど歌にもならぬ悩みを提げて西行は登場したのである。

＊

僕は彼の空前の独創性に何等曖昧なものを認めない。彼は、歌の世界に、人間孤独の観念を、新たに導き入れ、これを縦横に歌ひ切つた人である。孤独は、西行の言はば生得の宝であつて、出家も遁世も、これを護持するために便利だつた生活の様式に過ぎなかつたと言つても過言ではないと思ふ。

こんなふうに言い切る小林秀雄が引いてみせている西行の歌はたくさんあるが、たとえば次のような四首はどうだろうか。

まして悟る思ひはほかならじ吾が嘆きをばわれ知るなれば
まどひきてさとりうべくもなかりつる心を知るは心なりけり
心から心に物を思はせて身を苦しむる我身なりけり
うき世をばあられればあるにまかせつゝ心よいたくものな思ひそ

西行ほど「こころ」を数多く詠った歌人は他にないが、彼が何故「こころ」を歌うのか、その詠われるゆえんや、また詠われた特異な状態が、ここにもよく見えている。ここにあえて私の選択を一首加えれば、

世の中を夢と見る見るはかなくもなほ驚かぬわが心かな

などが、小林秀雄の言う、強靭な「自意識家」たる西行の特色がよく見えるのではないかと思う。やはり西行の「こころ」の歌に注目する吉本隆明はその『西行論』（昭和六二年）中に『心』と『世』なる一章を設けている。そこでは「古今集」「新古今集」に見られる「心」と「世」の用例を列記して西行のそれと比較対照するなど周到な構えで検討されている。そうして、たくさんある「心」の歌のなかで西行の「心」だけが「暗喩《メタファ》にまで高められている」と指摘している。さもあらんと思わ

れるところだ。「心」の語が自意識とも精神とも魂とも読めるのは、たしかに西行歌だけだと言ってよいからだ。ところが、それが何故「西行一人だけに可能だったのだろうか」と問うて、吉本隆明は次のように言う。他の歌人たちが、「『心』が、内語だとかんがえるよりも、抹香くさい言葉のように、いわば釈教的に慣用されていることに、へきえきしていた」のだと。ここにきて私はあれあれと思わざるを得なかった。吉本隆明はさらに言う。「心」の語には「仏法の浄土憧憬の『心』」が付着してしまうから、他の歌人たちは、それを離れてもっと自由な「心」を詠えなかったのだと。しかしこれは、事実としてはむしろ逆ではないか。他の歌人たちが、歌のための知識や教養、飾りとしてしか持てなかった「仏法の浄土憧憬の『心』」を、西行だけが本ものとして、本当の信仰として持っていたから、彼の発する「心」の語が深くも高くもなりえたのだ。吉本隆明の言う、「西行だけが同時代の慣用語である『心』を使って歌を読むことを、いわば意識的に工夫したのだ」というのは、その通りに違いないが、その「意識的に工夫」のもうひとつ前に、西行のひときわ厚かった信仰、「浄土憧憬」があったことを忘れてはならないであろう。現代に生きる我々はとかく精神性ということと信仰とは別のことと考えてしまうが、精神という語などなかった時代には仏教信仰を離れた、信仰と別の高い精神性などあり得なかったという事実に、もっと注意しなければならないだろう。

小林秀雄に戻るが、先の引用の四首では、彼はことわっていないが、前半二首の歌の性格ははっきりしている。初めの「ましてまして」は『聞書集』にある「法華経二十八品」を歌った連作の一つ。「法師功徳品　唯独リ自ラ明瞭ニシテ余人ノ見不ル所ナリ」の詞書がある。二首目の「まどひきて」は『山家集』にあって、「疏文に心自悟心自証心」の詞書のある、やはり連作釈教歌のうちの一首である。「疏文」とは「大日経疏」の文という意味だが、以下の詞書は、山田昭全『西行の和歌と仏教』（昭和六二年、明治書院）によれば『山家集』の誤記で、正しくは「心自証心心自覚心」だとしている。ついでに言えば、「大日経疏」は真言密教では最重要典籍の一つで、「西行がこの一首を遺しているだけでも注目に値する」のだという。詳しくは追わないが、こんなところにも、万事先ず実践者であった西行という人が現れているのであろう。『栂尾明恵上人伝』が伝える西行の歌論、「一首読み出でては一躰の仏像を造る思ひをなし、一句を思ひ続けては秘密の真言を唱ふるに同じ」は、真偽については議論があるのだが、あながち根拠なしとは言えない、ということになろう。言い換えると、小林秀雄が強調する西行の強い焦燥、「わが身をさてもいづちかもせん」の背景には、西行の仏道における激しい求道精神があったわけで、そのことを無視してはならないであろう。そしてこの面でも西行は、よく引き合いに出される慈円――良い意味での知識人、教養人ではあったが――などとは根本的に質が違ったのである。

「詩歌等は詮なきなり」（『正法眼蔵随聞記』）と言った道元にも一巻の道歌集『傘松道詠』があるように、中国人が彼らの詩によってやってきた修行の一環としての言語表現を、日本人は日本の詩である歌によって実践してきた。その日本の宗教的詠歌、道歌の歴史を考えれば、それは西行から本格的に始まり、同時に、彼によって一挙にその頂点まで極められた、と言ってよいであろう。発句を、芭蕉が一挙に俳句に完成させてしまったように、である。

繰り返しになるが、中国文化を追っていた平安宮廷文化のなかで、漢詩ではなく大和歌こそが民族の情感を盛る正当な「詩」なのだと再認識し、宣言したのが紀貫之であったが、その民族の詩を中国の頌偈《じゆげ》に代わる修行の一具、手段とも証しともしたのが西行であった。情感を盛る器であった歌は、西行によって、自己追究の表象、精神を磨く〝歌道〟になったのである。そして以後、歌ばかりでなく、日本の芸能、技芸は、さまざまな分野で「道」の思想を築き上げて行ったが、そのことを強く自覚した一人が、「貫道するものは一なり」と言った芭蕉なのだ。

西行に戻ろう。小林秀雄は、先の歌に続けて「地獄絵を見て」の連作からも一首を引いている。

見るも憂しいかにかすべき我が心かゝる報いの罪やありける

地獄極楽図を詠った歌は近代にいたるまでかなりの例があるが、そこで「いかにかすべき我が心」と反応した人は、やはり他にはないのだ。これは西行の「釈教歌」「証道歌」の他にはない特異さだが、そのあたりのことを指して小林秀雄は、『『わが心』を持て余した人の何か執拗な感じのする自虐とでも言ふべきもの」だと言い、「自意識が彼の最大の煩悩だつた」とも言っている。「いかにかすべき我が心」――多分に小林好みではあるが、しかし平安文学が多くそうであるように、西行もまた確実に〝近代〟であったことは疑いないのである。

自己とは何かといふ難問について、この詩人の蔵した批評家が語る、推理や分析、懐疑や叡智は、驚くほど正確な言葉として、私の精神を充たした。

これは冒頭にも引いた小林秀雄『詩について』の一節。小林秀雄によれば、詩人というものは内に強力な批評家を蔵しているもの、蔵していなければならないのだが、そういうことを彼は、彼のボードレール体験によって教えられたとしている。『詩について』は、実は彼の、「若し、ボオドレエルといふ人に出会はなかつたなら、今日の私の批評もなかつたであらう」というほどのボードレール体験について記したエッセーなのだ。「自己とは何かという難問」を前に文学が、文学者がどう立ち向かうのか、と。

小林秀雄のボードレールやランボー体験についてはたくさんのことが言われているが、今ここに立ち入る必要はないであろう。ただ、私が面白いと思うのは、彼がボードレールから得たとする近代詩人の条件、それがそのまま西行にも当てはめられる事実だ。小林秀雄から見て、西行はまさにそういう詩人の一人だったのだ。西行の心理家たるところ、自意識家たるところ、彼の「懐疑や叡智」を小林秀雄は充分に論じてみせたのである。一九世紀フランスの一詩人と、一二世紀日本の一歌人が、それぞれの仕事が同質のものとして、小林秀雄のなかでぴったりと重なっている。これはいったいどういう意味を持つだろうか。

小林秀雄の『西行』の後半は次第に西行の歌の羅列になって、著者の文章は沈むようにだんだん消えてゆく。まるで西行歌のアンソロジーを見るような、批評文としてはまことに不思議なかたちをとっている。

余談になるが、私もいつの日か西行論を書くときには、西行の歌は一首も引かないか、逆に「述べて作らず」式に、厳選何首かを上手に配列しただけで西行を表すことはできないか、そんな夢想を折に触れては何度もしてきた。四季叙景の歌、求道の歌の他にももちろん地獄絵連作、一転して子供の歌、虫の歌、しかし実はそれらがみな根っ子の所では一つであるような詩人。そんな夢想をしてきた私には、小林秀雄の西行論が次第に無言に近づいてゆく事実にもいろいろ想像を誘われる。読む者を限りなく誘い込みながら、しかし最後には黙らせてしまうようなところが西行の歌にはあるのだが……。

小林秀雄は西行論のお終いに来て次の一首を引いている。

風になびく富士の煙の空にきえて行方も知らぬ我が思ひかな

これは前記山田昭全『西行の和歌と仏教』によれば、「鴫たつ沢の秋の夕暮」と同様、西行の思想歌を代表するものの一つである。少し補足しておけば、「鴫たつ沢」は大岡信などが言うように、沢辺に鴫が一羽立ち尽くしている図などではなくて、鴫も飛び去って後には何もないという、仏教の「空観」を歌ったものだというのが山田説である。この意味からも小林秀雄の言うとおり、「三夕の歌」などという括り方は「出鱈目を言ひ習はしたもの」に違いないわけだ。ただの景色と、風景の奥に思想のある歌との違いだと言ってもよいだろう。同様に、「富士の煙の空にきえて」も、後には何も残らない、虚空ばかりだ、というのが、山田昭全の読みである。ただ、この「煙」には「行方も知らぬ我が思ひ」が重なっているから、「秋の夕暮」や、山田昭全があげるもう一首「にほてるやなぎたるあさに見わたせばこぎ行く跡の浪だにもなし」のような言い切った、人間もいなくなった景色とは少し違うのではないか。「空観」であると言うためには「我が思ひかな」が残ってしまうのだ。後に見る宝塔国師なら「未徹在」と言ったかもしれない、と私には見えるが、今は立ち入らないことにしよう。

小林秀雄だが、「風になびく」の一首を引いた後、彼は次のように書いている。

彼が、これを、自讃歌の第一に推したといふ伝説を、僕は信ずる。こゝまで歩いて来た事を、彼自身はよく知つてゐた筈である。「いかにかすべき我が心」の呪文が、どうして遂にかういふ驚くほど平明な純粋な一楽句と化して了つたかを。……西行の苦しみは純化し、「読人知らず」の調べを奏でる。人々は、幾時とはなく、こゝに「富士見西行」の絵姿を想ひ描き、知らず知らずのうちに、めいめいの胸の嘆きを通はせる。

西行は心の歌人。生涯、「いかにかすべき我が心」「わが身をさてもいづちかもせん」と〝如何に生きるか〟にこだわってきた人だが、最後には「驚くほど平明な純粋な一楽句と化して了つた」と小林秀雄は言うのである。

願いどおり花の二月一六日に入寂したとされる西行が、最期にはどんな心境にあったのかとは、誰にも気にかかるところであろう。私も、ついそこに目が行きつつ、多くの人の西行論を見てきたが、そういうなかでは、「無常十首」から二首を選んだ高橋英夫の『西行』(平成五年)が、私にはもっとも美しく、理想的な西行像を浮かび上がらせていると思われた。

現《うつつ》をも現とさらに思へねば夢をも夢となにか思はん

うらうらと死なんずるなと思ひ解けば心のやがてさぞと答ふる

この二首をあげて高橋英夫は、「もうここでは『無常』思想も気化してしまった」と言っている。上田三四二が「地上一寸の西行」（『花月西行』）と言って迫ろうとしたところを高橋英夫は「思想も気化して」と言ったのだ。これで西行も充分に〝三昧《ざんまい》に遊戯《ゆけ》〟できたのではないだろうか、と私などは思う。

むろん本当のところは分からない。結局は誰もが思い思いの西行を言うしかないのだが、小林秀雄の描いた西行の結末には何となく物足りないものを、私は感じてきた。小林先生、西行法師にはもう少し先があったのではないでしょうか、と言いたい思いがずっとあった。しかし今、それはそれとして、ここで小林秀雄が言っている「一西行の苦しみは純化し、『読人知らず』の調べを奏でる」のなかに、彼の一つの理想境が言われていることはよく分かる。こだわり続け、書き続け、表現し続けてとうとう「読人知らず」になる、それは小林秀雄における作者というものの理想的なありかた、作品の究極の姿なのだ。志賀直哉が夢殿の救世観音に重ねて言った作者と作品の理想形、それを指して「私小説理論の究極」だと讃嘆した小林秀雄、まさに、この「読人知らず」というあり方は、あの『私小説論』の結論にまっすぐ繋がっている。小林秀雄『西行』は、私歌人西行論、日本の私小説の「故郷」としての詩人論なのだ。

こゝろよりこゝろをえんとこゝろへて心にまよふこゝろなりけり
こゝろをばこゝろの怨《あた》とこゝろへてこゝろのなきをこゝろとはせよ
いにしへはこゝろのまゝにしたがひぬ今はこゝろよ我にしたがへ
世の中をすつる我身も夢なればたれをかすてぬ人と見るべき
みをすつるすつる心をすてつればおもひなき世にすみ染の袖

これは西行より百二十年余も後の人、『一遍上人語録』に収められた歌だが、西行歌集に紛れ込んでいればそのまま通ってしまうような歌だ。一遍は「捨て聖」とも呼ばれたほど捨てるという思想、実行に徹した人だったが、何を捨てるのかというと、行きついたところは、モノや観念をなかなか捨てられない「わが心」を捨てよということになるわけだ。小林秀雄の言った、「思想を追はうとすれば必ずかういふやつかいな述懐に落入る」という自意識の歌の典型がここにも一つあると言ってよいであろう。一遍が西行の存在を知っていたかどうか明確な資料はないが、時代は既に、一口に鎌倉仏教と言われる日本の思想時代に入っていた。仏教を中心にさまざまなところでこうした心の掘り下げや闘いが実践されていたのである。小林秀雄は西行の子供を詠んだ歌に触れて「その後、かういふ調べに再会するには、僕らは良寛まで待たねばならぬ」と言ったが、子供や虫の歌はともかく、無常をめぐる形而上学がさまざまなところで追求されていたことは、たとえば鴨長明や、彼の編んだ『発心集』『無明抄』、あるいは『徒然草』が伝える『一言芳談』等々、いわゆる中世文学を数々持つ我々は充分承知している。

虚空よくものを容る。われらが心に念念のほしきままに来り浮かぶも、心といふものの無きにやあらむ。

とは、一遍よりさらに一世代若かった吉田兼好『徒然草』（二三六段）の一節だ。歌ではないが、こんなふうに言えた兼好も当然、西行の苦しんだ「いかにかすべき我が心」という時期を持ってきた人であったのは言うまでもないであろう。むろん、こうした思考や表現の背景には、明恵や親鸞や道元等々の存在があり、彼らの哲学とその実践世界があったことが、今では知られている。兼好が一人で「心」を悟っていたわけではない。

さて、「歌の国」と題しながらだんだん歌から離れてしまいそうだが、私はいったい何を言いたいのか――西洋ではせいぜい一六世紀頃に始まった自我の問題、その追究や文学表現、もっと言えば自我の追求と文学表現の一体となった歴史が、日本では既に一二世紀には立派に成熟していたのだという事実である。

小林秀雄の『徒然草』（昭和一七年）には、「彼はモンテエニュがやつた事をやつたのである。モンテエニュが生まれる二百年も前に」と、兼好の仕事の意味を強調しているが、そういう言い方に倣えば、デカルトが「我思うゆえに我あり」と「我」の発見を宣言した時代より三百五十年も前に、日本では「仏道をならふというは、自己をならふなり。自己をならふといふは、自己をわするるなり……」(『正法眼蔵』「現成公安」)と、「我」の形而上学がすでに、しかも深く展開されていたのである。日本には、「自己とは何かといふ難問」に対峙し、表現してきた、西洋には比べものにならぬ永い歴史があったのだ。そして、それらは絶えることも忘れられることも無く、「西行の和歌における、宗祇の連歌における……貫道するものは一なり」(『笈の小文』)と、綿々と伝わり、尊重もされて来たのだということである。

「我」の追究とその表現という問題で一つ蛇足しておきたい。

となふれば仏もわれもなかりけり南無阿弥陀仏の声ばかりして

(宝燈)国師、此歌を聞て「未徹在」とのたまひければ、(一遍)上人またかくよみて呈し給ひけるに、国師、手巾・薬籠を附属して、印可の信を表したまふとなん

となふれば仏もわれもなかりけり南無阿弥陀仏なむあみだ仏

前述の『一遍上人語録』に見えるエピソードだが、いかにも念仏と禅を一つにしたと言われる一遍らしい挿話である。

念仏から入って無我に至る、それが一番安楽の法門、誰にでも入れる道だ。無我は諸縁から解放さ

れた最も自然に近い人間の姿なのだが、その境界を表現し、人にも伝えなければならないところに、次の別の問題が生じてしまう。念仏のなかで忘我となって、もう我も仏も無い、我も世界も無い状態だよと言いたいのだが、「声ばかりして」と言ったとき、それは、その声を出している人、聞く人のいる、人間の相対世界が残ってしまう。何も無い、世界と我との別も無いと言いながら、そう言っている人間の尻尾が残ってしまうのだ。「未徹在」というわけである。そのことを了解した一遍は直ちに「声ばかりして」を引っ込めて、「南無阿弥陀仏なむあみだ仏」と言い直した。言っている人間を消したわけである。

これで「鴫立つ沢の秋の夕暮」になった、「こぎ行く跡の浪だにもなし」になった。一遍の「未徹在」を歌から聞き分けた宝燈国師は立派だが、それをすぐ理解した一遍上人も、相当に考え抜いてきた人であったことが分かる。仏教では徹底して〝我思うゆえに我無し〟なのである。

とうとう気づかぬままの人も多いのだが、日本文学の歴史にはこうした一面の性格が底流している。それゆえ、その流れのなかにおいてみると、「古池や蛙飛び込む水の音」は見事に「印可」ものなのだ。ここには紛れもなく無常の景色が、空観が表現されている。芭蕉も、「写生」から入って、写す我の処遇に命を削ってきた人だった。そんな文学遺産を持つ我々には、それゆえ、たとえば、

分け入っても分け入っても青い山
どうしようもない私が歩いている
鴉啼いてわたしも一人　　山頭火

とか、

咳をしても一人

いれものがない両手でうける

一人の道が暮れて来た　　方哉

等々は全く問題にならない。ここにあるのは俳句と俳人の真似をしている、真似に自己充足している人の姿にしか過ぎない。どの句もどの句も、だからどうしたのかい、という反問が生じてしまうが、作者、表現者の「どうしようもない」パフォーマンス＝甘さだけが残ってしまうのだ。小林秀雄の言う詩人のなかにあるべき第一の条件、「批評家」を旅の間に失ってしまったのだろう。

などと言ったのでは、話がそれでお終いになってしまうが、これらには、彼らが遂に意識も処理もできなかったらしい、日本語自体の性格に関わる根本の問題があった。そのことは当然、小説作品にも関わるが、次章からはその問題を考えて行きたい。

三、日本語としての「私」

流動する一人称

大学の仕事で北京に行ったとき、二晩ばかりホテルのテレビをつけてチャンネルを次々に変えてみたことがあった。かねて中国のテレビチャンネルは一〇〇ぐらいあるよと聞いていたので、それを試してみる気になったのだ。やってみると、さすがに一〇〇まではないようであったが、まず五、六〇チャンネルはあるように思われた。テレビ放送の全体はどういう仕組みになっているのか知らないが、盛んにコマーシャルの入る番組もあって、社会主義国だというイメージの強い私などには意外なようなまた当然のような、妙な気分だった。変っていたのは、字幕の出る放送がいくつもあったことだが、おそらく四七とかの少数民族を抱える大国の事情でもあるのだろう。やはり何と言っても広い国なのだと思わせる。

その字幕放送のなかに時代劇をやっているチャンネルがあって、会話の見当もつくので、つい見てしまった。画面では、辮髪で、何服というのか、例の袖先に長い領布《ひれ》のようなものが付いて手先を隠すように作られた衣装の男が数人議論をしていたが、そこへ武将ふうの男が現れた。彼は客人なのかこの家の主人なのか分からないが、辮髪男たちは途端に身を九〇度に折って迎え入れ、部屋の上座とおぼし所へ導くとともに、盛んに「坐《ツォ》」と言って椅子をすすめた。ただそれだけのことだが、字幕があった故に、私はその場面を見てアレッと、脳内の場面がストップモーションしてしまったのだ。腰を九〇度に折って迎えるほどの——まあ、その時代の一般的な儀礼ではあろうが、そういう身分の高い人に向かって「坐れ」と命令形で言っていることへの違和感みたいなもの、中国語には敬語、あるいは丁寧語がないのか、という疑問であった。

帰国してから早速、中国人留学生も混ざる大学院の教室でそのことを言ってみると、「坐」の他に「請坐」「請上坐」の言い方もあるが、ほとんど使わないし、使い方によっては嫌味になってしまうから要注意だ、という答えが返ってきた。

学生たちとそんな議論をしているなかで、迂闊なことに改めて気づいたのは、それは英語でも同じだという事実だった。英語なら誰に向かってもSit downで済むであろうし、丁寧に言ってもPleaseを前か後に付けるといったところであろう。中国の「坐」には驚いた私だが、同じことが英語にもあることには今まで何の違和感ももっていなかった。今はほとんど使い物にならない私の英語だが、それでも子供のときから慣れてしまっているからだろう。中国語に驚いたのは、たまたま翻訳以前の字幕として見えたため、あの映像の効果だったのかもしれない。

それで、そのときの教室の学生たち一〇人ほどで、「坐」、またはSit downにあたる日本語の言い方を皆で出し合ってみたが、それに、後に私が少し加えてみたものが次である。ばかばかしいと思う方はどうぞ飛ばしてください。

坐れ　坐りなさい　坐ってください　坐りたまえ　坐ってくれ　坐っておくれ　坐っておくれやす　坐んなはれ　坐れや　坐りなせえ　坐っとけ　坐っちょれ　坐るんだ　坐りましょう
坐れよ　坐りゃんせ　坐りやがれ　坐っちゃえよ　坐るんだよ　坐れってんだ　坐っちょくれ
坐ったらよかべ　お坐りなさい　お坐りください　お坐りあそばせ　お坐りなされてくださりまし　お坐りなされてくんなまし
お掛けなさい　お掛けあそばせ……
腰かけなさい……
着席　席につきなさい……

初めの「坐れ」のブロックだけで二七種ある。省略した「お掛けなさい」や「腰かけなさい」「着席」の言い回しがそれぞれ何とおりかあるだろう。ちなみに「着席」は中国語にはない、つまり和製漢語らしい。

という次第で、中国語の「坐」、英語のSit downにあたる日本語の言い方は少なくみても五、六〇種はある。もっとも、これらのなかには、ことさら江戸のやっちゃ場ことばや廓ことばのような、既に古典作品のなかでしかお目にかからない言い回しもあるが、であるとしても、基本的には、現代でも目上の者に「坐れ」とは言わないし、幼児に「お坐りください」とも言わないとは、小学校も上の学年になれば誰でも心得ているのである。明治の幸田家では、父親と娘二人が、侍ことばやお公家さんことば、「ありんす」ことばや「でゲス」ことば等々を言い合い、使い分けてみせる遊びをしたと、幸田文が書いているが、明治にはまだそういう教育の仕方、あるいは必要があったのだろう。

言うまでもないが、こうした言い回しのあるなしはむろん「坐」に限ったことではない。「坐」がそうなのだから「立」もそうであろうし、「食」も「飲」もそうであるに違いない。つまり日本語の動詞そのものの性格なのである。一方、中国語が文字化とともに孤立語化して、屈折性や柔軟性をどんどん失い、断言語化した、とは石川九楊(『日本語はどういう言語か』)の指摘だ。思い出せば我々も『論語』を読むとき、孔子のときだけ「曰く」を「のたまはく」と読むのだと教わってきたが、むろんそんなのは日本だけの約束で、当の孔子が聞いたら驚いたに違いないのだ。

我々は日々こうした日本語のなかで生きている。言い換えると、「坐」だけでも当用一〇種くらいの言い方を、時と所と相手に応じて使い分け、聞き分けているわけだ。それゆえ、とくに外国人などからは、日本語は敬語丁寧語謙譲語が難しいと言われる。確かに「坐」の言い回しだけでも、それを理論化しようとしたり、あるいはまる暗記して頭に入れようとしたらこれほど厄介なことはないだろう。しかし、そこを超えると、日本語ほど豊かな表現力を持った言語はない、という外国人も多いのである。確かに、動詞一つにも限りない言廻し方があって、これほど豊かに繊細に、発語者の心情を、心理を、情感を盛り込んでゆく言語は珍しいらしい。ちなみに言うと、フランス語には「坐る」という自動詞がない。従ってそれを言うときは、「私は自分を坐らせる」と言わなくてはならないのだから、外から見ればずいぶん不自由なことだ。

日本語の動詞のこんな性格は当然、他のさまざまな語と連動し一体となって、さらに複雑さを増しているが、そのもっとも大きなところに主語の問題があるだろう。日本語は主語のない構文が成立する言語だが、それは、実は動詞の言い回しのなかに含まれ、示されてしまうからなのだ。主語の要らない日本語、そこから来る表現の問題、文章、文学の性格や問題がいろいろあるが、そのことは後に改めて考えることとして、ここではやはり動詞と密接に連動している日本語の一人称の問題を見てゆきたい。

動詞一つの使い方にも待遇関係がある、つまり相手に応じて言い方を変えるという日本語の性格、その性格とぴったり対応しているのが日本語の一人称、自称詞の多様さ、あるいは限りなさと言ってもよい特徴である。そのことを指摘する人は多いが、かつて正岡子規も、「日本の人代名詞は其数多く実に著しきものなり」(『筆まかせ』)と言い、一人称二人称三人称から、「誰」や「某」などの「不定代名詞」までの例を、「まづ思ひあたりしあらまし」として列記している。そこで彼は「第一人称」では「ワレ」以下五八種をあげているが、面白いのは、それらを「普通にていふ方」と「余り口にはいはず筆にて書く方」の二類、つまり口語系と文語系に分けていることだ。これは思いがけなかったが、確かに「下拙《げせつ》」だの「不佞《ふねい》」だのは、書いた例はあるのだろうが、口で言いはしないであろう。

正岡子規が何故こんなことを書いているのか、考えていたのか、『筆まかせ』の範囲では分からないが、むろん一つは、歌のことを考えていて、短歌は基本的に「一人称詩」(佐佐木幸綱『万葉集の〈われ〉』)だから、子規もそういう問題に突き当たったのかもしれない。しかし、『筆まかせ』が子規の一〇代末から二〇代初めにかけての、いわば思考雑記帳だったという性格を考えると、案外、彼が苦手だった英語の勉強からの余波だったというのが真相かもしれない。

少々大袈裟かもしないが、日本の近代教育を受けるなかでは、誰もがこんなことを考える時期があるのだ。恥ずかしながら私も英語を習い始めた中学生のころ、英語ではIとYouの二語だけで大人と子供も、王様と乞食も会話ができるのだと知って不思議な気持のしたことを思いだす。我々は仲間と話すときと先生に対したときとでは全然違った言い方をするのに、と。そして、こういうところからしてもアメリカは民主主義の国で、わが日本はいつまでも封建的な国なのだろうと、いま思えば滑稽な臆断を持ったものだ。今の人には信じられないであろうが、何しろアメリカは何もかも文明的でスマートだったし、それに比べて戦争に負けた日本の現実は全てが野暮くさく封建的だと感じてしまったような時代であり年頃であった。

そんな裏わびしい過去があったからであるだろう、二〇代の後半、高校教師になり始めのころ、退屈をもてあます試験監督をしながら一人称を数え上げてみたことがあった。一時間の間に三〇種くらいをメモした覚えだが、後に子規のこの文を知って、やっぱり昔の人にはかなわないなと脱帽した。むろん、子規のあげていない方言系の語などもあったが、先に引いた「下拙」や「不佞」などは、私は見たこともなかったのである。

では、日本語の自称詞、一人称は、本当のところ幾つあるのだろうか。試みに、たとえば『日本類語大辞典』（明治四二年、講談社、ただし昭和四九年の復刻第二版から）があげているものをここに写してみよう。ここでも、何をいまさら分かりきったことを、という人もあるかもしれないが、逆に、聞くと見るとは大違いに似た思いをする人も多いはずだ。

吾　己　余　僕　生　儂　我
吾人　自我　自身　自分　自家　下名　拙者　余輩　乃公　廼公　自己　阿陽　私人
み（身）　まろ（麿）　わがみ（我身）　じまへ（身前）　わなみ（吾儕）　わがはい（我輩＝吾輩）
わがとう（我等）　はなさん（鼻様）　おのがれ（己）　おのれ（己）　みども（身共）　わらは（妾）　われ（我）　わぬ　けぬ　わけ　おり　うれ　わたし　わちき　みづから　それがし　こなた　なにがし

［古］わ　あ　わご　あれ　あが　あぬ、おの　やつがり　やつがれ　あたひえ

［俗］おれ　わし　うら　おら　こち　あちき　おいら　わちき　てまい（手前）　こちや（此方）　このはう（此方）　こちら（此方）　こちと（此方人）　はなばう（鼻坊）　わたい＝あたい＝あたし　おんどら（我共等）

［方］おんども（我共・九州）　わぬ（吾・東国の古語）　おんら（大和）

［謙］野拙　下拙　迂拙　寒生　野生　愚生　賤生　迂生　拙生　曾生　小生　晩生　懦生　鯫生《スウセイ》
拙弟　小弟　迂弟　拙下　吓下《カカ》　私下　拙子　小子　賤子　走也　拙也　罷駑《ヒド》　下駑　小的
小可　不肖　不似　不佞　下足　下走　不才　不敏　犬馬　幽愚　無似　躬親　野耄《ヤバウ》　愚老
やつがり　やつがれ　せつ（拙）

数えてみると一一九種。正岡子規があげていた数の倍にもなるが、ただし、何故か「やつがり」

「やつがれ」が古語と謙譲語とに重複して出ている（それが正しいのかもしれないが）ので差し引くと一一七種ということになる。いや辞典はこの他に別格として「天子の御自称」として「朕」や、それに対応する「臣」、あるいは「親類に対して云ふ」として「末親」などという珍しい例を八種をあげている。そういえば、「臣　吉田茂」と言った首相もあったなと思いだすが、これが歴史上「臣」の使われた最後だったかもしれない。とすると、「朕」を使った人も昭和天皇が最後だったのだろうか。また「末親」とはこの辞典で初めて知ったが、格式ある家の分家の倅などの言い方なのだろう。類語辞典は何種か見たが、この最も古い『日本類語大辞典』のあげている数が最も多かったのもさもあらんと思われた。

では再び、これが日本の一人称の全てということになるだろうか。

確かにこの辞典で初めて見た語もかなりあるが、しかしよく見れば追加したいものがないわけではない。たとえば、ここには「わたし」はあるが、何故か「わたくし」（見出し語になっているが）や「あたし」がない。あるいは子規は彼らしく「トンチキ」などという例をあげているが、辞典はそんな砕けた例は顧慮してないようだ。もっとも「トンチキ」などは「二人称」に入れるべきだろうと、私は思うのだが。「妾」を「わらは」一つにしているが、「しょう」とも言ったし、「下妾」の言い方も見た覚えがある。

という次第で、前記一一九種が全てというわけではないと分かるが、そんなところを他の類語辞典によって補ってみると、まず、西郷さんの「おいどん」のような方言の類がまだまだあげられるのと、たとえば、お役人ふうな「本官」「本職」「当官」「当職」「小官」「小職」や、「僧」「愚僧」「拙僧」の類、つまり職業に付随した自称語の一群が相当ある。あるいは「私」でも「僕」でも、それに「たち（達）」「ども（共）」「ら（等）」を付けて複数形にして自称する形がある。これは、「私」には「達」も「共」も「等」も付けられるが、「僕」には「共」は付けられないというように、単純な法則の立てられない面もある。

ここで、子規に倣って私もご愛嬌を一つ付け加えると、私の世代ならば誰でも頷くであろう「ミイ」（me）という例もある。進駐軍英語から来た戦後の風俗的現象の一つにすぎないが、しかし翻って、先の一覧のなかの漢語系の一群なぞは、もともとは江戸期の儒者たちが恰好つけて使って見せた外来語、その応用に過ぎなかったはずだ。日本の自称詞全体のなかには「ミイ」も充分入る資格があるだろう。もっとも、この「ミイ」などが出現する少し前、昭和二一年の段階で柳田國男は「僕」などはもともと書生ことばでヒンの良いものではないから早晩消えて行くだろう、「私はそれを予言することが出来る」（『ボクとワタクシ』）と言っている。予言好きの柳田國男だったが、残念ながらこれは今のところ当たらなかった。ヒンがよくない、などということも、もはや知る人、感じる人が無くなっているだろう。

類語辞典には出てなかったが（守備範囲を超えるのかもしれないが）、日本語の自称詞には相手の二人称を先取りして代用する例もある。家庭での、家族みなが幼児の呼び方に合わせた自称詞を使っているのがその代表例だが、この形は小学校の先生くらいまで共通している。逆に相手の一人称を先取りして相手に向ける言い方もある。「僕、何探しているの？」とは、開高健が伝える谷澤永一夫妻の会話だが、そう言っているのは夫人である。子供に言う形が夫婦に移ってきているのだろうが、同じように「われ、幾つじゃ?」というような形も、やはり相手の自称詞をこちらの二人称に置き換えている例である。

こんなふうに、日本語の自称詞、一人称がいかに融通無碍、変幻自在であるか、以下、思いつくままに例をあげてみよう。

たとえば、現代では一般的な「僕」も、誰が言い始めたのか、「大よそはわかって居る。多くの人たちが、よく考へもせずにそれを真似したので、この様に弘くひろがつてしまったのである」と、柳田國男は前記『ボクとワタクシ』で婉曲に、しかし苦々しげに言っている。これは、はっきり言ってしまえば小学生のランドセルと一緒で、明治一〇年に東京で開校された学習院から始まって庶民の間に流行したものだった。柳田國男の先の「予言」のなかには、「僕」は天皇制とともに無くなって行くだろうというような判断があったのだろうか。

同じように、「私」も、語自体は古くからあったが、今のように一般的になったのはやはり明治からのことにすぎない。ただし、蛇足だが、世界のほとんどの言語で一人称はIやjeやich、我《ウオ》等のように一音か二音であるのに、ワタクシなどと四音節も当てる例は珍中の珍なのだという。それでも消えずに残っているのは日常では省略しても済むゆえかもしれない。

あるいは、先の一覧には「当方」があげられてなかったが、これは吉田健一の「こっち」のように川村二郎あたりが書きことばとして使いだして、最近ときどき見かけるようになった言い方だ。いい歳をして「僕」でもないだろうが、といって「私」も何となくネクタイが取れない、それで自分流の自称詞を工夫することになったのだろう。私は気の小さい人間だからもっぱら無難な「私」で通しているが、「当方」や「こっち」を言う人の前に出ると、やはり私自身の万事不徹底な生き方が明瞭になってしまうようで、幾分の後ろめたさや恥ずかしさが否定できないから不思議だ。

中野重治の、少年時の村の生活を描いた自伝的な小説『梨の花』には、金沢から転校してきた生徒が自分のことを「わし」と言ったために村の子供たちに取り囲まれ、取っちめられる場面がある。福井の、良平たちの村で自分を「わし」と言うのは医者と和尚さんとお巡りさんだけだから、子供のくせに「わし」とはなんだ、というわけである。ここで良平だけは、土地によって言い方の違いがあるのだろうと、少年に同情している。日本の一人称は工夫して自分流に作れるくらい自由なのに、一面ではこんなふうに地域性や階級性のような縛り、制約もあるわけだ。

かつての帝国軍隊は陸軍兵士たちには「ジブン」を、海軍では「ワタクシ」を使わせたが、これは江戸の廓ことばと同じで極めて人工的な例だ。全国規模で人を集めたから、こんな統一も必要だったのだろう。それにしても陸軍と海軍で違うというのはどんな意味があったのだろうか。そんなふうに日本の一人称は、まるで学校や職場の制服のように集団や地域よって選ばれたり共有されたりもする。

また、この流れで行くと我々の業界には「評者」「論者」「稿者」「引用者」等々の書き方、自称詞もあるが、これなどは先の「本官」と同類で、その時の立場や役割に応じた仮称自称詞なのだろう。

そうした性格は当然個人の生活にも影を落とすことになって、人は空間としては土地を移り所属集団を変えるごとに、さらに時間としても、まるで虫が脱皮するように自らの自称詞も変えて行く。我々はおおむね幼児の「――ちゃん」の自称詞から始まって、「僕」「わたし」「俺」、そして大体のところ「私」に落ち着いてゆくが、そこに、地方により職場による幾分のバリエーションが加わるのが、平均的なところだろう。つまり生育に合わせて自称詞を変えて行くのである。

よく言われることだが、大方の日本人は仕事中は「私」だが、職場を離れて飲みに行けば「俺」になり、家に帰れば妻には省略、子供には「お父さん」などと使い分けて何の不自然、不自由も感じていない。それを中国式の「我」や英語式のIで統一せよと言われたらその方が反って困惑するだろう。

在日韓国人作家李良枝の『由熙』には、在日二世である主人公が祖国である韓国に留学するが、そこで発見したことは、自分のなかには「日本語の感性」が出来上がっていて、それを簡単には壊せないという厳然たる事実であった。翻訳し、日本語で考えている限り、彼女は韓国人にはなれないのだ。

ことばは、そのくらい人の生理でもあるのだが、逆にいうと、リービ英雄が度々書いているように、日本語が充分身についたとき、その人は既に日本人であるとも言えて、それは、同じ言語を話し合いながら、しかしあくまでも人種は別であるアメリカなどとの決定的な違いかもしれない。

国語学や文法書の類を見ると日本語を何の疑いもなく西欧語と対置し、置換しているが、東西文法の帳尻合わせなどしていてもことばの本質は見えてこないだろう。一人称に限ってみても、西洋文法との違いは、語順の違いなんかよりもその性質の違いの方が重要なのだ。英語で言えば、稀に複数形のWeでいうこともあるようだが、まずは一貫してIである。しかもそれを常に大文字で書くという約束も、何となく彼らのIの性格に合っているように思われる。まさかアダムとイヴが神さまから授かってきたのでもあるまいが、このスタイルは古代から変わらないのだ。

現代の中国では「我」か「吾」以外はほとんど使われない。そのことは、「私」でも「僕」でも、要するに漢字で書く一人称はすべて中国から来たものだろうと思っている我々にはまことに不思議なことだが、事実は、「我」以外の自称詞は、中国では、古い書物にそういう例があるということに過ぎない。日本では最も一般的な「俺」にいたっては、中国の若い人は、日本語を勉強する学生の他は字さえ知らないという。念のために漢和辞典を引いてみれば、なるほど「俺」とは自分を尊大に言った、むしろ滑稽な言い方で、中世のある時期流行したがすぐに廃れたまま忘れられたものだとある。そんなことばを仕入れていつまでも大事に使っている日本人とは……。と言っても、これは「俺」という字についての話で、その字に当てた日本語の「おれ」自体は古くから日本の各地にあった自称詞なのだが。

同じように「私」も今の中国ではめったに使われないし、使うときは「秘かな」「秘密の」というニュアンスが強いのだという。それで、日本の「私小説」の語は、そのままでは私生活の、とくに性的な含みの強い暴露小説ということになってしまう。そのために日本文学を知る人たちは「私小説」を「自我小説」と訳してきたが、最近は衛慧とか陳染とか、女性作家の大胆な告白的暴露的小説が現れて反って「私小説」の語が注目を集めているのだという。明治の自然主義小説時代はともかく、いま日本では「私小説」を暴露小説だと思う人はいないが、「私」の語彙のニュアンスが日本とは違うため、中国での「私小説」は断然暴露小説なのである。

代名詞ではないが、日本では、姓は継承するが名は、今は親たちが一所懸命工夫考案創作してつける習慣だ。この頃は「キラキラ名前《ネーム》」なんて言われる類もあって呆れるが、西洋では、名は既にあるものから選ぶので、創作するなどはもってのほかなのだという。この名付けについての日本の自由さは、おそらく日本の伝統芸能各界にある命名襲名制度と通じているだろう。唄でも踊りでも、華道でも茶道でも、先生は親の名前を継ぎ、弟子たちは先生から名を貰うが、それに、自分で考案した俳号などを加えて、日本人はいろいろな名を楽しみ、そういうことを一つの文化にしてきた。投書用の「ラジオネーム」などというものまであって驚くが、そういえばパソコン用の「ハンドルネーム」は何処からきたのか……。ともあれ、こんな名前文化の背景にはおそらく、日本語の一人称の自由さ、融通無碍さという特異な性格があるに違いない。

＊

三輪正『一人称二人称と対話』（平成一七年、人文書院）によれば、英語での人称代名詞とは、一人称でも二人称でも、それは性格として、人に被せる一種の「仮面」なのだという。仮面を付けることによってその人の年齢も身分も人柄も「隠して」純粋、客観的な「話し手」（「聞き手」）になることなのだ。それは日本語とまったく逆で、日本語の一人称は発語者の「自己評価自己待遇」を「表して」しまうのだ、と。言い換えると、「I」はいかなる場合も客観的であると装うが、「私」はいつでも相対的ですと構えているのだ。

なるほどと言ってよい指摘だ。これは人称の問題ではないが、かつて大庭みな子がこんなふうに書いていたのを思い出す。英語でIt is raining.と言えば、それは言っている人に関係なく客観的に雨が降っている事実を指すだけだが、同じことを日本語で言おうとすると極めて困難、どう言ってみても発語者の判断情感が付着してしまう、と（『オレゴン夢十夜』）。良くも悪くも日本語にはこんな性格があるが、問題は、では、その現実をどう受け止めるか、ということになろう。

三輪正は、すべての人称詞に発語者の立場、上下、身分関係が付着してしまってニュートラルな人称詞を形成しにくい日本語は、対等な対話の成立しない不自由で欠陥の多い言語だと、穏やかではあるが、批判的に言っている。これもおおむねは了解できる。日本語はやはりどこか封建的たらざるを得ないのだろう。その事実を認め、そして自覚、注意しておかなくてはなるまいが、しかしそれで話のすべてが終わるわけにもいかない。身分や上下関係に縛られていれば、それは確かに封建的かもしれないが、身分や権力を超えていれば、それは相手への思いやりであり、優しさなのである。英語のようにいちいち愛していると断らなくても愛が表現されて行く言語の構造が、日本語にはあるのだ。日本語にはそういう性格のあることも考えておかなくてはならないだろう。人称詞は「仮面」なのだとして、その仮面を状況に応じて次々に付け替える——言い換えれば、仮面性を西洋とは反対の方向で理解し、利用し、そのうえに立って人間を、文化を作り上げてきたのが日本人でもあるのだから。

これらのことは、実は二人称についてもおおむね共通して言えるのだが、そこまで話を広げるときりがないから、今は一人称という問題に限定し、またそれをもって代表させておきたい。

こうしたことは当然小説の上にもさまざまな形で現れている。とくに私小説は、主人公を「私」としながら場面によっては「彼」と書いたりすることが多い。形式的にはそこだけ客観記述になって視点がずれるのだが、その理由はさまざまで、一概にご都合主義だとばかりは言えない。次の例は、「彼」ではないが、阿部昭『司令の休暇』（昭和四五年一二月）の冒頭である。

その夏もいつもの年と変りはなかった。たったひとつ、おやじが死のうとしていることをのぞいては。

息子は相変わらず帰ってくるのが遅かったし、眠っている時のほかは家にいることがほとんどないのもこれまで通りだった。勤めの都合で早く帰れないのは仕方ないとしても、飲み歩いて夜中になるのは長い間の悪い習慣だった。だが、僕がこんなふうに思っていたのは本当だ。とにかく自分だけでもふだんと同じようにしていなくてはいけない。出来るだけこれまでと変りなく振舞っていなくてはいけない。

全体は「僕」なる一人称によって書かれている小説だが、その「僕」がここでは「息子」とも「自分」とも呼び分けられている。このくらいの言いかえは我々の日常でもごく自然に行われていることだが、それが改めて文章となって提示されてみると、これは何だろうと考えてもしまうわけだ。で、何故こうなるのかと言えば、それは全て状況と前後の関係性のなかで一人称が選択されているからなのだ。初めの「息子は……」は、厳密に言えば主人公を客観的に見ている三人称のはずだが、この場合は前の行の「おやじ」との関係で引き出された自称詞と理解すべきであろう。ならば、この「息子」を「僕」と書いても「自分」と書いても不都合はないはずだが、それでは「おやじ」との関係が見えるためには一呼吸遅れることになる。もっとも、父親を「おやじ」と呼ばせているのは主人公の「僕」意識であろうから、客観的に現状況を述べているように見える冒頭のフレーズも、実はそこに主語「僕」が隠されて存在する、と見るべきであろう。

二つめの「僕が……」は、この話の主人公、語り手、この文章の記述者としての名告りのようなものだろう。「息子」という関係性から離れて、改めて独立した人称を宣言していることになる。三つめの「自分……」は、「僕」のもう一つの立場、あるいは役割りである、一家を背負っている者という性格が表面に出た結果であるだろう。厳密に書けば、「自分だけでも……していなくてはいけない、と僕は思っていた」となるところだ。

日本語の一人称はこんなふうに流動する。常に状況のなかで、その関係性を測りながら選ばれ、言いかえられてゆく。言いかえられることによって、その関係性の複雑さが汲みあげられ、結局表現されてゆくわけだ。右の私の解説はおそらくまだ見落としている面があるだろう。当の作家に見せたら、とくに文章には神経質だったこの作者のことだから笑うかもしれない。しかし逆に、そこを作者自身に説明して見よと言ったら、不機嫌な顔をするに違いない。そんなことできるものか、と。これらを理論的に捉え、説明するのはほとんど不可能であるだろう。結局のところは書き手の勘であり、好みであり、癖であり、つまるところその人の個性ということになるだろう。日本語の自称詞は、こんなふうに曖昧、始末に悪いのである。

さて、雑談が長くなってしまったが、これらを改めてまとめてみる次のように言えるであろう。

日本語の自称詞、一人称は、

一、数が限りなくあること。

二、時間、空間のなかで変動、流動すること。

一の数が限りないとは、共通語としての基本形はあるが、その他にいくらでも工夫し、時に外来語まで取り入れて新しく作って行くことができるからである。そして新しいものが生まれても古いものは棄てられないから、歴史とともに増えて行くばかりなのだ。古いものを棄てないのは、日常的に一人称を使い分ける言語社会だから、無意識のうち誰もが自称詞をコレクションしているからである。戦後の一時期の「ミイ」のことを言ったが、そのアプレゲール「ミイ」族でも、場面が変わればチャンバラ映画のなかで盛んに使われている「拙者」だの「わちき」だのを少しの抵抗もなく受け入れていたのである。

二の「時間」とは、たとえば『余は如何にして基督信徒となりし乎』(内村鑑三、明治二八年)、『妾の半生涯』(福田英子、明治三七年)は明治の書物のタイトルだが、いま「余」や「妾」を使う人はない。こんなふうに、自称詞は時代とともに変わってゆくということ。「空間」とは、大きくは方言のことだが、小さくは廓ことばや軍隊ことばのように、集団や組織によって、そこだけで使われる自称詞のあること、また作ったり制定したりもできるということである。旧帝国陸軍の「自分」を今の自衛隊は使ってはいない。それには学校教育の成果もあるだろうが、根本的には日本語の一人称は時代が変われば変わり、同じ時代でも、土地や集団が変わればやはり変わるのである。

これら二点は日本語の一人称を、いわば俯瞰的に見た性格だが、重要なことは、あるいは当然なことは、これらの性格が全て各個人のなかに生きて働いているという事実である。日本語のなかで生活していると、

①人はたくさんの自称詞を頭のなかに持つことになり、それを絶えず使い分け、聞き分けるようになる。

②人は自分の成長とともに自称詞を変えて行き、さらに生活場面——故郷の生家、同窓会、都会で

の会社、隣近所、ときに父母会で親として、ＰＴＡ代表として等々というように、その時々の場面や役割ごとに使い分け、相手のそれも聞き分けて、日々生きている。

こうした現象をもう一度要約すると、

日本語の自称詞、一人称には、
固定したものがなく、
時、所、相手に応じて――その関係性のなかで選ばれ、使い分けられる。

ということになろう。

日本語の一人称は単に多いだけではない、それよりももっと重要なことは万古不易の固定したものがないことなのだ。それは裏から言えば一人称は常に関係性のなかで規定されるが、それを的確に読み取って自ら選んでゆくのが日本語の基本的な使い方だからだ。

日本語としての「私」とは、それを文法的に自称詞を中心に見ればこういう性格のものだが、この事実からだけでも様々なことが見えてくるのではないだろうか。

たとえば、前にも言ったが、短歌は基本的に「一人称詩」だが、そう言ったとき忘れてはならないのが、その一人称自体が実は英語や中国語でイメージするものと全く性質が違うという事実である。日本語の一人称はいたって融通無碍、時には平気で二人称とも三人称とも入れ替わってしまうような一人称なのだが、そのうえでの「一人称詩」なのだ。

このことはまた改めて詳しく言うときもあろうが、いま一つ付け加えてみれば、日本語自称詞のこうした性格から連句・俳句のようなジャンルが生まれ成立したのだということである。付句が加わるたびに主語が動いてゆくという表現、文学様式は日本語の性格、とりわけ一人称の融通無碍な性格から生まれたスタイルなのだ。そして芭蕉も言うように、俳句の「奥義」はつまるところ「無私」ということになるのだが、「私」の多様、融通無碍の極まり、行き着く果てが「無」なのである。また、その「無」から、高見順が近代小説の仇だと言った「写生」も生まれてくるのだ。

しかし、これらのことは、もう少し用意して言う必要があろう。また後日、ということにしよう。

西洋の〝われ思う故に我あり〟に対して、日本では昔から、デカルトなんかより三五〇年も前から、〝われ思う故に我無し〟の自覚、哲学があったのだと言ったが、そうした深い洞察が行われてきた背景には、日本語の「私」のこうした性格が働いていたのに違いない。人間の「私」などは決して固定して存在するものではない、それは何時だって「私といふ現象」（宮澤賢治『春と修羅』）であって、常に変貌するもの、漂うものでしかないと、日本語が、日本語と一体である日本文化が、教えるのである。

西洋では、誠実であるというのは、自分個人の意見が社会全体の意見に反するものであっても、自分の言葉と行動を用いて自分の内心の感情を表し、自分自身の心情の赴くままにさせることなのである。日本では、誠実さ、あるいは「誠」とは、ある状況において自分がなすべきことであると期待されていることを、努力、知能、財産はもとより、必要とあれば生命すら惜しまずに、心をこめて行うことなのである。端的に言えば、日本人の誠実さとは集団的な価値を熱烈に尊重することであり、西洋の誠実さとは個人の価値に対して率直に敬意を払うことなのである。

（サイモン・メイ『日本退屈日記』中村保男訳、平成一七年）

この著者は東京大学に招かれて一年間だけ勤めたイギリスの哲学の先生。その一年間の日本観察がなかなか鋭くて面白い。あちこちで西洋人の日本論もここまで来たかと思わせる見事な一冊だったが、今その全体のことは措くとしよう。

引用したのは、西洋の個人的な自我に対して日本の集団的な自我などとも言われる性格の違いを指摘した部分である。これはいかにも、西洋の「I」と日本の「我」との質の違いをそのまま表わしているではないか。ことばの構造的な役割りの違いは、そのまま自我の、社会の形の違いなのだ。今これを写しながら私は歌舞伎の『寺子屋』のことなど思い出したが、忠義のために我が子を主君の息子の身代りに差し出して殺してしまう親、その引き裂かれた自我の悲劇に、我々は何百年も感動し続けているわけだ。しかし一方、こういうことを日本的、封建的な劣性だとして排除しようとして来たのが、実は戦後民主主義社会の目標であり、道程でもあった。だが、現実には、その道程がとうとう完遂できなかったことを明らかにしたのも戦後の歴史だったのではないだろうか。そのことは、平成一二年にたった一年間だけ日本に滞在した一人の外国人、「私」をどんなときにも大文字で表してきた言語をもつ国の人に、たちまち見破られてしまったほど、確かなことなのだ。

日本人のなかなか近代化しない集団的な自我——その原因を、我々は長い間、日本の政治や社会や近代の歴史の浅さに求めてきたが、果たしてそれでよかったのかと、いま私は思う。自称詞を常に己の置かれた立場や役割のなかで認識し選択し、自己規定しては生きている日本人は、その立場や役割を守ることこそが己を生きることなのである。立場や役割を離れたところに自分は存在しないのである。西洋式個人主義が唯一絶対の価値であるものならばそれは日本人が日本語を棄てない限り実現し得ないのではないか、原因はことばだったのだ、と。その意味では、敗戦直後、日本語を排してフランス語を国語にせよと言った志賀直哉は、案外問題の本質を見ていたのかもしれない。この、もっとも良質な日本語を駆使する作家が何を血迷ったことを言っているのかと、長年思ってきたが、それは私の不敏の故だったようだ。志賀直哉はやはり日本語の本質を直感していたからこそ、日本人を作り直すためにはそれを排せよと言ったのだ。少なくとも、そう考えた方が、彼の提起した問題により近づくことになるのではないか。

＊

フランスでも自然主義が爛熟期に達した時に、私小説の運動があらはれた……彼等がこの仕事の為に、「私」を研究して誤らなかつたのは、彼等の「私」がその時既に充分社会化した「私」であつたからである。

小林秀雄『私小説論』の一節だ。この「社会化した『私』」の語は一種のマジックワードで、その意味をめぐってさまざまな議論があるが、この語が次の一節と対応して言われていることは疑いないであろう。

わが国の自然主義文学の運動が、遂に独特な私小説を育て上げるに至つたのは、無論日本人の気質といふ様な主観的原因のみにあるのではない。何を置いても先づ西欧に私小説が生まれた外的事情がわが国になかった事による。自然主義文学は輸入されたが、この文学の背景たる実証主義思想を育てるためには、わが国の近代市民社会は狭隘であったのみならず、要らない古い肥料が多すぎたのである。

日本の作家たちの「私」が「社会化」されていなかったがために「独特な私小説」を生み出し作り上げてしまったのだが、「社会化」できなかったのは彼ら個々人が未熟だったからというわけではない、個人の問題ではなくて、彼らが生きている時代、「わが国の近代市民社会」そのものが未熟だったからだと、小林秀雄は言うのである。

小林秀雄がこんなふうに書いたのは昭和一〇年のこと。それは単純計算で明治維新から七八年を経た頃であったが、その昭和一〇年からさらに今年平成二四年までが、既に七八年経っている。この間に、日本の「近代市民社会」は果たしてどうなったろうか。「市民社会」は成熟したのか、「実証主義思想」は育ったのか。

むろん、その間には、前半の七八年にはなかった国家の敗戦と、それにともなった天皇制国家から民主主義国家への変革という、前半の時代にはなかった大激動があった。しかし、その後半の七八年が、前半の社会をしのぐ進化と繁栄を遂げたとは、認めるに誰も異存はないであろう。「実証主義思想」のことは知らない。しかし、日本の「近代市民社会」はそれなりに成長したことは間違いないだろう。だが、それでも日本人と日本文学の基本は少しも変わりないのである。

小林秀雄は『私小説論』の結末に、「私小説は亡びたが、人々は「私」を征服したらうか。私小説は又新しい形で現れて来るだらう」と書いた。この予言は、言われるように半分は当たり半分は外れた。まず、私小説は、その後も一向に亡びはしなかったばかりではない、小林秀雄が期待をこめて言っている、「文士気質なるものを征服した」はずのプロレタリア文学においても、小林多喜二『党生活者』や、中野重治『村の家』のような、その「傑作」はむしろ私小説の方にこそ多かったからである。

一方、戦後の私小説排斥の嵐の時代を経ても私小説は依然として滅びず、したたかに生き残ってきた。そこから幾多の名作も生み出されてきたし、藤枝静男や小島信夫のような異色な作家作品も出現してきた。だから、先の「私小説は又新しい形で現れて来るだらう」の予言はその通りになったと言ってよいのである。それは、小林秀雄『私小説論』の論理で言えば、日本の作家たちが未だに『私』を征服」していないからだということになるが、果たしてそうだろうか。

思うに、「私」の「征服」、「社会化した『私』」とは、「近代市民社会」だけの特産物ではない。「封建」時代には封建時代に応じた形での「社会化した『私』」があるのだし、「近代」には近代に見合った「社会化した『私』」があるのだ。そして、その「社会化した『私』」をたくさん擁している「社会」が、つまりは成熟した社会であり、文明社会なのだ。そうした文明社会のなかからシェークスピアも近松門左衛門も出現したのに違いない。そして、彼らが時代のなかの「社会化した『私』」像を見事に描いたから、時代が変わっても、人々は感動するのではないだろうか。昭和一〇年までの日本の近代文学が「独特」だったとして、それは作家たちが「私」を「征服」していなかった、「社会化」されていなかったからでも、日本がまだ封建時代のなかにあったからでもないのである。

人間の「誠実」さという一点においても、その内実は西洋と日本とでは全く違うと、サイモン・メイは指摘したが、それは西洋と日本の「私」の質が、そして、そこから形成された「社会」の構造が違うからだというのが、ここでの私の言いたいことである。

主客融合する叙景

四里の道は長かつた。その間に青縞の市の立つ羽生の町があつた。田圃にはげんげが咲き豪家の垣からは八重桜が散りこぼれた。赤い蹴出を出した田舎の姐さんがをり〳〵通つた。

これは今も読み継がれている田山花袋『田舎教師』(明治四二年)の冒頭の一節。友人たちがみな東京へ進学して行くなかで、主人公林清三は一人、気の進まない小学校の教員となって、生家からさらに四里も下った田舎に下宿生活を送らなければならない。すべては家が貧しいためであるが、そんな運命的な寂しさをかかえての引っ越しである。その、都落ちにも似た「四里の道」が彼には五里にも一〇里にも感じられたというのである。うな垂れて歩く清三の気持ちにはお構いなく、周囲には花が咲き、道行く女性たちは春らしく潑剌としている。「わたしの心はかなしいのに……／あかるい娘たちがとびはねている」と、中野重治の詩『あかるい娘ら』を思い出すが、こちらは大正時代のこと。時代は変わっても、志を懐く青年たちが味わう鬱屈はいつも同じなのだろう。

『田舎教師』冒頭はそんな思いを誘い出す、名文だと言ってよいであろう。田山花袋の小説のなかでも毀誉褒貶の激しかった『蒲団』（明治四〇年）とは違って、発表当時から例外的に素直に受け入れられて評判のよかった一編である。

だが、その名文が実は問題である。まず、この文章は誰が書いているのか、と問えば、それは、明らかに「四里の道」を「長かつた」と感じている人物、即ち主人公林清三でなければならない。ところが、『田舎教師』は私小説でも一人称小説でもない、れっきとした三人称小説である。次の段落では、「清三の前には、新しい生活がひろげられて居た」と、書き手は主人公を外から見て描いていて、それが全体の基本なのである。そうであるのに、冒頭では、「四里の道は長かつた」と、この語り手は同時に主人公の内面に入り込んで物を見、感じて、書いてしまう。だから続く「田圃にはげんげが咲き」以下の光景も、それは清三の目にそう映ったと言っているのか、そうではなくて、彼の意識とは関係なく客観的にそうなのだと言っているのか、そこがいたって曖昧だ。この小説が三人称小説だという前提に立つならば、正しくは、四里の道は長かつた、と清三には感じられた。

とか、

林清三には、四里の道は長かつた。

とあるべきところだろう。しかし、そう言ってみれば分かるように、こんな翻訳調ではいかにも間が抜けているし、何か大事なところがずれてしまう。四里の道は長かったけれど、清三も作者も、別段それを哀れっぽく訴えているわけではないからだ。

かくて問題は振り出しに戻ってしまう。主人公自身の感じていることなのだから、いちいち清三は、清三が、とことわる必要はない。これらは、言うならば主人公がそう感じているということを、作者が感じ取って代弁しているのだ、と。

田山花袋には文章論、描写論がいくつもあるが、それらは彼の試行錯誤の跡でもあって、時に前後撞着するほど論点が動いている。たとえば『蒲団』を書いていた頃の彼は『露骨なる描写』(明治三七年)の唱道者であった。評判になった『蒲団』の結末、竹中時雄が、去って行った女弟子の蒲団に伏して、その「汚れた天鵞絨《ビロード》の襟に顔を埋めて泣いた」などという場面も、この「露骨なる描写」主義から生まれたわけだ。ところが、ひとたび自然主義文学が言われるようになると、今度は「平面描写」などと言うようになる。それは、作者の「聊《いささ》かの主観を交へず、結構を加へず、たゞ客観の材料を材料として書き表はす」、「たゞ見たまま聴いたまま触れたままの現実」をそのまま描く（『「生」に於ける試み』明治四一年）というのだが、これは自然主義文学が言った「無理想無解決」「無思念無執着」の理念に引きずられすぎた、彼としてはスローガンに終わった描写論であった。『「生」に於ける試み』だと言いながら、多くの人が指摘するように、その『生』（明治四一年）自体が、それを守れていないからである。

『生』は彼自身の母親をモデルとして一家を描いた長編小説だが、思うに、人一倍感傷家であった花袋が、自分の身内や家族を素材とするについて格別用心して自らに課したのが「主観を交えない」「内面にはいらない」という戒律だったのであろう。それが『「生」に於ける試み』、「平面描写」のよって来たる所以であったと思われる。

花袋のこの「平面描写」説は、「自分でも甚《はなは》だ覚束ない」と言っているように、完全には実行できなかった。そんなところからも議論も呼んだのだが、ただ、この曖昧な提言のなかにも多少の功績があったとは言っておく方が良いであろう。

それは、花袋には貫徹できなかった方法を徳田秋声がより徹底して実践して見せたことだ。秋声の、夏目漱石を閉口させ、生田長江をして生まれながらの「自然派」だと感嘆せしめたような「無理想無解決」ぶりは日本の自然主義文学の一つの典型をうち建てたが、それは、歴史の流れのなかで見れば、花袋が感じ取っていながら実現できなかった、西洋式客観主義小説の日本的実現だったのである。言い換えれば、「平面描写」は日本流の科学的自然主義の描写論的実践にほかならなかったのだ。

「平面描写」論の功績のもう一つは、それがきっかけにも踏み台にもなって岩野泡鳴に「一元描写論」を書かせたことであった。『現代将来の小説的発想を一新すべき僕の描写論』(大正七年)と、タイトルからしていかにも泡鳴らしい一編がそれだが、これは当時はまだ誰も気づいていなかった視点、視点人物、語りの問題を彼流に論じた評論である。言うまでもなく小説が視点だの語り手だのという概念で議論されるようになったのはごく近年になってからのことだ。それまでは登場人物がどんな視点から描かれるかというような問題は、作者も読者もいたって暢気であった。『暗夜行路』の結末が突然妻直子の視点で語られる不自然は名作だけによく知られた例だが、作品の構造自体に関わるこんな大問題から、泡鳴もあげているように、一人称で語りながら、「口元ではニヤニヤ笑つてゐながら、眼は気味悪く血走つてゐた」と平気で他者の視線を交えて描いているような例がたくさんあった。要するに作者に視点という意識がなく、一つの作品どころか、一つの文章のなかにも本人の目と他人の眼とがご都合主義的に混ざってしまうのだが、こうした不合理に、強調すれば日本で初めて気づき指摘したのが岩野泡鳴だったのだ。そういう意味で、「現代将来の小説的発想を一新すべき……」というタイトルに嘘はなかったのである。ここで泡鳴は小説の叙述における視点と語りの統一を説き、さらにそのなかで重要作中人物の一人だけに絞り込んだ、「狭くとも深」い「一元描写」こそが人間と人生の真実に迫る方法だと説くのである。

この頃はまだ私小説ということばも概念も無かった。それが議論されるようになるのはもう二、三年後のことだったから、泡鳴は終始「自伝的小説」と書いているが、これは紛れもなく一人称小説の語り、私小説話法の発見であり、理論付けに他ならなかった。泡鳴の大言壮語癖が災いしてか、この議論もいたずらに反発的反論を呼んだばかりで一人の共鳴者のあった記録もない。歴史的にも忘れ去られてしまったようであるが、一世紀近くを経たいま読んで、遅まきながら私は、泡鳴の異才が日本の近代小説の核心に迫っていた事実に改めて気づき、感動もしたのである。「泡鳴五部作」の破格な、あの常識外れな主人公は、それが「一元描写」、一人称語りの小説であることによって、人間のもう一つの不思議、そのリアリティーが立ち上がってくるのだ。

僕は外国人などの如何に関せず僕独特の描写や描写論をやつてゐるのである。そしてかかる緻密厳密な人生観や描写論は近代文学の精神がわが国民性の一面なる執着心と徹底心とに触れて初めて世界に出現したものとして、僕はわが祖国に感謝してゐる。ボドレルの内部的発想法が仏蘭西に生まれて、やがて世界の詩を一新したやうに、この僕の描写論は、わが国の発展につれて、他日必らず世界の小説界を一新せしめるものだと信じてゐる。

（『現代将来の小説的発想を一新すべき僕の描写論——謹んで一読を乞ふ』）

「僕はわが祖国に感謝してゐる」——西洋よりは遅れて近代文学に目覚め、学習しながら始めた日本だったが、「わが国民性」がそれを徹底させ、遂に「一元描写論」にまで展開進化させた、将来はきっと、この方法が世界の文学を動かすことだろう、と。

この岩野泡鳴のことばで大切なことは、彼が外国の文学やその上に立った輸入品の文学論では解けない日本語による、日本文学に固有な問題があるのだと気付いていたことである。そしてそこから、日本語の表現では「一元描写」、主人公即作者、少し後に言われるようになる「私小説」が最も優れている、「狭くとも深い」人間と人生の表現方法だ、そしてそれが将来は世界の文学の質を変えることだろう、というのである。

ここで泡鳴のために少し弁じておけば、主人公と語り手と視点との統合とは、見方を変えれば小説における〝神の視点〟の否定に他ならなかったのだ。泡鳴がもし戦後のアンチロマンやヌーヴォーロマンの議論を聞いていたら、そんなことはとっくの昔に自分が実験済みだと言っただろう。つまり、私小説は日本版アンチロマン理論なのだが、このことはまた言う機会があるだろう。

「他日必らず世界の小説を一新せしめるもの」と泡鳴が書いてから既に九五年、今は日本の私小説を研究する外国人が少しは現れたとはいっても、残念ながらその認知度はまだまだお話にさえならない。とうてい、読んでない人までが話題にする「源氏物語」のようなわけにはゆかない。そして、そうである最大の理由は、まず日本人自身がそのことを自覚していないからなのだ。自覚しないどころか、今もって私小説という存在を恥じるような無知なご仁も多いのが実情だ。そうした国情をこそ恥ずかしく思う私は厭きもせずにこんな文章を書いているが、考えてみると、私もまた私流に「他日」を期しているのであろう。泡鳴を夜郎自大だなどと言うなかれ。「私小説」の必然や意味が正しく理解され認識されたあかつきには、いま俳句がそうであるように、世界の国々でその国情に適った私小説が書かれるようになるだろうとは、これを書く私自身の思いでもあるのだから。

だが、そこも泡鳴流に言えば次のようになるだろう。

どうかこの議論を僕の私見ばかりと見ず、わが国文学の深化純化の為め、また世界の芸術の為めにすべての作者も批評家も特別に丁寧に読んで貰ひたいのである。（同前）

泡鳴の一見粗野で傲慢に見えることばの奥にある純情と生真面目がよく現れているではないか。「一元描写」論は決して張ったりなどではないのだ。私小説の描写論から見た方法論的な理論付けとして、間違いなく泡鳴の発見であり創見であったのだが、そのことを彼は正しく自覚していたのである。

岩野泡鳴にも描写論がたくさんあって、私は全てを読んではいないが、この「一元描写」論はそうしたものの総集編だと見てよいであろう。泡鳴のこの仕事が大正の中期、私小説が最も盛んに書かれた時代に現れている事実には、やはり偶然でも、泡鳴一人の異才によるのでもない、歴史的必然だったのだろう。だが、残念ながらこの歴史はなかなか文学史の表には現われなかったのである。

もう一度、田山花袋に戻りたい。

「露骨なる描写」から一転して「無思念無執着」の「平面描写」を称えた花袋であったが、そうした試行錯誤のあと、結局は元の木阿弥のように元来の花袋調に還ったらしい。『描写論』（明治四四年）では「描写」と「記述」の違いを説明しながら次のように言っている。

梅が咲いて居る。これでは記述であつて描写ではない。白く梅が見える。かうなるといくらか描写の気分が出て来る。吾々の前に咲いて居る梅の状態が分明と眼の前に見えるやうになつて顕はれて来るやうに心懸けるのが描写の本旨である。

かれは雨戸を閉めた。
雨戸を閉める音が聞こえた。
波の音がした。
波の音が聞こえた。
何方も後の方が描写の気分に近い……

これによってなるほどと思ったのは、『田舎教師』の「描写」、「四里の道は長かつた」は花袋のこうした思想から生まれ、書かれたのだということだった。『描写論』にはこの後、「写生と言ふことも、其作者の心懸や気分に由つて、或は記述になつたり或は描写になつたりする」、「現象に対しての作者の気分如何。これが描写と記述とに自づからなる区別をなしてゐる」などということばもある。花袋の言うところは、要するに、花だの波だの、事象をそれとして言うだけではだめで、その事象が人間を、あるいは人間の五感を通して立ち現れてこなくてはならないということらしい。

花袋がどうしてこういう信念を持つようになったのか分からないが、私の理解、現行通用の概念で言えば、これは全く逆であろう。「梅が咲いて居る」は、人物たちの認識とは一応別の、作者ないし語り手による描写だ。それに対して「白く梅が見える」は、作中人物誰かの認識であり行為の叙述でなければならない。花袋の『描写論』には奇妙な勘違いがあるように思うが、そのことは今は問わないこととする。ただ明らかなことは、ここで花袋が「見える」「聞こえた」の動詞が誰に帰属するのかという問題をまったく意識していないらしいという事実である。作者の主観と作中人物の主観は別だということが意識されていないのだ。「其作者の心懸や気分に由って」と、彼には、すべては書いている「作者」に帰するとしか認識されていないらしいという事実だ。

ところで、私がいま考えているのは、冒頭に引いた「四里の道は長かつた」の性質なのだ。これは初めにも言ったように、文章論的には主人公林清三でなければ発せられないことばのはずだが、花袋においてはそんな約束はなくて、これも彼流の「描写」に含まれてしまうらしい。つまり「心懸や気分」から生まれた「作者」のことばなのだ。

日本語の表現には、実はしばしばこうした問題があるのだが、私の知る範囲ではとくに田山花袋にそれが顕著なのだ。そして、その最も著しい例が『蒲団』だった。私小説の濫觴だとされる『蒲団』だが、実は『蒲団』は一人称「私」で書かれているわけではない。ここでは具体的に立ち入ることはしないが、主人公「渠《かれ》」・竹中時雄の物語として、立派に三人称で書かれているのだ。にもかかわらず「私小説」だと読まれ、作者もそれを否定しないために一人称小説の元祖だと見なされてしまった。何故そんなことが起こったのかと言えば、そもそもは花袋のこの「描写」論のせいなのだ。花袋がもう少し文章論を勉強し、文法にも適った文章を書く人だったら、こんな混乱は起こらなかったし、従って「私小説」も生まれなかった――だろうか。

もとより問題は田山花袋一人にあったわけではない。一切の源は日本語そのものの性格にあるのだ。「四里の道は長かつた」、「波の音が聞こえた」のような文ができてしまうのは、日本語が主語がなくても成立してしまうからだが、その結果、誰にとって「長かつた」のか、誰に「聞こえた」のかという曖昧さが残ってしまう。むろんこれは会話ならその時の場面、文章なら前後の関係でだいたいは了解できるから、我々は日常何の不自由も感じていない。そのために意識されることも少ないのだが、本当は、これは日本語の相当特異な性質なのだと、たとえば上田閑照はこんなふうに言う。以下はもとが講演原稿なので少しアレンジしながら引用する。

私たちは日本語で言う場合に自然にたとえば「鐘の音が聞こえる」といいます。これは日本語としてまったく自然な言い方です。（しかし）英語でもドイツ語でもごく自然な言い方では「私は聞きます、鐘の音を」でしょう。……（この言い方には）経験されたある事態があって、その事態に対して最初から「私」が立てられていて、……つまり「私」がその事態から突出して、飛び出して、あるいは飛び上がって、そこからもう一度事態をつかみ直していく、そういう仕方で「私」が経験の優越した統一点になっているということだと解釈することが許されるでしょう。

それに対して、……（日本語の）「鐘の音が聞こえます」。このように言う経験は、……まだ「私」と言わない（以前の）意識に鐘の音が響いています。……「鐘の音が響いているそのことがそのままあらわになっている。その場所が（私のなかの）意識ということです。（『西田幾太郎を読む』平成三年）

日本人は、多くの人が言うように自然に親しみ、自然との一体感を持ち、それを基礎として物事を理解し考える傾向を持っている。それは国土の自然が温暖で恵み豊かであるからだと言われてきた。そのことは間違ってはいないかもしれないが、しかし原因はそれだけではない。もう一つ前に、まず日本語そのものが、自然に限らず、常に状況のなかに身を置いて自分をとらえ発想する性格を持っているから、なのだ。日本語で自分の周りを見れば、いつも「鐘の音が聞こえ」、「波の音が聞こえる」のである。鐘の音、波の音と自分がいつも一体で、実はそれ以外のありようを知らないのである。

それに対して、たとえば、前にもふれたが、大庭みな子も書いている（『オレゴン夢十夜』）ように、英語でIt's rainと、仮主語まで立てて言えば、そう言っている人と何の関係もなく雨は客観的に降っているのだ。雨と人とはあくまでも別のものとして向かい合っている。だから彼らは、今の雨に自分の気持を挟みたいときは、ことさら大きな身振りを付けなければならない。しかし、主語のない日本語で雨だ、と言えば、それは必ず、そう言った人の、驚きや困惑や喜びが伴ってしまう。雨も雪も、花も風も、全てはそれを言った人と切り離せない。だから日本人はことさら穏やかに言うことを好むのだ。「鐘の音が聞こえる」には主語がないが、実は主語は名詞にも助詞にも張り付いて存在しているのだ。念のために「鐘の音が聞こえる」を普通の英文にしてみればI can hear a bell ringing.となろう。あくまでもIを立てるからbellと対峙してしまうわけだ。

この、鐘の音と、それを聞いた人とを分離しない日本語の性格を国語学の方では「主客融合」とか「主客合体」などと言うが、それを西田哲学の「主客未分」「主客一如」「純粋経験」などの概念と結び付けて説明したのが上田閑照である。「鐘の音」がいつも自分のなかで鳴っている日本語のなかの「私」は、同じように山河大地を「われ」のなかに存在させている。「実相観入して自然・自己一元の生を写す」(『短歌における写生の説』)とは、斎藤茂吉の著名なることばだが、これはまさに日本語の性格そのものから生まれた思想なのだ。高見順が短歌俳句の「写生」精神が日本の小説から虚構精神を奪っていると言ったことは既に見たが、虚構のことはひとまず措くとして、後にも言うように、写生こそ、主客融合する日本語の特技なのだ。それに対して、「鐘の音」と「私」とがいつも対峙している西欧語のなかで暮らしていれば、「鐘」と「私」とを改めて止揚・アウフヘーベンしようという発想・弁証法などという哲学、論理学が生まれてくると言うわけである。哲学のことはこれ以上追いかけないが、ここで私の言いたいことはただ一つ、問題は文学だけには限らない、哲学においても、その国の言語という下部構造の支配は免れないのだ、という厳粛なる事実である。

文学に戻ると、歌人でもあった田山花袋が「描写」だと信じた「波の音が聞こえる」、「鐘の音が聞こえる」という「主客融合」「主客一如」表現の特質が最も集約して現れているのが和歌に他ならないだろう。

田児の浦ゆうち出でてみれば真白にそ不尽の高嶺に雪は降りける

主語がなくても成立する日本語だからこそ可能になった構文だが、忘れてはならないのは、書かれてなくても、隠れた主語の存在が前提されているからこそ、これが一つの文学様式にまでなったのだという事実だ。もしここに主語が想定されなければ、そもそも文学表現ではないのである。
次はリービ英雄による英訳である。

Coming out
　From Tago's nestled cove,
I gaze:
　White, pure white
the snow has fallen
on Fuji's lofty peak.

原文にはなかったIがあり、しかもそれが倒置法になって強調されているが、それに見合ったようにgaze「驚いて見る」という、やはり原文にはないことばが加わっている。これらに対してリービ英雄はこんなふうに言う。

これは一つのイメージだが、翻訳してみるとよくわかることに、「田児の浦から出てきて見ると」というのは、見ている人が動いている。富士山の見えないところから、富士山が突然見えてくるところへ、出る。動いている視野に、富士の「高嶺」と雪が「真白にそ」現れ、驚きと畏敬が両方立ち上がる。

これは言い換えれば単なるイメージではなくて、映像的な技術に近い。見えないところから見えてくる、その驚きを「にそ」で力強く表す。これはなかなか英訳できない。

（『我的日本語』）

日本語は基本的に「描写文」だが、それに対して英語は基本的に「命題文」だとするのが中島文雄（『日本語の構造』）の分析である。「命題文」とは判断し意味付けしようとする文、「描写文」とは意味は直接には言わない、読者に任せるという文である。その二つの言語の性格が歌とその翻訳のなかに集約して見えるわけだ。山部赤人は自分の見た景色を描いただけなのだが、それを英訳してみて改めて露わになったのは、そこにはたくさんの意味が込められているという事実だ。まず「見ている人」があり、その人が「動いている」事実があり、そして、その人の自然への「驚きと畏敬」が、しかし静かに表されているという事実である。

この、リービ英雄の理解は、日本人にとっては別段驚くようなことでない。日本に育って大人になれば大方の人が感じ取っていることに過ぎないだろう。代々の読者がそれを読み取ってきたからこそ、この歌は今に伝わっているわけだ。ただ、我々が無自覚だったのは、日本語が、西欧語などにはない、そういう性格を持っているのだ、という大前提の方であるだろう。

歌について言える日本語の性格は、当然ことばのごった煮である散文にも流れている。ここに著名なる例を一つ上げれば、川端康成『雪国』の冒頭がある。

国境の長いトンネルを抜けると雪国であつた。夜の底が白くなつた。信号所に汽車が止まつた。

名文としてよく例に引かれるところだが、その一因にはおそらく、「夜の底が白くなつた」という印象的な、言うならば「新感覚派」的な表現があるからだろう。そういうところを別にすれば、日本語としてはごく普通の叙景文だといってもよいのである。しかし、その普通の叙景文が、実は、基本的に「田児の浦ゆ……」と同型であるとは、一度は意識してみる意味があるだろう。ここでも、リービ英雄ふうに言えば、「見ている人が動いている」のであり、自然への静かな「驚きと畏敬」が、自ずから表現されているのだ。

次の英訳文は、これもよく知られたサイデン・ステッカー訳である。

The train came out of the long tunnel into the snow country. The earth lay white under the night sky. The train pulled at a signal stop.

ここでも日本語にはない主語 The train が加わっている。「汽車」が「主語」だと聞けば、多くの日本人は、えっ、主人公は、主語は島村ではないの、と驚くのではないだろうか。「トンネルを抜ける」のは、なるほど人ではなくて汽車には違いない。しかしその汽車に乗っている人も一体だと考える日本語は、ことさら「汽車が」とは言わない。山部赤人が乗っていたかもしれぬ馬ことを書きはしなかったように、である。しかし、英語になってもっと驚くのは、池上嘉彦が伝える英語圏の人たちの読み方である。この英訳によって彼らはみな、正面にあるトンネルから汽車がこちらに向かって出て来るイメージで読んでいるのだという。確かに池上嘉彦によるサイデン訳の再直訳では、「列車が長いトンネルから雪国へ出てきた」となっている（サイデン訳では「国境」が落ちている）から、彼らの読み方を間違いだとも言えない。come はその汽車が人の外部にあって〈見る主体〉としての主人公の方へ近づいてくるという構図になるのだという。無かった主語を改めて作り、それが汽車という物になったために、逆に人（主人公）が消されてしまったのだ。いや、正しくは人は「語り手」として独立、汽車も主人公も見ているもうひとりの人物の方へ移ってしまったのだと言うべきか。「主客一如」の表現ができる日本語には「語り手」などは不要、存在しないなのである。そんな事情を池上嘉彦は次のようにも言う。

英語の話し手がごく自然に〈主客対立〉の構図での事態把握とそれに基づく言語化に傾くのと同じように、日本語の話し手も特に意識することもなしに〈主客合体〉の構図での事態把握とそれに基づく言語化をする。

（『英語の感覚・日本語の感覚』平成一八年）

「鐘の音が聞こえる」と「私は聞きます、鐘の音を」という構文の違いの溝は相当に深いのである。日本語の、「長いトンネルを抜けると」のなかには、まずその動作の主体である汽車があり、次にそれに乗って景色を見ている人物も一緒にいるのだ。そういうあり方を池上嘉彦は別のところで「主人公自身の〈拡大エゴ〉」だとも、「ゼロ化された主体」だとも言っている。「ゼロ化」と「拡大」化、その一見矛盾した性格を同時に併せ持つのが、日本語としての「私」の性格なのである。初めに引いた『田舎教師』で言えば、主人公のみならず、作者自身の「エゴ」の「拡大」と「ゼロ化」が繰り返されるために「四里の道は長かつた」のような「描写」ができあがるわけだ。そして、こんなふうに「主客融合」する日本語だからこそ、主人公と視点人物と語り手を一体化した私小説をつくりあげることになったのである。

言語、自我、社会、文化

このごろは『日本語に主語はいらない』(金谷武洋、平成一四年)の類の意見をよく見るようになった。こういう説の元祖は、私の知る限りでは『象は鼻が長い』(昭和三五年)の三上章だが、以来すでに半世紀近くたつのに、金谷武洋も言うように学校では相変わらず英文法まがいの日本文法のままである。だから、「日本語に主語はいらない」という認識はもっともっと広まるべきだ、とは私も思う。しかし、最近はあまりに「主語はいらない」とばかり聞くものだから、ついつい、主語があっても言えるのだよとか、主語は隠れてあるのだよ、などと反論しながら読んでしまうことも多い。この種の議論は概して「主語はいらない」ことの立証に熱心なあまり、何故「いらない」のか、あるいは「いらない」結果がどうであるのか、そういう問題に踏み込もうとしていないからだ。それには言語学や国語学という学問自体の性格もあるようだが、問題が単に文法的な違いで終わるのであればなんということもないのである。考えなくてはならないのは、文法ではなくて文化の問題であるだろう。「主語はいらない」日本語のなかで暮らしている日本人や日本文化にどんな性格、どんな問題があるのかということだ。

今の私の考えでは、日本語の「主語はいらない」性格は、前章で述べた日本語のもう一つの性格である「主客融合」構文と切り離せない一体のものなのだ。「梅の花が見える」、「鶯の声が聞こえる」こうした主観と客観が融合した形で状況を一遍に言い表す構文があるから、結果的に主語が不要になるのだ。これらは、命題型、観察型の英文ならば「梅の花が咲いている、それを私は見る」と、客観状況とそれに対する主観という二構文にしなければならないが、そこを描写型、体験型の日本語では客観のなかに主観が入り込んで一構文で言ってしまうのだ。別の言い方をすれば、日本語には主語がないのではなくて、主語は構造的に含まれてしまうから、ことさら言わなくてもよいのであり、もっと厳密に言えば、主語は隠されて、しかし確実に存在しているのである。

抽象的に言っていても仕方がないから、ここでは俳諧を例に具体的に見ることにしよう。次は『冬の日』「こがらしの巻」の表六句である。

狂句こがらしの身は竹斎に似たる哉　芭蕉
　たそやとばしるかさの山茶花　野水
有明の主水に酒屋つくらせて　荷兮
　かしらの露をふるふあかむま　重五

朝鮮のほそりすゝきのにほひなき　　杜國
日のちり〳〵に野に米を刈　　正平

芭蕉四一歳の秋、『野ざらし紀行』の帰途、名古屋の俳人たちに招かれて巻いた五巻のうちの初めの一巻である。連句の心得のある人には今さらであろうがごく簡単に読んでおけば、ここに展開されているのは次のような景色である。

まず、芭蕉が自分を竹斎に擬《なぞら》えて挨拶と自己紹介の一句を起こす。竹斎とは、当時評判だった仮名草子の主人公の名である。京都の藪医者だが、患者が付かず貧窮に耐えかねて江戸に下ることとし、その途中、名古屋に三年間滞在、その間「天下一の藪医師竹斎」と看板を掲げた。彼は狂歌師でもあって、看板にも表れているように、自分の失敗や貧乏生活を笑いのめしているのだという。芭蕉の発句はご当地評判のそんな竹斎に自分を重ねてみせて、挨拶としているわけだ。竹斎の狂歌に対して、自分のは「狂句」だと打ち出したのであろうが、この破調には少しばかり芭蕉の力み、気負いのようなものが感じられるのは私だけだろうか。もっとも、山本健吉によれば、こうした挨拶句が抜群に優れているのが芭蕉発句の特色だということになる。「社会化した『私』」の芭蕉版なのだ。

脇句は、客人の挨拶句に答える亭主側の答礼。被っている笠に山茶花の花が散りかかって、この風流な旅人は何方なのでしょうか、と言ったところ。芭蕉の、藪医師竹斎、つまり俳諧師としても決して名匠ではない、また世外の人としての風狂などの謙辞を捨てて、風流だけを取って献辞としたわけだ。

三句は「有明の主水」をどう読むか議論のあるところだが、要するに前句の風流人は実は主水（＝禁中の水を司る役人・または大工頭）に酒屋・酒蔵をやらせている・造らせている、ような風流人だと、豪商の御曹司であるという亭主野水を讃じ、それによって間接的に客人の「狂句こがらし」にも応えていると見てよいであろう。

四句は一転して軽く、早朝、酒屋に荷を運んできた駄馬。いま荷を下ろしてぶるぶると鬣《たてがみ》の露を払っているというのだが、時間から見てこっちの酒屋は呑み屋ではないのだろう。

五句は「朝鮮すすき」または「ほそりすすき」というものがあるそうで、この「にほひ」は色艶のないこと、月にも釣り合わないというのだろうか。

六句（折端）は人里離れた田圃の風景。「日のちりぐ〵」は朝日にも夕日にも言う薄日だそうだが、晩秋の夕暮、影絵になった農夫二人という感じである。寺の夕鐘の音が聞えてきてもよい。田と言わず野と、稲刈りとせず米を刈ると言ったところに新しさがあると解説されているが、オランダなら「馬鈴薯を食う人々」クラスの貧しい農民の生活が浮かんでくる。同じ貧しさでも発句の竹斎などとは次元が変わってきて、見方によってはなかなか痛烈な一景を呈している。しかし、おそらく野趣を佳しとしただけで、皮肉を言う気はないのであろう。この作者正平はこの席の執筆《しゅひつ》、記録、進行係であることは分かるが、この一句を残すだけで、どういう人であったか、一切伝わっていないのだという。そういう存在だというところも、反って惹かれてしまう。

ところで、発句俳句ならともかく、連句の鑑賞となるときりのないこと。それに第一私の任ではない。勝手な読みや想像を楽しむ権利はあるだろうとは思うものの、現実にはたくさんの約束事があって、門外漢が迂闊にものの言える世界ではないことも承知している。それ故ここでも何か私見を披露しようというわけではない。いま私の言いたいことはただ一つ、最近日本の「参加型文芸」（小林ふみ子『大田南畝』平成二六年）という言い方を聞いてなるほどと思ったが、こうした連句の世界――共同して短句を重ね合い、それによって描き出された情景が次々に変化してゆく・世界に類のない、日本独特の、高度な文学様式――を可能にしているのが、決定的には、主語なしで構文が成立する・主語が隠されている、日本語の性格によるのだ、ということである。

念のために主語を挙げてみれば、発句「狂句こがらしの身は竹斎に似たる哉」の主語は明らかに「私」である。私はこんな者ですと言っているのだ。しかし、それを表に現さないから、次の脇句で「たそや」と問い直すこともできるわけだ。連句の英訳を、私はまだ見たことがないが、この脇句をもし英訳すれば、〈それ（彼）は誰でしょう、笠の上に山茶花の花びらを散らしてやってきた風流なお人は〉と、改めて〈謎の人物・彼〉という主語を置くことになるのだろう。しかし日本語では、それは正しくない。脇句の主語は、敢えて言えば、「たそや」と問うている人、花の散る笠を見ている人、でなければならない。『雪国』の冒頭一節の主語が「汽車」ではなく「島村」でなければならなかったように、である。それが、写生文のなかに写生人が同時にいる、主客融合日本文の性格なのだ。だからこの脇句は、日本人が読めば、「たそや」のなかに〈風流なお方と「私」は見ましたよ〉という、客人を迎えた亭主らしい心遣いが見えているのだ。三句も同様、英訳なら〈その彼は……〉であろうが、日本語では〈と、私は見ましたよ〉という含みを持った〈……つくらせて〉なのだ。以下も同様、前述の中島文雄の言う、基本的に「命題文」である英語では、四句なら「あかむま」、五句は「ほそりすすき」、六句は現れてない農民が、それぞれ主語になるだろう。しかし、基本的に「描写文」であり、写生のなかに主客融合する日本語では、「歌はすべて一人称」の原理に従って、叙景のなかに「私」がいるのである。「あかむま」が勝手に震えているのではない。その情景に「私」が立ち会っているのだ。

加藤周一晩年の仕事に『日本文化における時間と空間』（平成一九年、岩波書店）がある。この本にも「日本語の特徴」なる一項があるが、そこでは主に「語順」の問題が言われている。「主語はいらない」という面についても、まして「主客融合」の性格についても何の言及もないが、それは彼の世代としての平均的な認識であったろう。五か国語に通じたと言われる加藤周一であるが、日本語についての認識は学校文法を疑わなかったようだ。しかし、語順の違いからでも見えてくることは確かにあるので、そこから連句の性格について言っているところを以下に抜き書きしてみよう。

要するに修飾語が被修飾語に先行し、文末に動詞を置かざるを得ない語順の原則は、全体を知る前に細部を読むことを読者に強制する。

「強制する」には恐れ入るが、この限りでは誤りではない。日本語には、一つのことに多様な言い回しがある事実は前にも見たが、「細部」に限りなくこまやかなのは、確かに日本語の特色なのだ。

関係代名詞をもつヨーロッパ語と、それをもたない日本語の語順は異なり、ヨーロッパ語では読者の注意が全体から細部へ向い、日本語では細部から全体へ向う。すなわち縦続句の叙述する細部が、日本語では、文の全体から離れてそれ自身を主張するのである。

主語の次に動詞がくる、つまり、いきなり結論がくる欧文は確かに理解が全体から細部へ「向う」だろう。それに対すれば過程や細部を固めながら結論に至る日本語はその理解が「細部から全体へ向う」と言える。しかし、これらの事実を関係代名詞の有る無し一つに絡めて言われると、なかなか納得しがたい。日本語に何の不自由も感じてない者の側から見れば、何だかとんでもない屁理屈、言いがかりとしか思えないのだ。語順のことだけを言えば、それは日本語だけの性格ではない。私の聞きかじりで言っても、韓国語もモンゴル語もチベット語もトルコ語も、というように世界にはかなりの数の言語が日本語と同じ語順である。また、ヨーロッパ語といえども、まさか先に関係代名詞があって、それに合わせて主語・述語の語順ができたわけではあるまい。だから同じ論法でことさら言い返してみれば次のようにも言えるはずだ。日本語なら必要のない欧文の「関係代名詞」は、主語の次に動詞がくる、つまり初めにいきなり結論がくる文法で、その短兵急な結論に至るまでに含まれるべきもろもろの必要条件を後から慌てて充塡するための装置に過ぎない。便利な道具ではあるが、逆に言えば、元来粗笨で不器用、不自由な欧文が、それ故に編み出した苦肉の策なのだ云々と。

だいたい「関係代名詞をもつヨーロッパ語と、それをもたない日本語の語順」という言い方は二重の意味で発想が逆立ちしている。前述の「主語」のあるなしの問題でもそうだが、これでは「関係代名詞をもつ」のが正しくて、「もたない」のは誤り、ないし未発達だということになってしまう。だが、事実としては、あのような語順であるから、そこに「関係代名詞」が生まれてきたのに違いないのだ。そして、日本語の語順ではそんな必要がないから、「関係代名詞」など作らなかっただけだろう。

私は日本語がヨーロッパの言語に比べて、誰かが言ったように「あいまい」であるとも、まして劣っているとも少しも考えていない。というよりも、どんな言語にも、それぞれの長短はあるにしても、決して優劣はないはずだ、と考えている。菅野昭正が、日本語にしたら六〇〇ページを超えるフランスの長編小説を翻訳したが、そのなかの中心人物である一組の姉妹が、どちらが姉でどちらが妹なのか、とうとう分からずじまいだったと書いていた（「『慈しみの女神』について」）。フランスでは兄弟姉妹の長幼などは戸籍簿以外には必要ないのであろう。こんな事実を、伯父叔母の呼び方もさらに父方母方で厳密に区別する中国人が聞いたら、禽獣にも等しい民族だというに違いない。

最近も鮎と虹鱒を区別しないドイツ語に呆れたという日本人のエッセイを読んだが、彼はそのドイツ人が牛肉を部分によって一〇種類くらいに呼び分けている事実を知るや否や、と思ったのである。私の知る範囲でもドイツ語はたしか蟹と海老も区別しなかった覚えだ。ある面において豊かな語彙や複雑繊細な表現力をもつ言語が、別の面ではウソのように無頓着だというようなことはたくさんある。どの言語が「あいまい」でどの言語が論理的かというようなトータルな性格はないのである。

脱線したが、加藤周一に戻せば、私が示したいと思ったのは次のところである。

連歌とは、過ぎた事は水に流し、明日は明日の風に任せて、「今＝ここ」に生きる文学形式である。その文学形式こそが、日本文学の多様な形式のなかで、数百年にわたり、史上類のない圧倒的多数の日本人の支持を受け続けたのである。

この本『日本文化における時間と空間』は、オビに打ち出されているように『今＝ここ』に生きる日本」の文化的な特質を追究したものだと要約できよう。文学はもとより絵画から建築、歴史記述、「行動様式」にいたるまで、さまざまな領域での時間、空間の構成、表現を分析しながら、日本文化の「今＝ここ」主義を抽出して見せている。

右はそういうなかでの「連歌とは」なのだ。この数行を見てほしくて、私は長い引用をしてきたのだが、さて、読者はどう思われるだろうか。ちなみに言えば、この本の序文には、「ドイツ社会は『アウシュビッツ』を水に流そうとしなかったが、日本社会は『南京虐殺』を水に流そうとした」という一文もある。自分で直接データも見ていないし研究もしていない私はこういう問題についてなるべく書くことはしたくないが、私の理解では、だいたい「アウシュビッツ」と「南京虐殺」事件とでは歴史的な背景も事柄の性格もまったく違う。二つは対照比較できるようなものではないのだ。だからむしろ、こういう問題の提起の仕方自体の方に極めて日本的なものを感じてしまうが、どうだろう。しかし今それは措いて、ともあれ加藤周一が日本文化の「今＝ここ」主義というとき、それがどんな意図の上にあるかは自ずから明瞭であろう。それは要するに、何度か言ってきた、あの『第二芸術』論（桑原武夫）と同じ総懺悔の姿勢に他ならないのだ。

こうした姿勢は当然連歌についてばかりではない。思想や文化一般についても言えて、彼がここで否定的なニュアンスで言っている「過ぎた事は水に流し」というのも、私などには、それが日本固有の文化であるのならば、その美風はぜひとも大切にして行くべきだと思われる。彼が言うように、もし日本が戦争責任から逃れているのだとしたら、それはまったく別の理由からではないだろうか。

それゆえ私は、加藤周一の言う日本文化の「今＝ここ」主義という意見には大いに啓発され、頷くところも多かったが、そこから広がって行く意味づけや講釈には全くついて行けなかった。たとえば、日本文化の「今＝ここ」主義は、そのまま日本人の「大勢順応主義」「集団主義」に結びつき、それが昭和の「一億総玉砕」の戦争時代を産み、その果ての敗戦、そして今度は「一億総懺悔」になったと彼は言う。日本の近現代史への批判は充分あることだが、それによって日本の言語や文化まで劣等視するのは、考え方が逆立ちしていよう。自分の血を否定してしまっては、あとは生まれてこなかった方が良かったという結論しかないのである。私には、自身もそのなかで育った祖国の文化をこんなふうに全否定し、無私になれる加藤周一という存在、それこそが西洋文法の「I」にはあり得ない、まさに日本の「私」の生きた見本ではないかとさえ思われる。付け加えておけば、こういう人たちによって、戦後、日本の私小説は否定され続けてきたのである。

言語の性格はその国その民族の文化の形をも決めるが、その文化の根底にあるのはやはり人間の性格だろう。言い換えれば、言語はまず人間の自我をつくり、その自我が文化の形を決めてゆくのだ。連句は「主語はいらない」日本語、「主客融合」の日本語から生まれたが、それが要因のすべてではない。そこにもう一つ、日本人の自我のあり方が関わっている。もう少し言えば、固定した一人称をもたない、自称詞（主語）を状況に応じて変えて行く日本語の性格はそのまま日本人の自我意識のありようを決定づけ、その自我たちが連句を楽しむ文化を形成したのである。

この、言語、自我、文化の関係を考察して画期的な問題設定とその分析を示しているのが、新形信和『日本の〈わたし〉を求めて　比較文化論のすすめ』（平成一九年、新曜社）だった。前記加藤周一の著書と同じ年に出ていて、私はたまたま間をおかずに読んだせいか、この書の数々の指摘に目の覚めるような思いをした。そして加藤周一がもしこの本を知っていたら、西洋通であった彼のことだから、彼の『日本文化における時間と空間』も、その設計部分で大きな変更があったのではないかとさえ想像した。と言っても事実は新形信和の書は加藤本より半年余も後の刊行だから、そういうことはありえなかったのだが。それにしても加藤本の評判（私の持つ一冊は初版三カ月後で既に第六刷であった）に比して、この新形の本が話題になることも無いようなのを誠に残念に思ったのである。それゆえに、というわけでもないが、以下は、主に新形本を側らに置きながら、日本語としての「私」の性格、そこにある問題を私なりに考えて行きたい。

新形信和は先ず日本語の「私」がヨーロッパ語の一人称代名詞「I」や「jé」や「ich」とを同一のものだとする、これまで誰もが疑わなかった認識を「基本的な誤解」だと指摘する。「私」と「I」とでは根本的に性格が違うのだ。違うのに、それを重ねてしまったのは、英文法まがいの日本文法のせいなのだが、文法の上で対応させてしまったために、文法以外の働きでも同質のものだと見做されてしまったのだ、と。実は「私」は「I」ではない、とは、たとえば五光昭雄『言葉からみた日本人』

（昭和五四年、自由現代社）などにも既に指摘はあったのだが、新形信和は、その説き方がまるで違うのだ。

繰り返しになるが、前章で私は『雪国』冒頭のサイデン・ステッカー訳を示して、その構造の違いを言った。『雪国』を日本語で読む我々は、冒頭部にはまだ現れていないが、発語のなかに想定される人物（島村）とともに走っている汽車に乗って窓に映る景色を一緒に見ている。ところが、これを英訳で読むアメリカの読者は、正面にあるトンネルから汽車がこちらに向かって進んでくる、というイメージで読むという事実を紹介した。この違いが主語のいらない文と必ず主語を立てる文との基本的な違いなのだ。日本語で「悲しい」と言えば、書かれていない主語は悲しみのなかにあるが、英語でI am sad.と言えば、厳密に直訳すれば「私は悲しみである」となって、主語によって「悲しみ」が客観化されてしまう。「鐘の音が聞こえる」という文法のなかにある「私」は常に鐘の音とともに状況のなかにある（主客融合）が、「鐘が鳴っている・私はそれを聞く」という文法での「I」は常に状況から離れ、独立して（主客対立）しまうのだ。

「国境の長いトンネルを抜けると雪国であつた」という文は、厳密には語り手のものなのか主人公のものなのか分からないのだが、歌や連句の例でも見てきたように、言われている状況とともにある人物のことばであることは日本語の約束なのだ。そして、注意しなければならないのは、その約束に従って読む読者もまた同じように主語のない「私」としてその状況のなかに参加することだ。参加するから連句のような主語を次々に変えて行くスタイルも可能になるのだが、「主語はいらない」とは、こういう意味なのだ。

それに対して、The train came out of the long tunnel into the snow country. の主語は The train だが、汽車が came すると、それに伴ってそれを見ている「I」が自動的に立ち上がってきて、その状況全体を認識し、支配することになる。つまり観察者・語り手が生まれるのだが、そうすると、これも自動的に読者の認識も観察者・語り手の場所に立つのである。無主語の文法は読者をも無主語にし、有主語の文法は読者も一緒に有主語にする、約めて言えばそういうことになろう。

この「私」と「I」の文法的な性格の違いはそのまま両者の自我の質の違いであり、文化の違いにもなっているところが大事である。前にデカルトの「コギト」、「われ思うゆえに我あり」が、日本では「われ思うゆえに我なし」だと私は言ったが、それについて新形信和は、西田幾太郎と対比しながら、次のように指摘している。デカルトの「〈わたし〉は世界の外に確固不動の一点として存在する」が、それに対して西田幾太郎の「〈わたし〉は純粋経験のなかに没している」と。これは要を得たまとめであるだろう。「I」が常に状況から分離して観察者となってしまう西欧文法での自我で考えると、対象や状況から遊離した「我」をもう一度「思う」で捉えなおさないと本当の「我」に迫れないのだ。それゆえデカルトの〈わたし〉は、「意志や思考や感覚とともに生き生きと働いている〈わたし〉から離れて、それを意識する〈わたし〉、それが確実な存在であると考えた」、「倒錯した〈わたし〉にすぎません」ということになる。鐘の音、波の音とともにいる自分ではなくて、それを聞いている自分、意識している自分になってしまうのだ。そうした手段で摑まれた「我」は結局のところは彼らの「神」に似ている。常に状況、世界、人間の外にあって、そこからすべてを眺め、支配している、と。こんなところには、そうだ、と言って私も議論に参加したくなるが、今は先へ進もう。

こうした「I」に対して、「私」が常に状況のなかに共にある日本文法のなかで考えれば、真の「我」とは「思う・考える・意識する」以前、鐘が鳴っていると聞えているとが一体のまま、意識で分離される以前の「純粋経験」こそが自我の原点なのだ。蛇足すれば、この「純粋経験」、自我の原点を体感する「安楽の法門」(『正法眼蔵 弁道話』)が西田幾太郎も欠かさなかった坐禅に他ならないだろう。よく引かれる、「仏道をならふといふは、自己をならふ也。自己をならふといふは、自己をわするゝなり。自己をわするゝといふは、万法に証せらるゝなり」(『現成公安』)という一節が、その「純粋経験」の内実を端的に解き明かしている。ここで「万法」とは、言い換えてみれば宇宙の法則、自然の摂理、存在の原理といったところ。人は意識以前、元来「万法に証せられ」てあるのだが、それが日本の「われ思うゆえに我なし」の構造に他ならない。

こんなことを考えつつ私は、前に紹介した英国の哲学者サイモン・メイの『日本退屈日記』(平成一七年、中村保男訳)のことを思い出す。彼の観察によれば、禅に憧れて京都の寺で修行する西洋人はみな悲惨な状態にあるのだという。それは「西洋の文化を脱しきれると単に想像することですら、本質的に西洋のものである」「自由という幻想ないし」「錯覚」だからだということになる。今の私から言えば、それは「I」の文法から「私」の文法を獲得する困難に他ならないのだ。「私」の文法はいつだって鐘の音と一体、「草木国土悉皆成仏」のなかにあるが、それを、何でも対象化してしまう「I」の文法から摑むのはほとんど不可能だろう。文学でいえば、時任謙作(『暗夜行路』)が大山の自然のなかに苦もなく一体化できたのは、彼が日本語の「私」を生きていたからなのだ。西洋人が時任謙作になるためには、まず自然を、他者を自動的に対象化してしまう「I」の文法を棄てなければならないのだが、そんなことは禅の修行以前の問題だろう。だが、「I」の文法のままでいくら坐禅をしてみても「心身脱落」はやってこないのである。

新形信和に戻れば、「私」の自我と「I」の自我との、こうした根本的な違い、それを反映した文化の違いは様々な面に見られて、彼も絵画、建築、武道から宗教の形、さらには小津安二郎映画の例まであげている。我を中心に置いて世界に対峙する「I」は人との関係においても必然的に相手に向き合い、眼と眼を合わせることになるが、それに対して、世界のなかに溶け込み、常時他者と共生している日本の「私」は、日常では決して相手と目を合わせることがない。他者は常に共にあり、隣にいるのだ。そうした日本人の日常の姿勢が、小津映画に典型的に見られるというのである。思いがけない指摘だが、映画だけではない、絵画でも正面を向かず、互いに視線を合わせない浮世絵のいわゆる首絵の例などをあげられてみると、成程と思うところが多い。

絵画では、あの連句の形が日本の絵巻物の様式と相通じていることは、唐木順三や山本健吉にも指摘があったが、それを今、仮に多視点的絵画だと呼ぶとすると、西洋絵画は一視点の透視画法だというのが著者の新しい分析、また指摘である。西洋の、この一視点透視画法はやがて遠近法を獲得してゆくことになるが、絵巻物、またそれを一面に配した屏風絵なども同じだが、そこには遠近法がない。代わりに流れる雲霞による独特な省略法を発明したが、影も描かれなかったから立体感をもたなかった。西洋絵画に発達した影と遠近法は、視線が状況から離れて全体を見る「I」の文法から生まれた手法なのである。

＊

私は最近、遅まきながら「那智滝図」の不思議な魅力に目が開かれた。それで自己流にあれこれ考えたのだが、これなども外面から言えば影と遠近法を欠いた描法から生まれた不思議な象徴画なのだ。滝・自然を対象化するのではなく、滝・自然に溶け込んで、滝の音と一体になっている「純粋経験」のなかから生まれた絵画なのだろう。そういうことを、私はいま新形信和の本を読み直しつつ思った。こうした画法、表現法は能のスタイルにも通じているなと思ったのだが、そのことは既に山本健吉が『いのちとかたち――日本美の源を探る』（昭和五六年）で言っていると友人が教えてくれた。山本健吉は「那智滝図」と能の他にさらに伝藤原隆信とされる国宝の肖像画、「平重盛影」、「源頼朝影」（今は頼朝ではないとされているが）、「藤原光能影」もそこに加えて、「日本美」を論じている。この『いのちとかたち』は私も刊行当時読んでいたから、今度の私の「那智滝図」発見などは単に埋もれていた記憶が呼びさまされたのだったかもしれないが。

ところで、山本健吉も言ってなかったことで、新形信和が論じていることに日本の仏像のことがある。日本の仏像彫刻がなぜ強い精神性を帯びているか、それも約めて言ってしまえば日本の「私」の性格の問題なのだ。我を世界のなかに置いて認識する日本の自我はいつも我の内面にも眼を向けているが、それに対して、モノを対象化してしか見られない西欧的な自我では「世界の内部」に入るのが極めて困難だからだ、ということになる。新形信和によれば、日本の多くの仏像の「まなざし」は遠くの仏法を観、そこから還って自分自身に向かっているのだが、今は日本人自身がそのことをなかなか理解できなくなっているのだという。その典型として、和辻哲郎『古寺巡礼』(大正八年)の一節をあげて批判している。先の加藤周一の例にも見られたように、日本の長年の西洋倣いの結果、日本人自身が日本の「私」の直観を忘れ、失いつつあるのだ。しかし、このあたりのことを詳しく説明しようとすると問題がますます錯綜しよう。今はこれ以上追わないことにするが、これは坐禅する西洋人を想像すれば分かりやすいかもしれない。日本人自身が外国人になりかかっているのだ。

東西の自我のかたちの違いがこんなふうにさまざまな文化の違いとなって現れているのだが、この新形信和の本で意表を突かれた面白い例をもう一つ紹介すれば庭園造りのことがある。著者は桂離宮の庭とヴェルサイユ宮殿の庭園とを図面付きで比較して見せているが、その解読が大変ユニークだ。中心があり、ほとんどシンメトリーな幾何学模様をもつヴェルサイユ宮殿の庭園と、対照的に一切の対称性、相称性、規則性を排除したかのような桂離宮の庭、この両者の違いの意味は、これまでもさまざまな人が言ってきた。西洋の合理主義、科学的精神、自然への支配的、征服的な精神等々と、そして、それらを持たない、また欠ける日本、あるいは自然の改変を嫌う、自然尊重・順応主義の日本等々と説明されてきたところだ。ところが新形信和は一切そういうことは言わない。彼によれば、これは要するに「視点」の問題なのだ。「ヴェルサイユ宮殿の庭園においては視点が時間的、空間的に連続してること、それに対して、桂離宮の庭園においては視点が互いに遮断され、時間的、空間的に断片化されていること」、これが根本的な性格の違いなのだ、と。

既に東西の自我のかたちの違いを見てきた今は、この「連続」と「遮断」の意味についても多言は要しないであろう。シンメトリーな幾何学的模様というのは、人がそのなかの一点に立てば、彼には見えない部分もどういう構造になっているか想像が、見当が、理解が行く。西欧の自我は常にその神と同様、こういうふうに状況の外に立ち、全体を見わたし、支配するかたちで佇立しているわけだ。それに対して、桂離宮庭園の不規則な曲線のなかにある人物は、ちょうど絵巻物のなかを歩くように、露地を曲がるたびに前の景観は消え、新たな景観を楽しむことになる。これはまさに連句の構造そのもの、従って日本語の自我のかたちそのものなのである。「主語」一人称は常に状況のなかに隠れてあり、状況とともに流動変化する、そういう庭園造りなのだ。

新形信和『日本人の〈わたし〉を求めて』によりながら、東西の自我のかたちと文化の関係を見てきたが、ここでもう一つ触れておくべきは、阿部謹也の言った「社会と世間」という問題だろう。このことは小林秀雄の「社会化された『私』」(『私小説論』)について書いているときずっと念頭にありながら、話があまり錯綜するのをおそれて見送ってしまったのだが、その補足のようなつもりでここに差し挟んでおこう。

阿部謹也の言うのはこんな問題だ。日本では、明治になって西洋のsocietyという概念を知り、individualという観念も知って、それぞれ社会や個人という訳語を作って対応してきた。それによって一応は近代国家を建設もしてきたのである。社会は個人が集まってつくるものであり、個人が前提だからだ。ところが、「欧米の意味での個人が生まれていないのに社会という言葉が通用するようになってから、あたかも社会があったかのような幻想が生まれた」(『「世間」とは何か』)のだ、ということになる。その結果、日本人は口では社会、社会と言いながら、実際には、今もって昔ながらの

「世間」のなかに生きている。そして、その誤差をたとえばタテマエとホンネとして使い分けている。「建前」とは合理的、論理的システムのことであり、「本音」とは義理人情が中心のリクツを超えた人間関係、「歴史的、伝統的システム」のことに他ならない、と。

明治以降、わが国に導入された社会という概念においては、西欧ですでに個人との関係が確立されていたから、個人の意思が結集されれば社会を変えることができるという道筋は示されていた。しかし「世間」については、そのような道筋は全く示されたことがなく、「世間」は天から与えられたもののごとく個人の意思ではどうにもならないものと受け止められていた。(『学問と「世間」』)

こんな意見は、すでに触れた小林秀雄の『私小説論』で言われている見方と本質的には変わりない。西洋では「社会化された『私』」が充分実現していたが、日本では、そのためには「封建的残渣」が大きすぎ、「近代市民社会は狭隘」でありすぎたと、小林秀雄は言ったのである。しかし、そこでも書いたが、小林秀雄がこんなふうに言ってから既に八〇年が経とうとしている。その間に、日本の「近代市民社会」はどうなったのか。そう問えば、それは、今もって一向に変りも成熟もしないらしいことが、何よりもこの阿部謹也の諸説が証明している、ということになろう。明治開国から既に一世紀半を経たというのに、いまだに日本人は「社会」をつくれない、「個人」を持てない、ばかりではない、そう言い続けてもきたわけだ。とすれば、日本はおそらく永久に、西欧的な意味での「近代市民社会」は持てない、望めないのではないか。

だが、そう言ってみれば明瞭なように、それは、そもそも問題の立て方の方が間違っているのだ。阿部謹也は「社会」にはならない「世間」を「歴史的、伝統的システム」だと言うだけで、なぜその「システム」ができあがったのか、「伝統」や「歴史」になったのか、とは問うていない。だが、西欧的「近代市民社会」、西欧的「個人主義」、西欧的自我――そんなものを求めるかぎり、基準にするかぎり、日本は永久に到達も成熟もできないだろう。何故なら、日本のそんな「システム」を作ったのは徳川家康でも伊藤博文でも、封建制度でも天皇制でもないからだ。「システム」や「伝統」を作ったのは日本の個々の「私」であり、その「私」を作っているのは彼らが日々使っている日本語だからだ。

西洋の「個人」も、またそれが作り上げている「社会」も、それは彼らが日常それによって暮らしている彼らの「I」が作り上げたものだ。同じように、日本の「世間」も日本人が毎日使っている日本語の「私」が保証しているのだ。問題は、日本の「私」と西洋の「I」とでは、その構造が根本から違うからだ。

＊

ひところ「KY」という妙なことばが流行した。第一次安倍内閣をマスコミが「KY内閣」と呼んだのが始まりだというが、一般にはぼんやりした奴、役に立たないやつという意味だったと思う。空気が読めない＝KYと、日本語のローマ字表記から取っているのは、土居健郎の「甘え」と同じで英語などにはない概念だから、ということらしい。その後、人に教えられてこの語の源らしい山本七平の『「空気」の研究』（昭和五三年、ただし昭和五八年、文春文庫）など、たくさんあった「空気」関連本をいくつか読んでみた。なかには立川昭二『「気」の日本人』（平成二三年）のような、社会学的な「空気」だけでなく身体的な「気」の問題まで見渡したいい日本論、日本文化論もあったが、多くは流行に乗った安直な現象解説式の、一種のハウツウ本（？）みたいなものが多かった。ということは、見方を変えれば、それだけ「空気」の問題が現代社会人の関心を集める話題だということなのであろう。日本人はみな「空気」問題に悩んでいるのだ。

山本七平によれば、作戦上ばかりか科学的に見ても無謀に過ぎた「戦艦大和」の出撃を決断させたのも、最高作戦会議での「空気」だったということになる。日本の社会は上は政治軍事から、下は企業現場や親族会議に至るまで、人の集まるところでは全てこの「空気」で事が決まり、また動いているのである。日本はまことに「空気社会」なのだ。

そう言ってみて、私がここでも思い出すのは、前にも紹介したサイモン・メイの観察である。彼によれば、日本人にとっての「誠実さ」とは、たとえ自分を殺してでも周囲から期待されている役割を果たすことであり、「集団的な価値を熱烈に尊重すること」（『日本退屈日記』）なのである。そのときにも言ったが、これは固定した一人称を持たない、時、所に応じて自称詞を変えて行く日本人の自我意識、生きる姿勢とぴったり重なっているのだ。だから今、そこにもう一つ付け加えれば、こうした individual でない、個人ならざる個人が集まって作っているのが、つまり「世間」なのである。「空気社会」とは「世間」の別の顔なのだ。区切られた、自分も加わっている小さい場が「空気」、対して直接加わってはいないが、当然想定されなければならない、もう少し広い、時間的にも永い空間が、つまり「世間」なのである。

「世間」とは、表現において「主語はいらない」日本語と日本人が作り上げてきた、そういうかたちの、もう一つの固有な、完成された「社会」なのだ。決して何かに向かっての未成熟ではないのである。

ただ、残念なこと、恨めしいことは、西洋模倣も既に一五〇年になろうとする日本には、洋装がそれなりに人々の身に納まっているように、既にできあがっている西洋化部分もずいぶん存在するし、西洋を基準に、西洋人も驚くようなモノの言えてしまう立派な知識人も代々存在し、それがもう一つの伝統にさえなっている。日本の、いわば二重基準的な「世間」＝「社会」も文化も、これからもずっと続くだろうと思われる。

「はじめに言葉ありき」、ことばがそれをもちいる人間の自我のかたちをつくり、その自我の性格がもろもろの文化の性格も決めて行く。こう考えてくると、日本の文学の根底にも日本語の性格と、そこから形成された日本人の自我のかたちと、そこから生み出された日本の社会、文化が深くかかわっていることはもはや疑いようがない。私はそれを、随筆、日記、歌という永い歴史をもつ文学の面から見てきたつもりだ。

かつて私は若さの無知と元気に任せて、小林秀雄『私小説論』はもう読まなくてよい、というような「私小説論」を書きたいなどと言ったことがあった。それほど小林秀雄『私小説論』からは強い影響を受けてきたのだが、今ここではっきりと言えることは、彼の『私小説論』には言語に関する考察が決定的に欠けていたという事実である。小さな疑問、異論はたくさんあるが、そんなことはどうでもよい。私小説に文明論的に迫って、せっかく自我の問題、「社会化された『私』」の問題にまで行き着いた小林秀雄には、もう一つ、ことばの問題に気付いてほしかったのである。

根本はことばなのだと、こんなふうに考えてくると、これまで議論されてきた私小説論の無駄な部分もかなり明瞭になってくるのではないだろうか。最近の外国人研究者たちの意見まで含めて、その一つ一つについて検証するのも面白そうだが、それは機会があったらということにしよう。ここでは、私小説史のうえで小林秀雄の次に濃い影を落としている中村光夫について少し触れておこう。

中村光夫の、私小説は田山花袋のフランス自然主義文学への誤解から始まったとする説。これは花袋の『蒲団』を私小説の濫觴だとする見方で、今までのところもっとも一般的になっている私小説発祥論だが、今の私にはほとんど意味がないように思われる。第一に、『蒲団』が仮にエミール・ゾラの文学の誤解であったとしても、それは必ずしも花袋一人に帰してすむようなことではないであろう。現に当時ヨーロッパ留学から帰ったばかりの、最も気鋭な評論家と目された島村抱月のような人物が『蒲団』の出現に感激し、これぞ自然主義文学だと太鼓判を押していたのだ。誤解だったとしても、それは時代全体がもった、それなりに必然のあった誤解だったに違いない。『蒲団』は、それを日本の伝統文学の方から見れば「竹中時雄日記」にすぎないと、私は前に言ったが、一人称での告白のスタイルをとった小説――『蒲団』は必ずしも一人称ではなくて、そこにもう一つの言語問題があることは既に言った――は、この時代にも続々と現れていて、濫觴を『蒲団』だけに特定するのは既に何人もの人によって否定されている。

これらのことをまとめてみれば次のように言えるであろう。田山花袋が『蒲団』を書くまでにはさまざまな要因があったが、その中心には、明治二〇年頃から始まった日本の西洋倣いの近代小説が、田山花袋の頃、大きく言えば日本の自然主義文学に至ってようやく日本の自前の小説としてのかたちが付いてきた、ということだ。砕いて言ってしまえば、模倣からやっと脱け出してお手製の近代文学を作れるようになったのだが、そのとき、その小説は日本的なさまざまな性格をたっぷりと含んでいた、というわけである。

*

日本語で一貫して私小説を書き続けているリービ英雄によれば、英語で、一人称で自身の生活を書いてもちっとも私小説にならないのだという。何故そうなのか、今はもう言うまでもないであろう。「I」の文化文法と「I」の自我構造が「私」のそれとは違うからだ。結局「私小説」は日本語だけがもつ、特異な「私」＝人間への接近の仕方、探求の仕方、表現の仕方なのである。

II

「私」にとって小説とは何か

語り部の資格と日本の小説道——伊藤桂一と志賀直哉

伊藤桂一に『文章作法　小説の書き方』（平成九年、講談社）なる一冊がある。小説教室の講師を長く務めた経験に立って、改めて初心者のために書き下ろした実践的指導書だとことわられている。全七章からなっているが、なかでは「時代小説」や「戦場小説」の章などがこの著者ならではの特色である。その他、第一章の「私の文学修行」に始まって、この本の性格、面白さというふうに言えばいろいろあるのだが、私がウーンと、まさに唸る思いをしたのがその七章「戦場小説と私」、そのなかの〈語り部の資格〉なる一節だった。そこで伊藤桂一は、やや唐突に、それまでの短編小説の章にも時代小説の章にもなかった〈語り部〉なる概念を提起している。

小説の方法で、死者生者の体験を描く場合、いわゆる、語り部——としての資格を持たねばならない、と、私は考えた。語り部というのは、同族の中から、選ばれた存在であり、何よりも同族間の信頼を得なければならなかった。

この「小説の方法で」というのは、その前段で、戦争や戦場を描くには「小説という表現形式」がもっとも「便宜なもの」だと言っているところを受けている。従って、次の「死者生者の体験」も当然、戦場での、という意味である。

伊藤桂一において戦記、戦争小説を書くためには単に小説家であるだけでは足りない、あるいは、いけない。戦死者たちに選ばれ、信頼された〈語り部〉でなければならないというのだが、さらに「そのための条件」として彼は四か条の「規定」を列記している。その第一条は、なるべく戦争体験があった方がよい、また戦記類、部隊史の世界にも馴染んでおく、というので、これはまあ分かることだ。第二条は、小説作者としての「力倆」が劣っていてはならないというので、こちらは難しいが、「戦場小説」を事実の重みに頼って訴えるだけではいけない、ということなのであろう。ここまでは、まあ有りそうな訓戒だと言ってもよい。私が驚き、唸ったのはその次、第三、四条だった。

3　戦場小説は、必ず戦死者に関わっているので、作者自身、平素の生活態度を、身だしなみよくしたい。私自身は、酒、煙草は喫まず、美食もつつしみ、遊びごとにも関心をもたない。

4　私は戦記作者を心掛けた時、世間的な出世を先ず断念した。これは、世間的な出世をすると、その仕事に努力せねばならず、小説勉強の時間とエネルギーを削がれるからである。また、家庭生活の幸福を願わないことにした。妻子がいると、やはり、家庭のことに力を削がれるからである。私は五十歳になって結婚したが、これは母親が老齢になり、家事の負担を訴えたからである。

最近の仕事で言えば、『静かなノモンハン』（昭和五八年）や、『遙かなインパール』（平成五年）を、私は深い感動をもって読んだが、その作者にこんな覚悟があった上での仕事だったとは、と改めて驚き、頭の下がる思いを新たにしたのである。もっとも、母親が家事の負担を訴えたので結婚したというくだりは女性たちには不人気で、女を何だと思っているのかという批判もあったが、伊藤桂一さんを直接知る人には何の嘘も不合理もないのである。この結婚の経緯や、母親の望みであったにもかかわらず嫁姑の関係で伊藤桂一が大変な苦労をする顚末は短編小説集『雨の中の犬』（昭和五八年）などに詳しい。それを読めば分かるように、伊藤桂一はひと一倍責任感の強い人でもあって、日常の家庭問題などにも決して逃げたりはしていない。だから彼が結婚をしなかったのも、また、することになったのも、自分を葛西善蔵や太宰治にしない為であったと、私には理解できるが、どうであろうか。自身には厳しい生活規範をたくさん設けている人だが、それを人にまで押し付けるリゴリストではないのである。

伊藤桂一には中国大陸での、二度にわたってまる七年に近い軍隊生活があるから、その間、彼の周囲で死んでいった戦友は数え切れないほどあったに違いない。そういう人が戦争について書こうとすれば、彼のペンは自ずから戦友たちの声、無数の声なき声に囲まれてしまうであろうし、その声を背負わずには一字たりとも書けない、ということだろう。

念のために注記しておけば、伊藤桂一の戦争小説は戦争や軍隊生活の不条理を告発したり、犠牲者、被害者としての怨念をぶつけたりする類の小説ではない。そうではなくて、おおむねは過酷な軍隊生活や極限的な戦場のなかでも失われなかった、守り通された人間らしさの灯を確かめる事であり、隠れた人間性、人間ドラマを発掘し、顕彰すること、総じて、無限の思いのなかで死んでいったたくさんの無辜の民たちへの深い鎮魂の営みなのだ。しかし、だからと言って、伊藤桂一の戦場小説がいわゆる美談を集めているというのではない。そこに彼の覚悟、小説家として格段の「力倆」を持てという〈語り部の資格〉も関わってくるわけである。

言いかえれば、伊藤桂一はその戦記や戦争小説を死者たちのために書いているのであって、逆説的だが、必ずしも生きている者、読者や社会のために書いているのではない、ということだ。だから彼の戦争小説はいわゆる戦後文学ともだいぶん趣が違う。言うならば「もう一つの戦後文学」なのだと、私は以前論じたこともある。人々はあまり注意もしないが、伊藤桂一の戦場小説は作者の個性の刻印を競い合ういわゆる近代の小説一般とは書かれる背景が全く違うわけだ。制作の動機や、できあがった作品に期するところも、執筆への覚悟もまるで違うのだが、その違うところが、この〈語り部〉だという自己規定、そのための〈資格〉〈規定〉というところに集約して現れているわけだ。

戦記作家も、仲間の死を看取り終え、自らは、衰え尽きて、鳴き疲れた蟋蟀《こおろぎ》のような死に方をするのが、本来、最もよい死に方であるはずである。

戦後五十年目の時に、私は、孤独な、荒涼とした死に方だけはしたい、と覚悟しておいて、今後も、事を進めようと考えている。

この文章は「戦記作家の五十年目」として書かれた別の随筆の一節だが、著者は前述の〈語り部の資格〉の結語として全体を再録している。

私は、他に必要あって二、三の文章論、小説論などを集中して読んでいたのだが、そのなかで伊藤桂一のこの『文章作法　小説の書き方』に行き当たり、読んで、この〈語り部の資格〉に至って唸ってしまった、というわけである。いま改めてここに引き写してみて、何かもっと厳粛な感じに圧倒されてしまう。小説が、文学が鎮魂の営みであるとは、こういうあり方をこそ言うのであろう。

私は、『レイテ戦記』（昭和四六年）を書き上げた大岡昇平が同時に芸術院会員への推挙を辞退した人であったことを思い出す。彼においても、戦記を書くという行為は多くの死者たちの無言の声を背負った、鎮魂の営みに他ならなかったのだ。そして、その思いが深ければ深いほど、その結果である作品によって世間的な、大岡昇平の場合は、死者たちの死の原因であった、国家の栄誉は受けられないという倫理感情になるに違いない。伊藤桂一の、「世間的な出世を先ず断念した」と、あるいは「荒涼とした死に方だけはしたい」ということばは、自分の生き残った意味を問い続けた『レイテ戦記』の作者大岡昇平と重なる精神だったに違いない。伊藤桂一の戦記小説が、戦後文学ではないが「もう一つの戦後文学」だと、私の言う所以である。

ところで、こんなふうに見てくると、一人の文学者として、戦場小説の〈語り部〉たる伊藤桂一と、その他のジャンル、詩や時代小説の書き手たる彼との関係はどうなっているのか、という疑問もわいてくる。が、ことさらそんなふうに言ってみれば分かるように、戦記作者の伊藤桂一は修行者のようだが、時代小説の作者伊藤桂一は享楽家である、というようなことはありえない。作品は書き分けられても、人格は、生活は、使い分けるわけにはいかないだろう。とすれば、伊藤桂一は詩人としても時代小説作者としても、あの〈語り部の資格〉、「規定」を守る人なのであろう。別のところでは、「私は修身の教科書にのせてもらいたいような時代小説を書くのが好きだ」とも書いている。伊藤桂一とはこんな人、こんな作家なのである。

＊

日本に「私小説」というものがなぜ生まれ、育ったのか、その土壌、あるいは前提となった歴史的社会的文化的背景について、すでにいくつもの説がある。その一つ一つの紹介、検討はここではしないが、ただ最近、若い人が時々鵜呑みにしていて気になる説に、明治になってキリスト教とともに入ってきた懺悔、カトリックの告解という文化が、告白文学である私小説を生んだのだというものがある。何故そんなことが言えるのか私には理解できない。よほど日本と日本文化、文学について無知な外国人の説に違いない。懺悔救済という思想は仏教にもあって、平安時代には宮中に「仏名懺悔会」なる行事があったほど盛んであった。その流れから中世には「懺悔物語」というジャンルも生まれたし、その「懺悔物語」と夢幻能も決して無縁ではない。

私小説を懺悔の文学という観点から検討してみることは必要だと思うが、それは何もカトリックの告解やルソーの『告白録』の影響ばかりを見ることではない。島崎藤村『破戒』（明治三九年）の出る一五年以上も前に尾崎紅葉の『二人比丘尼色懺悔』（明治二二年）という立派な〝近代小説〟の例もある。これは私小説ではないが、間違いなく「懺悔物語」の伝統から生まれた作品だ。だからついでに言えば、私小説の鼻祖だとされる田山花袋『蒲団』（明治四〇年）も、それを『かげろふ日記』や『更級日記』の伝統文学の方から見れば、明治版「竹中時雄日記」に過ぎないのである。明治版と言ったのは、伝統文学では〝女もすなる日記〟であったのを、森鷗外の『舞姫』も花袋の『蒲団』も、それを男たちの話に置き替えたからである。

さて、こうしたあれこれの私小説起源説、生成要因説のなかに、日本の「道の思想」(寺田透)というものもあるだろう、というのが私の最近の持論の一つである。日本人は「道」が好きで何にでも「道」を付けたがり、また「道」にしてしまう。身体的な訓練の伴う武芸である剣道、弓道、柔道などはまだわかるが、趣味や美意識、娯楽の領域である花や茶や香、そして書までが、何故、ただの芸では済まず、わざわざ「道」を付けるのか。日本人は、つまり求道好きなのだという以上の説明はおそらく難しいだろう。日本では野球さえ野球道なのだという話も聞いた。

それで少し寄り道をすれば、たまたま見た会津八一の書いた「日本希臘学会綱領」なる文章がある。

此故に我が徒今もし希臘によりて学ぶところあらむと欲せば、須く先づ己に省みて修養せざるべからず。凡そ雋逸無礙の行蔵と、典雅優悠の挙措と、清醇芳烈の情懐と、奇警敏捷の着想とならびに直截自然の表白とを体験兼備して、物神はよく融合し、言行はよく一致し、而して後初めて希臘を知るべきのみ。況やこれを楽まんをや。

「大正九年九月」、著名は「同人」と記された活版印刷一枚のチラシ、全文は全集で二ページほどの、なかなか格調高く美しい文章だ。だが、それゆえに今となっては反って滑稽さを免れないだろう。

これが結局どうなったのか、日本希臘《ギリシャ》学会はこの年確かに発足したようだが、その際この呼びかけ文が生かされたのかどうか、そのあたりのことは私には分からない。ただ、私に興味が尽きないのは、日本で最初にギリシャ学会というものを提唱した人が、その学問のためには、人は先ず「修養せざるべからず」と、人格練磨を要請している事実だ。「奇警敏捷の着想」とはいかにも会津八一らしいが、単にギリシャのことを学ぶというだけで、「凡《おおよ》そ雋逸《しゅんいつ》無礙の行蔵」、「典雅優悠の挙措と、清醇芳烈の情懐」「物神はよく融合し、言行はよく一致し」等々と、まったく恐れ入るではないか。

会津八一に言わせれば、そもそもギリシャの文明文化自体がそういう輝かしく気高いものだった。「文学は今の卑陋膚浅なるに似ず、建築彫刻は今の蕪雑猥俗なるに似ず、總て渾厚にして霊活を極めたり」という尊いものなのだから、それを学ぼうというほどの者は理の当然として、「常に心頭を払拭して情思とこしへに清新に、湧泉の混々として尽くるところなきが如きを期すべし」ということになるらしい。こういう呼びかけ文を見てハイハイとすすんで手を挙げた人がいたのだろうか。校長の訓辞、教師心得を聞いて、それでは辞めますと言った漱石の『坊っちゃん』先生ではないが、本当に「先づ已に省み」る人がいたら、そういう人ほど入会をためらったに違いない。

求道者的な性格の強いリゴリストであり、エゴチストでもあった会津八一だったからこんなものが残ることになったのだろうが、一方、とにかく日本希臘学会が成立したということは、この呼びかけに素直に応じた人たちがある程度は存在したということであろう。と、持って回った言い方をするまでもなく、そもそもギリシャ学に限らず、学問は全て、少なくともその理想においては、ひたすら「先づ已に省て修養せざるべからず」の世界だという共通認識が伝統的にあったことは、この頃の、学問は情報だと思っている人たちにも異論はないであろう。言いかえれば、ついこの間まで、日本人にとって学問は全て基本的に学問道だったのである。

とすれば、文学の話に戻りたいが、こんな日本人が文学を「文学道」にしなかったはずはないとも考えるべきであろう。そして、そう言ってみれば、和歌を「歌道」にしてみせた西行、演劇であった能を芸道にまで仕上げた世阿弥、俳諧を俳句道にまで突き詰めた芭蕉等々の名がすぐ思い浮かぶ。今ここに詳述はしないが、これら文学を、その最高最奥のところでは文学道として尊んできた日本の長い伝統が、明治になって入ってきたノベルを日本的小説道にまで作り変えたのが、つまりは「私小説」なのだ。私小説の成因はいろいろあるが、その一つにこの日本的求道精神があることは否定できないだろう。そして、その私小説精神の体現者、大成者が志賀直哉に他ならなかった。ちなみに、その仕事ぶりをさして、最初に志賀直哉の「作家道」と呼んだのは小林秀雄『私小説論』だった。

志賀直哉『暗夜行路』は、表面の父子対立の物語ばかり読まれ議論されるが、そのもう一つ奥には、じつは文学修行中の青年の手記という性格があり、それはそれとして一貫した思想が見えるのだ、という趣旨の短文を、私は別のところに書いた。『暗夜行路』の主人公は小説家だということになっていて、仲間たちの間ではそれなりの信用があるらしい。だが、読者から見ると、ちっとも作品を書いているふうでも、発表しているふうでもない。せいぜいが小説家志望の青年、作家の卵なのだろうとしか見えない。ところが、そういう時任謙作がわずかに世に発表した作品として、当の『暗夜行路』の「序詞」の部分があげられている。そこで読者は、志賀直哉という作家が書いた『暗夜行路』という小説の主人公時任謙作幼少時のエピソードだとして読んできたものが、突然、時任謙作、つまり作中人物の書いた作品だったと言われて混乱せざるを得ない。まるでメビウスの環にでも嵌ったようだが、その形式上の齟齬をかつて中野重治が責めたこともあった。現代では小説の中の人物が突然作者に話しかけて来る「審級」なんというような議論もあることだから、『暗夜行路』はその先駆だったのかもしれない。議論の余地はまだあるが、しかし、『暗夜行路』全体は、その根底は、「小説道修行中」の一青年の物語なのだと了解して読めば、これはこれで一つの筋が通っているのだ。『暗夜行路』は極めて日本的な芸術家小説なのだ。

ところで、こうした日本的小説道小説というものを考えていると、その典型の一人がまさに伊藤桂一という作家なのだ。彼は「出世」はしない、「家庭生活の幸福を願わない」と言い、そのことを、「私は僧家の生まれなので、行者的な生き方には向いているのである」とも言っている。ただ、伊藤桂一は私小説も書くが、とくに私小説作家を標榜しているわけではない。むしろ戦場小説作家、戦争の〈語り部〉だと自己規定し、そこから、語り終えて蟋蟀《こおろぎ》のように「荒涼とした死に方」をしようという、特異な覚悟も生まれてくることは既に見た通りだ。言いかえれば、伊藤桂一の文学道は、志賀直哉のそれとは違って、書くことによって救われようとはしていないのだ。自己救済を目的とはしない、しかも禁欲的な生活を自己に課す小説道――これはいったい何なのだろうか。そう問うてみて思い当たるのは、小林秀雄がその『私小説論』に引いている、フローベールの書簡である。

「芸術家たるものは、彼はこの世に生存しなかった人だと後世に思わせるように身を処さねばならぬ」、「芸術に立て籠り、他は一切無と観ずるにある。僕は富貴にも恋にも欲にも未練がない。僕は実生活と決定的に離別した」

これを小林秀雄は志賀直哉の、夢殿の救世観音について書いた美しい感想文——自分にも文学のうえでこういう仕事が出来たら、そこに自分の名など記そうと思わない、というのである——と対照させている。かたや、自分の生活を、生きること自体を消し去って作品のなかに封じ込めてしまおうというフローベールの覚悟と、かたや、生活を芸術の犠牲にすることなど潔しとしなかった志賀直哉との対比である。生き方において全く正反対であった二人の作家が、その芸術的な目標においては不思議に一致している事実。何故そうなるのか、今その議論には立ち入らないが、伊藤桂一の小説道、〈語り部〉としての覚悟が、あの、「ボヴァリー夫人は私だ」と言ったフローベールの文学的覚悟と重なっていると、ここでは確認しておきたい。

小説と随筆の境界——志賀直哉『沓掛にて』

志賀直哉に『沓掛にて——芥川君のこと』なる一編がある。知る人も多いと思うが、芥川龍之介の死をきっかけに彼との交流を書いたものだ。この一編が何故「問題」なのかというと、これが小説なのか随筆なのか、発表の当初から見方が分かれて、随筆集に入れられたり小説に数えられたりと、その扱いの揺れを今に引きずっている、そんな作品だからだ。日本の近代文学には、しばしばこういう問題があるが、何故そうなるのか、そんなことを考える上で格好な例ではないかと思われる。『沓掛にて』を、まず、ごく素朴に読めば交友記、または少し力の籠もった追悼文、つまり随筆だと分類することに、誰もそれほど異存はないと思うが、問題はその先にある。待てよ、これは立派に小説として通用する作品ではないか、モデル小説をもっと押し進めた実名小説という名称だってあるぞ、と考え始めたとき、我々は極めて日本的な文学問題、その迷宮に迷い込んだことになるのではないだろうか。

『沓掛にて』の発表された「中央公論」昭和二年九月号は、その二月前の七月二四日に自殺した芥川龍之介特集であって、「芥川龍之介氏の『死』とその芸術」として生田長江、武者小路実篤など五人に論じさせている。ところが、『沓掛にて』はそれに含まれていない。書かれたモチーフやテーマから見て当然特集の中に含まれてしかるべきと思われるのに、である。編集者は明らかに『沓掛にて』を批評あるいは随筆文とすることを躊躇ったのだが、といって「創作」欄に置くこともしなかった。そうして正宗白鳥の「演芸時評」と、佐藤春夫の「文芸時評」――これは「芥川龍之介を哭す」と題されている――の間に何のジャンル分け表記も無く、しかもサブタイトル「芥川君のこと」も削られて配置されている。結局目次だけを見たのではどういう種類の文章なのか分からないことになるが、おそらく、扱いに困った編集者の苦肉の策の配列だったのであろう。

初出雑誌にはこんなふうに扱われた『沓掛にて』であったが、では当の志賀直哉自身はどう考えていたのだろうか。

「沓掛にて」は芥川君に対する私の貧弱なる憶ひ出であるが、今度全集に出す場合でもこれを短篇集の中に入れて了ひ、最近第九巻に雑文を集め、幾つかの追悼文を並べながら、「沓掛にて」は此なかに入れるべきだつたかしらと今更に気づいた程、さういふものに対する明確な区別を私はしてゐない。然し「沓掛にて」は頼まれて書く普通の追悼文とも少し変つてゐる。書く気持がもう少しむきだつたやうな気もしてゐる点で、短篇に入れたことを、自分は悔いてゐいない。

（『続創作余談』）

結論を言えば、作者自身も、「雑文」「追悼文」とすべきか「短篇」小説とすべきか決めかねている、ということになる。編集者が扱いに困ったふうなのもムベなるかなということになるが、この自解文でもっと驚くことは、志賀直哉が初めから、「そういふものに対する明確な区別を私はしてゐない」と言って憚らないことだ。ここに引いた文章の直前には『豊年虫』にからめて、やはり「自分ではよく分からない。私では、創作と随筆との境界が甚だ曖昧だ」とも書いている。

志賀直哉にはこんな例はたくさんあって、『草津温泉』（昭和三〇年六月）などは、もと『随筆草津温泉』として書かれたものを校正の段階で「随筆」の字を削った。ところが後、「然し所謂小説といふものでもなさそうだ」と反省することになった、というのが『続々創作余談』での述懐である。いや、志賀直哉においてその「境界」が「曖昧」なのは「創作と随筆」の場合だけではない。現在「詩」の形を取っている（全集では短編小説扱いになっているが）『鴉の子』（昭和二九年一月）などは、もと短編小説の書き出し部分として書かれたもので、あまりにも短かったために、預かった編集者が独断で改行を多くして印刷所に渡した。ところが、その校正刷りを見た作者が面白がってさらに改行を増やし、結局「詩」としたのだと、やはり『続々創作余談』でうち明けている。志賀直哉においては、詩と散文の区別さえも「曖昧」なのかもしれない。

「小説の神様」とさえ言われたほどの作家がこんなふうである事実、その意味はやはり考えてみなくてはならないであろう。この「曖昧」なる小説と随筆との「境界」、そこに日本文学の根底にある、ある種の性格が集約しているのではないだろうか。

日本では、とりわけ、いわゆる私小説系の作家には、これは小説か随筆かと考え込ませるような作品がよくある。そういう作品に行き当たると、全くだらしのないこと、情けないことだと、私も若い頃は思っていた。これは身辺雑記ではないか、生活感想文ではないか、と不満を持つことがしばしばだった。しかしそれからウン十年、今はそんな単純な考えはしなくなった。と言うよりも、ことさら分類すれば身辺雑記だし、生活感想文でしかないような文章のなかに、実はとんでもなくすごい作品があるではないかと、驚くような体験を何度もすることになったからだ。

近い例で言えば、たとえば古山高麗雄晩年の仕事がそうであった。彼の『南林間のブタ小屋』に続く『遺書』『物皆物申し候』から絶筆『孤独死』など、夫人を亡くされてから数年間の仕事など特に、もうそれが小説か随筆か、そんな区別など忘れてしまったかのような、まことに不行儀、だが自由だと言えばこれほど自由な精神はないなと思わせる世界を見せていた。

晩年になって、ジャンルの壁を忘れてしまったような作品に到達する、こんな例は他にも藤枝静男があったし、幸田文があった。むろん私小説作家ばかりではなくて、古くは幸田露伴あたりが一つの典型だが、近くは吉田健一や、金子光晴のような詩人までそうであった。日本の作家たちはしばしばその円熟をこういう形で示すのだ。逆に言えば、小説だ随筆だと神経質に区別しているうちは、日本では未だ作家として一人前ではないのである。

私はそんなふうに読んできたが、問題は、こんな事実を我々はどう理解し、なんと説明できるかということである。

丸谷才一の近作長編小説『輝く日の宮』には、近代になって「文学」などということばで考えるようになったのがそもそもの間違いであって、日本の古典は元来「風雅」とでも呼んでおくのが正しいのだ、という説が言われている。それに便乗して言ってみれば、日本の作家たちは皆それを意識の底で感じていて、年をとるとともに自ずから、小説か随筆かというような西洋概念を捨てて「風雅」に戻ってゆくのかもしれない。文芸雑誌が何故か活字の大きさから原稿料にまで差を付けて小説だ随筆だ評論だと分類してみせるために、読者もこれは日記か感想文かなどと小うるさく類別するようになっているが、元来は小説も随筆もない、ただ志賀直哉の文章があり誰々の文章があるだけなのだ。小説というごった煮の形式は、そのなかに随筆も詩も、評論だって含んでしまうが、それゆえ我々はある作家について、彼の小説は好きだが随筆は嫌いだというようなことはまず無いし、読む楽しみは結局一つなのである。言い換えれば、西洋の、ましてその近代になっての分類だけが文学の分類の全てでも絶対でもないだろうということである。

ちょっと脱線したかもしれないが、しかしこんなふうに考えてくると次のようなことも見えてくるのではないだろうか。それは、日本の多くの作家たちが晩年になってから始めることを、「小説の神様」志賀直哉は若いうちからやっていたのだ、と。そして、そう仮定してみると、それは『沓掛にて』に限らない、『或る朝』に始まった志賀文学全体の基本的な性格であることにも思い当たる。日本文学を代表して教科書的な存在である一編、この作品のためにこそ「心境小説」という和製の小説概念まであると言ってもよい、あの『城の崎にて』、あれなどはまさに、この、小説も随筆も、「明確な区別を私はしてゐない」と自ら言う人によってこそ実現できた、文字通り〝志賀文学〟だったのではないだろうか。『焚火』が、志賀ファンには神品だとされる一方、志賀文学などに通じない人には、小説以前の素朴ないし幼稚な作文にしか見えないというような事情も、こうした〝日本文学〟そのものの性格が深く関わっているに違いない。

ところで、志賀直哉がこうした「曖昧」なる〝風雅文学〟しか書かなかった人ならば、それはそれで話は簡単なのだが、彼はいわゆる小説、普通の小説も書いていたというところが、もう一つややこしい由縁である。先の『沓掛にて』の自解文で言えば後半の、「書く気持がもう少しむきだつたやうな気もしてゐる点で、短篇に入れたことを、自分は悔いてゐない」ということばの意味である。繰り返せば、志賀直哉は小説と随筆とに「明快な区別」はしていないが、強いて言えば「気持」が「むき」だったとき、それは小説になり、そうでなかったとき、それは随筆になると言うのである。これはどういう意味だろうか。

近代の小説は、従来の物語のように面白い話やよき趣味を提供するためにあるのではなく、人間や人生についての真理真実を追究するためにこそあるのだという自覚から始まったが、それを物語の時代から引き継いできた虚構世界によって実現しようとするやり方と、もう一つ、自然主義以後には、真実追究が容れ物たる小説の形式にまで及んで、無虚構のなかにそれを求めようとするやり方と、二つの方法が混在することになった。その機縁を田山花袋の『蒲団』や近松秋江の一連の仕事に求めるのが文学史の常道だが、誰が元祖かとあまり神経質にこだわることに意味はないであろう。『蒲団』というかなり曖昧な作品が、それが無虚構であった故に意味があるとして受け取った、時代の空気の方にこそ注意しなければならない。小説はいたずらに事件や冒険話を仕立て上げるのではなく、日常的生活的な事実に即して、ひたすら無虚構に徹してのみ、人生と文学の真実に迫ることができるのだと、時の人々が認識してきたという事実である。そういう空気があったが故に私小説が生まれ、受け入れられたと考えるべきであろう。

だが、この方法は自分自身を素材とするために、必然的に作品の質が彼自身の人品と密接に関わることになり、そのため日本的な求道精神とも結びついて、小説が〝文学道〟的な性格を持つことにもなった。私小説とは単に私を素材にしているから私小説なのではない。それは、このごろ流行る自分史などという類と比較してみれば明瞭なはずだが、私小説は、素材としての私と、書く私、書かれた私との相互運動によって書かれるが、その緊張関係のなかに、必然的に人間修行的な要素が含まれてしまうのだ。そして、そのことに気づき始めたのが、自然主義以後だった。

白樺派と一括される人たちは、こうした時代機運のなかで自分たちの文学を始めた世代であった。彼らの全てが人格主義的な文学を志したわけではないにしても、基本的には世俗的な欲望から自由であった分だけ、つまり文学についての理想が高かった分だけ、つよく〝文学道的な文学〟を押し進めたと言ってよいであろう。

こうして広がっていった無虚構の世界ではそれを無自覚無反省にやれば、たちまち日記や生活綴り方の断片に成り下がる。それ故、事実を写すことを中心にした無虚構の一文を、それを小説にするか、単なる身辺雑記に終わらせるかは、もっぱら作者の、その主題と文章に対する「気持」、態度次第だということになる。志賀直哉の言う「むき」な「気持」、張りつめた精神とは、そうした機微を指しているはずだ。

ある一編の散文を小説か随筆かと分類する指標には、それが虚構か無虚構か、あるいはストーリー性があるか否かというようなことではかろうとすることが多い。小説には嘘も混ざるが、随筆には嘘は書かない、と広言する作家もあるように。しかし見た夢を忠実に描いたとき、それは小説なのか随筆なのか、と問うてみれば、そんな指標に何の意味もないことは明瞭である。夢だろうと、今朝有った些事だろうと、そして作り話であろうと、それが小説となるか随筆となるか、すべては書きよう、結局作者の「気持」の問題なのである。志賀直哉が、事柄は文字通りある日の日記的記録に過ぎない『或る朝』によって、「初めて小説が書けたやうな気がした」(『創作余談』)と自分の開眼を言っているのも、こうした事情を指しているに違いない。

『沓掛にて』は、「七年間に七度」会ったという芥川龍之介との淡い交流を回想しながら、彼の人物について述べているが、ここには、小林秀雄が「見ようとしないで見てしまう眼」だと言った志賀直哉のコワイ眼が遺憾なく発揮されている。志賀直哉から見れば、資料を調べて小道具に腐心して、その上に心理的な解釈で彩りした人物を配してみせる芥川小説などは全く興味索然たるものであったろうが、そう決めつけることはせず、彼には彼のやり方があるという態度で、この十歳年下の後輩に対等に付き合っている。そして、神経質そうだが都会人的な人当たりの芥川龍之介によい印象を持っていると言い、彼の中国美術についての見識を尊重して、相談もしている。しかし、「創作で行きづまると研究とか考証とかいふ方面に外れて行くのではないか」と思った、と志賀直哉が書くとき、その文学が彼の考えるそれとは全く異質なものであったことも自ずから表明しているのである。

『羅生門』でも『鼻』でも『芋粥』でも、二四歳かそこらで自分の描く主人公を、その人生を高見から睥睨し嘲笑して見せた芥川龍之介は、志賀直哉から見れば終始「作者として少し気取りすぎてゐた」、そして遂に「その窮屈なチョッキ」が脱げなかったこの秀才は、三五歳にして早くも自身の人生を見限らざるを得なかったのであろう。芥川龍之介の本当に不幸なところ、気の毒なところは、彼がダメな小説を書いたことではなくて、そういう自分を認識してしまったことにあるのだが、志賀直哉の前で、自分は「芸術といふものが本統に分つてゐないんです」と言って見せたりするところに、そうした哀れな、気の毒な芥川龍之介の姿を誤りなく写している。彼が「本統に分つて」いなかったのは、小説と随筆とを「気持」で書き分けてしまう〝日本文学〟だったのではないだろうか。

文学も小説も、それは言うまでもなく志賀流なあり方だけが全てでも絶対でもないのだから、芥川流な文学の生き延びる道も、そこにおいて円熟する手立てもあったはずだが、そういう自分と自分の仕事を信じられなかったところが、この気弱な才人の不幸だったと言うほかない。「自分は小説など書ける人間ではないのだ」と告白する芥川龍之介を、志賀直哉は伝えたが、それは彼の、〝志賀文学・日本文学〟への「敗北」宣言だったのであろう。

井上良雄が、その時代精神を象徴した批評『芥川龍之介と志賀直哉』(昭和七年四月)において、この『沓掛にて』を手掛かりに、二人の人間や生き方の違いを論じているが、まことに『沓掛にて』は、そういう人間論に展開したくなるような材料をたくさん蔵した、奥行きの深い一編、小説か随筆か、そんな分類を無効にする〝志賀文学・日本文学〟なのだと言ってよいであろう。

書くことへの自意識の始まり——辻潤と牧野信一

辻潤——この人を何と呼んだらよいのか、文学辞典等には単純に「評論家」とされているが、どうもぴったりこない。翻訳家ではないし、エッセイストというには少々異風に過ぎるだろう。結局、ダダイスト辻潤というのが一番納まりがよいようだが、それを職業ないし肩書きだとするのはやはり一種の自己矛盾になってしまうかもしれない。

そのダダイスト辻潤に『小説』と題した奇妙な作品（小説？）がある。どんなふうに奇妙かといえば、それは先ず原文を見てもらうのが手っ取り早いだろう。次は冒頭の「1」章全文である。

小説を書いてくれという註文を受けたのは始めてだと考えて一寸微笑してみた。

——なにが可笑しいの？　——と先日から私のところにきている——女がきいた。

——小説を「解放」で書いてくれということが可笑しかったのさ——と私は答えた。

彼と私というのは同一の人間で、K女というのは、彼とこないだまでしばらく同棲していた女のことである。

——ひとつおまえのことでも小説に書いてやろうか？

——あなたにそんな芸当が出来るものですか——小説なんかあなたはいつもケイベツしているじゃありませんか？

ケイベツしているが故に小説が書けないという理由は成り立たないが、書く気が中々起こらないことだけはたしかである。しかし、実はケイベツもなんにもしているわけじゃない。ただ今の多くの小説に興味が持てないから読まずにいるというだけの話だ。それでも「大菩薩峠」という小説だけは近頃毎日読んでいる。しかし、それを読むために「日々新聞」をとっているわけでもない。

なぜ「1」などという数字を一番初めに書いたのか？　この辺で「2」という符号をうっても勿論かまやしないと——流吉は考えた。流吉というのが私の名前である。

（引用は全て『辻潤著作集』4、オリオン出版による）

長短まちまちのこんな文章、短いところでは四行、詩の引用を含む長いところでも二ページ程度の短章が全てで一三章ならんでいる。

辻潤の書くものはもともと小説、エッセイ、評論の区別が難しい。よく言えば型にはまらない、常識破りなところがあるのだが、この文章などは特に甚だしい一編だと言えようか。ここには何か特別な理論があっての仕掛け、工夫があるというのではない。要するに「ダダ」なのだ。「彼と私というのは同一の人間で」とあるが、それならばなぜことさら呼び分ける必要があるのか。しかもすぐ後では、「流吉というのが私の名前である」と、もう一つ加わっている。彼のエッセイは私、俺、自分と、だいたい一人称で書かれているから、その一人称の行き着く先を辻潤ではなく、「流吉」なる人物に結び付けようというところが、つまりは「小説」なのだということになろうか。結局ここでは、小説における視点や記述者、主人公・語り手・作者の全て――さすがに二人称あなた、はまだないが――をことさら取り込んで、そういう約束事を「ケイベツ」、無化して見せている、ということになろうか。

しかしそれにしても、いきなり現れる「K女」というのが分からない。「彼とこないだまでしばらく同棲していた女」だというのだから、現在、つまりこの小説執筆時には既にいないのであろう。従って、「なにが可笑しいの」と話しかけている女性とは別人のはずだが、別のところではお構いなしに現在時に顔を出している。もしかすると、M・クンデラがやって見せたような「審級」、作中人物が突然現実に紛れ込んでくるあれを、辻潤は先取りしていたのだろうか。ともあれ、これを、伊藤野枝の去ったあと短期間同棲していた女性だろうと推測したり調べたりすることに意味はないであろう。

K女と初めて出来た時のことでも小説にしてやろうかな――と、彼は再びペンをとりあげてバットをぷかぷかと吸い始めた。

……

K女と出来たことを小説に書くにはどんな風に書き始めたらいいものか？

それは蒸し暑い夏の日の夕方であった――小説にはそんな風に書き出しがあるが、なにが「それは」だいと、考えると可笑しくなるばかりだ。

その頃は相変わらず貧乏して、K町の路次の突き当りの二軒長屋の奥の方の二階で、毎日ゴロゴロと暮らしていた。――

こんな風に書いてもいいわけだ。

……

元来、彼は描写ということがまどろこしくてやりきれないのだ。それからわかりきった平凡な心理描写という奴ももう今となっては陳腐な気がして仕方がないのだ。

……

私は、諸君、なにを書いているか御存じですか。つまり僕の心境は、如何に僕が小説なるものを書きたくながっているかを表現しようとしているのです。

これに「コント」という銘を打って、これでおしまいにしても、七枚書いたから、一枚一円にしても七円、二円なら十四円か――新年号だというから、もっとフンパツして書かなけりゃならない――さて、これからどんな事を書いてやろう。――もうこれだけ書けば小説を己が如何に書きたがっていないかという感じだけは充分表現されているのだが…………


と、こんな具合である。

吉田健一の『金沢』には小説『金沢』を書く段取り、手の内まで書き込まれていて、それがまた楽しい読ませどころとなっている。言い換えると、『金沢』という作り話を作ってゆく過程自体を、もう一つの作り話として織り込んでいるのだが、それに比べると、この『小説』の自己言及はスタイルをつくるまでにはなっていない。単に横着を決め込んで開き直っているとしか見えないが、それはどういう意味になるだろうか。

若い頃には『三ちゃん』のようなまともな、純真なとも言える小説を書いている辻潤であるから、その気持さえあれば常識的な小説も書けたに違いない。しかし、今の彼にそうした野心、小説家として認められたいという意思は既になかったのであろう。そして何よりも、ダダイストとして名をなしている今、世間の方も彼に常識的な小説など期待していないはずだ。そのあたりのことを充分承知している辻潤としては、ここで何か破格な「小説」を示さなければならないわけだが、そうした、いわば追い詰められた上の覚悟から生れた、八方破れな仕事だったのではないだろうか。

内実はそんな事情だったとして、しかし、これを外から客観的に見れば、その大胆な開き直りには、小説というものを徹底して茶化した、小説という制度自体をパロディー化している事実も否定できない。

そして、こんな手は二度は使えないであろうから、そういう意味では体当たり的、爆弾的、まさにダダ的な一編であったことも間違いない。

時の、一人のダダイストによってこんな『小説』が発表されたのは大正一五年一月号の「解放」であった。雑誌「解放」は大正八年六月、吉野作造らによって創刊されて以来、何度も発行所も主催者も変わっているが、いわゆる社会主義雑誌であったことは一貫して変わらない。大正一五年のこの頃は山崎今朝弥による第二次に当たるが、当時は「無産階級の発言機関」を標榜していたという。そんな雑誌からの、辻潤への寄稿依頼は当然、ブルジョア社会や文学への批判が期待されていたはずだが、それに対する彼の答えが前記のような『小説』だったわけである。彼はブルジョア文学への批判を、その内容によってではなく、その形を茶化すことで答えたのだということになろうか。むろん、『小説』の無内容も一種の内容には違いないが、この雑誌には、たとえば後には葉山嘉樹や平林たい子も書いている、そういう意味での内容である。

勇ましい体制批判の「小説」を期待して依頼してみたら、とんだ方角違いなところで勇ましい小説で、雑誌編集部では一体どんな受け止め方をしたものか、大いに興味あるところだが、残念ながらどんな史話も回想も読んだ覚えがない。想像するに、面白がる人や理解できないという人、小説破壊どころか、これではダルなブルジョア文学、文壇文学そのものではないかと腹を立てる人々等々、周辺ではさぞ議論があったのではないだろうか。

しかし、それでもともかく没にならずに掲載されたのは、雑誌に穴はあけられなかったなどの事務的なことは別にして、一つにはこの頃の辻潤にある程度の人気があったこと――「7」章には、「正月号に己のこの小説が掲載されれば忽ち五版、忽ち殺到ということになるだろう」という反語的なジョークが言われている――と、もう一つには、こうした小説も新しい小説だと認めるような下地が当時の文壇、またジャーナリズムにあったからではないだろうか。

と言うのは、この『小説』が現れる一年半ほど前、文壇では牧野信一の『父を売る子』（大正一三年五月）なる風変わりな小説が評判となった、という事実があったからだ。『父を売る子』は今でも牧野信一の代表作の一つに数えられているが、発表当時も話題作であって、三カ月後にはこれを標題にとった、彼の最初の短編集が出たほどだった。

最近彼は、また書きかけた小説『父を売る子』を書き始めた。一度不仲になつた父との関係が偶然の機会で、もとに戻つた。現在の感情だけに支配されてゐるこの頃の彼は、もう『父を売る子』を書きつづける元気がなくなつた。この間彼が出京する時の父と彼とは、この小説の第一節と殆ど同じ場面を演じて別れたのだ。『父を売る子』が書きつづけられないので、出京後彼は、題は考へずにこの小説を書き始めたのである。三つの家のことをそれぞれ書かうと思つたのだつた。そしてこれはもつと長くなるのだ。

この小説の第二節の半ばまで、漫然と書いて、これからもつと鋭く父の事を書かうとして、彼はペンを置いた。三月初旬の月の好い晩だつた。――前の晩友達と飲み過して、気持も落ち着かなかつた。

彼は、その晩父の訃報に接した。

脳溢血で、五十三歳の父は突然死んだ。

『父を売る子』は四〇〇字詰原稿用紙にして四〇枚ほどの短編であるが、ここに含まれた時間も事柄もひどく錯綜していて、非常に分かりにくい。説明も難しいが、ただはっきりしていることは、これも、小説を書く事情を小説にした小説、あるいは、楽屋の動きも一緒に観せてしまおうという芝居、そんな小説だということである。ここでも、「……この小説の第一節と殆ど同じ場面を演じて別れたのだ」とは、小説のなかのことばとしては、ずいぶん人を喰った言いようだが、先の辻潤の『小説』

とはニュアンスが違って、ここでは、全体が一種のパッチワークのように、別の小説、別の話、別の時間を引き込み、貼り交ぜることで、確かにもう一つの小説世界を作り上げている。

「三つの家」とは、父親が妾と同棲しているために、一つの町内いながらも、彼が父の家、母の家、自分の家と、三軒の間を行ったりきたりしている事情を言っているが、一つの家族が三つの家に分裂しているこの状態は、そのまま主人公自身の自我の分裂状態をも象徴している。全三章のうちの第一章は父とその愛人の家での酒宴、第二章は主人公の家庭で、ここだけ妻の視点から描かれている。残る第三章が母の家ということになるが、それが書かれないうちに父親の死がやってきた、ということになろうか。父の家がなくなったとなれば、「三つの家」という構図も意味がなくなるのである。彼は母の家の代わりに、そこに「急に一家の主人公になつた」彼自身の現在時を書き加えて一編とした。そして、もう書かれることはなくなった「父を売る子」のタイトルを、題名のなかったこちらの小説にそのまま「奪つてつけることにした」というのである。作者の言い分を忠実に辿ろうとすると目眩がしそうだが、要するに、小説・フィクションとは言っても所詮は自己言及の詐術から逃れられない私小説というものの、その自己言及の迷路を浮かび上がらせようとしている。そして、この頽廃した日常と、それを描く頽廃した、「生温かい小説」に、ただひとつ魂を入れているのが父親の死、この「彼は、その晩父の訃報に接した」の一行なのである。

「何か書いていらつしやるの?」

彼はうなづいただけで、横を向いた。その意味あり気な様子が、周子はまた可笑しかつた。それにしてもこの間うちから厭に不機嫌で……机にばかり齧りついてゐるが、一体こんな男がどんなことを考へたり、どんなことを書いたりするんだろう……さう思ふと彼女は、……一寸彼を嘲弄してみたい悪戯心が起つて、

「創作なの？」と訊いた。

周子は彼がおそろしく厭な顔をするだらうと予期していたにも拘らず、彼は、おとなしく、そして心細げにうなづいた。

「小説——と云ってしまふのは、おそらく狡猾で、下品なまねだらうが……。」彼は聞き手に頓着なく、あかくなつて独りごとを始めた。

先の辻潤『小説』にも、

——なにを書いているの？　とK女が下から上がってきて訊ねた。

——小説を書いているんだ——と私はすまして答えた。

という一節があった。日常生活にしっかり根を据えている女房族から見ると、世の夫ども、まして文筆なんという空なるものにかかずらわっている男などは、蝶を追いかける子供ほどにたわいなく、また頼りないものなのだろう。二人の作者が申し合わせたように、家人の目を取り込んで主人公を相対化しようとしているところが面白い。彼らは、いま小説のなかでもとくに「私小説」を書こうとし

ているために、ことさらこうした問題、つまり書くことの意味という問題に捉われざるを得なかったはずである。これが楽しい冒険物語や美しい恋愛物語でも書いているのであれば、彼らも家人たちの問いに狼狽することもなかったであろう。

そして、そうした書くことの自意識の中で、そもそも「小説」などに対してもはやどんな期待もない、「ケイベツ」しているかもしれぬ主人公の方は、「小説を書いているのだ」と「すまして答え」られたが、小説を書き始めてまだ日の浅いらしい、そしておそらく、小説や文学というものに真剣な、純真な期待も持っている「小説家」の方は、「小説と云ってしまうのは……」と、うろたえるばかりなのだ。この新しい世代の作者には、「自分の家」のことを書くには、その書く自意識をもとともに書くのでなければ、真実を書いたことにならなかったのである。「小説」をまだ信じている彼には、その分だけ、「親父のこと」を書いているのだと、「すまして答え」ることなどできなかったのである。

名作の誉れの高い志賀直哉の『和解』（大正六年一〇月）は、考えてみると、たくさんある父子対立ドラマのなかの〈純愛もの〉なのかもしれない。父子の対立などはいつでも何処でもあることだが、そして、だから『和解』に誰もが感動するのであろうが、我々の現実での父子対立も、その果ての和解も、激しさはともかく、あんなに美しくも立派にも進行はしない。我々のそれはもっともっとグズグズで、ナアナアで、惨めでさえある。要するに猥雑でヌエ的で至って不純なものでしかないが、そう考えてみると、牧野信一『父を売る子』は明らかに『和解』のパロディーなのだ。と言ってもむろん、『和解』をからかったとか、意味をずらしたとか言うのではない。それは、純愛小説『和解』が素朴には信じられなくなってしまった世代が、それでもなお、自分たちの父子対立を描き、和解を描こうとして、それを楽屋ごと小説にして見せたということである。

＊

万葉集から始まる日本の歌は、平安の宮廷歌人たちによって大発展したが、その結果が、正岡子規をして「死に歌よみの公家達」といわせたり、折口信夫に劫火に焼かれてしまったほうが好かったと言われてしまった新古今以後の歌をも作り上げることになった。

しかし、歌に限らず、一般にどんな芸術ジャンルも、発生し、成熟し、やがてパロディーなど現れて衰退して行くという運命を辿るのではないだろうか。正岡子規も折口信夫もメタ言語などという概念は夢にも知らなかったであろうが、もともとは生活から生れた言語も芸術も、それが時・所を越えた文化になるときは生みの親の元を離れるのだ。こうして、歌も生活や写生から離れ、歌は歌自体から作られてゆくようになったのだが、その、進化であるとともに堕落でもある歴史は、芸術のあらゆる領域で見られるはずだ。

迂遠なことを持ち出すようだが、いま私が考えていることは、私小説の歴史についても同じようなことが言えるのではないかということと、もう一つ、その成熟サイクルが歌のように何百年もかけての変化ではなく、発生とともに衰退も始まっていたかもしれない、ということである。

日本の近代小説は、ひたすら西洋のそれを模しつつやってきたが、そうして二世代か三世代経ってみて分かったことは、いつまでたっても西洋の本家本元の小説とは一緒にならない、どころか、時が経ち、成長すればするほど、本家のそれとは明らかに趣が違うという事実であった。それで文壇は、そんな性格のとりわけ顕著な一群の小説を「私小説」だと名付けて認知することになったが、それが大正一〇年頃のことだとされている。ところが、面白いことに、その私小説認知の時代と踵を接するようにして、私小説のパロディーもすでに現れ始めていたのだ。ここに牧野信一や辻潤の仕事を示したゆえんだが、おそらく、私小説がもともとメタノベルになりやすい性格を初めから持っていたためであるだろう。無意識無自覚に始まった日本の私小説、その自然主義作家や白樺派の仕事を私小説の万葉時代だとするなら、ここに見た『小説』や『父を売る子』などは明らかに私小説の新古今時代だと言えようが、その成熟を三〇年もかけずに、日本の文壇は実現させていた、ということである。

生きる「私」と書く「私」――小島信夫の現在進行形小説

愉楽と拷問とが一緒になり、この苦しみがないかぎりこの楽しみもないと教えているみたいである。

とは、小島信夫の長編小説『うるわしき日々』(平成九年一〇月)に見えることば。友人が苦労の多い主人公夫婦を慰めようと珍しい月下美人の花を届けてくれたのだが、その開花を見ながらの主人公の感想である。たかが花のことで「愉楽と拷問」とはずいぶん大げさな、という人もあるだろうか。しかし、月下美人の開花に一度でも立ち会ってみた人なら、このことばに頷くところもあるのではないだろうか。

あの、十一面観音が左手に下げた花瓶のように長い首の下の少し膨らんだ赤茶色の花房をそのまま幾日もかけて大きくし、ああ今日は咲くなと分かる日、その花房がだんだんと上を向いてくる。そして夜、鎌首を持ち上げたように精一杯上向きになった、大輪の厚物咲の菊のような多弁の白い花が、強烈な匂いを発しながら開いて行く。だが、それは三、四時間の命。あとは次第に萎んでいって、明け方にはすっかり力なく垂れ下がってしまう。まるで産卵のあとの鮭のようである。いかにも神秘的ではあるが、また同時に奇妙に淫靡でもある光景。私は月下美人の開花を見るたびに、たまたまテレビで見た象の交尾の映像を思い出してしまう。地面に引きずるように長く伸びた雄の性器が、まるでそれだけが別の目と命を持っているかのようにむくむくと持ち上がって雌の性器を目指してゆく。テレビはそこまでしか写さなかったが、そのとき私には雄の象が泣いている、涙を流しているのではないかと思われてならなかった。そうして、生殖は生の祭典なんかではない、生き物がみな嵌められている哀しい仕掛け、ここでのことばを借りれば、愉楽という名の拷問なのだと思ったのである。

月下美人の開花を見た『うるわしき日々』の主人公がもらした感想──「愉楽と拷問とが一緒になって、この苦しみがないかぎり、この楽しみもないと教えているみたいである」という一節にぶつかって、私の連想はそんなふうに奔ったが、そうさせたのはむろん、このことばがそもそも花のことを言っているのか、それとも花を見ている人のことを言っているのかと考えさせ、結局はその二つが重なっているのだと納得させる、そんな仕組みなっているからだ。言い換えれば、このことばは、この小説『うるわしき日々』そのものを、いや考えてみれば小島信夫の、その長い晩年の仕事全体をも象徴していると思われる。

『うるわしき日々』は大庭みな子の強い勧めで始まった、小島信夫としては初めての新聞連載小説であった。そのところを単行本「あとがき」のことばで示せば次のようになる。「小島さん、あなたが今までどんなふうに生きてきたか、一般読者に向って書く気持にふみきって下さったら、どんなにうれしいでしょう。『抱擁家族』の人物たちは、あの後どんなふうに生きてきたのか、一般読者に向って語ってもらいたいのです。それが出来ないということは、最近、『暮坂』を書いたあなたに、いわせませんよ」ということになる。

小島信夫の『抱擁家族』（昭和四〇年九月）は今もなおさまざまな読み方を誘ってやまない戦後文学の傑作だが、それと同時に一面では作者自身の家庭をモデルにした私小説でもあった。とすれば、あの、一時代を象徴した家族がそれから三〇年経ってからどうしているかとは、読者にとっても大いに興味があるばかりではない、長い目で見た戦後史のうえでも充分意義があるはずだと、大庭みな子は言うのである。そして、彼女にそういう考えを促したのが、小島信夫の近作『暮坂』（平成六年一〇月）だったと。

『暮坂』は、その一面は確かに『抱擁家族』の三〇年後の後日譚でもあるのだ。あのとき高校生で、母親の亡くなった後、「主婦をつれてきてくれよ、早く」と言っていた良一少年がその後結婚もし、子供もあるのにアルコール依存症からコルサコフ病になり、そのため妻から離婚を言いわたされている。良一自身はそれをあっさりと承諾している、というより問題自体を投げ出しているのだが、そのためにやがて八〇歳になろうという老作家とその後妻が並大抵でない苦労をしなければならない、そんな家庭の悲劇を描いている。病院は三カ月しか置いてくれないから、受け入れてくれる新しい病院探しのために老夫妻は奔走することになるし、その間には離婚問題で息子に代わって弁護士に会い、裁判所にも出頭しなければならない。老妻は、洗濯物の多い病人のために定期的に病院通いをするが、そのために彼女自身も心神を痛めて行く。すでに医師と看護師との手を離れては暮らせない息子だが、それでも家に帰ると言い張って病院を抜け出してしまう。それを許してしまっては、病人ばかりではなく、家庭も崩壊してしまうから、老夫婦はとうとう家を締め切って、自動車で当てのない旅に出るという悲惨さである。

そんな家庭悲劇を書いているのが『暮坂』だが、大庭みな子の言った、「それが出来ないということは、最近、『暮坂』を書いたあなたに、いわせませんよ」ということばの背景には、こんな事情があったわけだ。こうして新聞小説『うるわしき日々』が生まれたわけだが、言うまでもなく、それは『暮坂』の続編という形になる。ここでも息子の入院生活は続き、老作家夫妻の病院通いも終わらない。定期的に通っては息子の車椅子での運動をさせなければならないし、その間には息子のことで医師からの苦情も聞かねばならない。しかも「病院に捨てられたら、息子を捨てるだけでなく彼らが捨てられること」でもある老夫婦としては、ただただ頭を下げてすべてに耐えているしかないのである。そして四年間も続くこんな生活のために、まだ七〇歳前の妻は記憶障害を起こしてしまう。夫が付き添っていれば自動車の運転も難なく果たすのだが、たとえば家を離れたとたんに三〇年も住んでいる自分の家が思い出せない。どんな間取りであったか、門と玄関がどんな形をしているのか、全く思い描けないのだという。そのため目を離せば迷子になってしまうから一人での外出はできない。そうしたなかで不安と恐怖に落ち込んでゆく彼女のために、夫である老作家は彼女の子供時代の話を聞いてやったり、また自分の古い小説のことなどを話しては慰めている。

『うるわしき日々』は冒頭、妻に休養を取らせるために病院通いも休んで山荘に逃れてきた老夫妻の一日から話が始まっている。山荘近辺の林道を歩きながら、以前ならそのあたりの季節による変化を楽しんでいた妻が、記憶を失ったために今は自然どころか自分がどこにいるのかも分からない。その不安のためにとうとう道端にしゃがみ込んでしまう妻の姿を映して話の発端、第一章としているが、小説全体の終章は、妻の入浴中に急いで買い物に出た老作家が、コンビニのビニール袋を提げたまま道端に屈みこんで、声のない泣き声を上げるところで終わっている。そこで老作家は、「涸いていたのはノドだけではなく、眼もまた同じ」だったと書いている。だが、まだ眼の「涸いて」いない読者ならば、ここで老作家に代わって涙を流さざるを得ないはずだ。

ところで、『抱擁家族』の三〇年後の話として新聞で『うるわしき日々』を読んだ読者は、そこでもう一つ驚いたのではないかと思うが、それは、たとえば次のような一節に出くわすからである。

食事の前にノリ子が聞いた。

「お父さん、新聞小説を書いているんですって？」

「そう」

「乗り切るには、そのことも必要だということもあるしな」

すると、そのやりとりを小耳にはさんだ孫娘が、攻撃的に、

「新聞小説なんか読む人いない！」

といった。聞こえないふりをしてノリ子は、

「どうであろうと、お父さんは今のことを書くことは、いいことだと思う」

といった。私はお父さんのことは娘だからよく分かる、といっているようにとれた。それはありがたいことでもあれば、気づまりなことでもある。

父母の様子を案じて、神戸に住む娘ノリ子が訪ねて来たときの一場面だが、会話のなかの一場面だ

とはいえ、連載されている新聞小説に「新聞小説なんか読む人いない！」というようなことが書かれたのは、大袈裟に言えば新聞小説始まって以来のことだったろう。むろん、だから何だというわけではないが、小説『うるわしき日々』、いや『暮坂』に始まる小島信夫晩年の仕事の、もう一つの特色が、こうした小説を書いている現在が小説のなかに織り込まれていることなのである。

……彼は息子の転院先を急いで見つけ出すために、夫妻ともども泣きつきに病院を廻って歩かなくてはならないのは事実なのだ。
もう一つ、彼はこの連載の原稿を書き続けなくてはならない。
このような状態にあって、老作家は先のことを思い煩わず、頬かぶりして、今日一日だけは嘆かず悲しまず、そうして人を恨まず、心の平穏を保って生きることにしよう、と自分にいいきかせるのである。

主人公三輪俊介は作中でも老作家と呼ばれているように、日々小説を書いて、それを職業としていることは改めて言うまでもない。それゆえ小説には家庭内の出来事とあわせて小説を書いている彼自身の姿が描かれたとしても不思議ではない。そして、そういう形の小説も葛西善蔵の昔から例がないわけではない。というよりも、むしろそれがいわゆる私小説というものの基本の性格だと言ってもよいのである。ただ、そうした場合でも、だいたいはその出来事に一応の決着がついた後で、そのときを回想して書くというのがこれまでの在り方だった。牧野信一のように、父親とのごたごたを小説に書いて、その小説への父親の反応をまた次の小説に書いて行くというような過激な例もあるが、それでも発表されている一編が、既に過ぎ去っている時間を何がしか整理したうえで作品に仕上げている事実には変わりがない。

これらに対して、小島信夫の小説はまったく様相を変えている。「フィクションはウソくさくてやる気がしない、というようなことさえ思わないほど、はじめからフィクションをやる気を起こしたことはないようです」(『小説修行』平成一三年一〇月)とまで言う小島信夫はその初期から自身の体験や身辺のことに材を取った小説を書き続けてきたが、そのうえで晩年、彼が採った大胆な方法が、小説を生活と同時進行させるという試みであった。そのところを、この『うるわしき日々』の文芸文庫版のあとがきでこんなふうに書いている。「私は、どんなふうにこれから小説を書き進めるか皆目わかってない状態でぺんをとるというのだから、小説は私が生きている時間とあんまり違わない時間のところで書くことになってしまう。ほぼ現在進行形というぐあいにならざるを得ない。好意的に言えば、ドキュメンタリイだ」(「注文――作者から読者へ」)と。小島信夫がやろうとしたことは、「ウソくさい」物語をやめて、生活と、生活を表現してゆくこと自体が持つ意識の働き、つまり小説を書くこと自体の追究なのだ。

『暮坂』から始まる小島信夫晩年の家族小説にはこうしたモチーフが貫かれているが、それは『うるわしき日々』の後さらに、著者八七歳のときの作品である『各務原　名古屋　国立』(平成一四年三月)へ、そして著者九〇歳、最後の長編小説となった『残光』(平成一八年五月)まで、一つの連作として続けられた。

その間の家族小説としての側面から少し拾っておくと、『各務原　名古屋　国立』では既に長男は亡くなっているが、妻の記憶障害はますます進んで、自分の生い立ちや彼らの三〇年を超える夫婦の歴史も消え果てている。自分が誰なのかも分からなくなっているが、そのたびに夫に説明してもらうことで何とかおさまっている。それでいてまだ自動車の運転は難なくできて、足の弱った夫を助手席に乗せ、彼の指示に従ってどこまでも運ぶ。家では彼女の生い立ちや履歴を大きな紙に書いて部屋の壁に貼りつけるなどして妻の治療につとめているが、そうした面倒をみる夫を、彼女はしばしば父親だと思い込んでいるという状態である。こんな家庭事情にありながら、しかし大事なことは、小説は決してそうした悲劇自体を訴えようとも描こうともしていない事実である。主人公「コジマ氏」はここでも相変わらず小説を書き続けていて、それがタイトルに表れた土地と自分との関係、頼まれてそういう講演をした、その話を再現しようとしている。といっても、講演の厳密な再現が目的ではなく、再現しながらそれに伴うさまざまな現在の意識の流れを辿ってみせるという形での、現在進行形小説なのである。

小説に物語性を、つまり何らかのまとまったお話を求める読者にはいかにも「トリトメめない」、そのうえまことに分かりにくい、始末に困る小説だが、いったん見方を変えてみれば、八七歳になる一人の作家の、文学的な意識の現実の姿として、これほど真に迫ったものは他に例がないのだ。

先にも少し引用した、保坂和志との往復書簡である『小説修行』ではこんなふうにも言っている。「〈同時進行〉ふうにやると、現在の現実が過去であるとか、過去に書いたものとか、眼前にあらわれて自分をひきつけるものとかを取りこみながら、そういう自分が鏡にうつるような具合になり、私は何か、ということにひとりでになったようでした」と。人はとかく過ぎ去った過去が何か客観的なこととして存在しているかのように思いがちだが、実際には過去も未来も、すべては〝今〟のなかにしか存在しない。再現される過去は常に再現しようとしている〝今〟に支配されている。その過去現在未来をふくむ八七歳の老作家の〝今〟を描き出しているのが、『各務原　名古屋　国立』に他ならない。

こうしたスタイルは小島信夫最後の小説である『残光』にも貫かれているが、ここでは、妻は既に施設に預けられており、家庭生活のうえでの〝ドラマ〟はずっと後退している。だが、その分だけ、老作家の内部でのドラマの比重は大きくなっていると言えよう。主人公は、あたかもこれまでの作家生活を総括するかのように自身の過去の作品を次々に呼び出しては長い引用を重ねている。だが、そういう流れに並行して描き出されてゆく現在がすごい、としか言いようがない。少し引用が長くなるが、まずは次のようなところを是非読んで、また想像してほしい。

……その大谷石という名前さえ彼は忘れてしまっていた。ぼくは今日はダメだ。ぼくもダメだ。眼だけでなくアタマもダメになったみたいだなあ、あした朝思い出せなかったらどうしよう、この原稿が書き続けられるかな！

ここでボクの眼はいよいよカスンできて紙に書いていることは分かっているが、さっきから、書いている字が読めない。しばらくベッドに横になって眼を休めることにする。今ボクは、トークの会場にいるのか、トークは一月も二月も三月も前のことで、二、三日前にあのときのＣＤを届けてくれた……

とにかくしばらくお待ち下さい。ちょっと一休みしますから。今は、全く見えない。部屋も世の中も全く見えない。「山崎さん、そこにいるかい？　ボクが倒れたら一一〇番をたのみます！」

眼をさまして眼の方はあいかわらずだが、いくらか元気になった。さっきの続きになるかどうか分からないが、保坂さんは『小説修行』の中でぼくのことをどういっているのかというと……

小島信夫はこの『残光』が出版された翌年、平成一八年一〇月二九日に九一歳で逝去したが、小説『残光』は単行本となる前年、雑誌「新潮」に一年間連載された。そのとき、つまり右に引いたような文章を書き続けているとき、作者は九〇歳になっていた。

小説を書きながら、そこに記すべき固有名詞を忘れ、「あした朝思いだせなかったらどうしよう」と不安になっている。そして「この原稿が書きつづけられるかな」と、まるで自分の生命を測るような心理状態に追い込まれている。この二重性に注意してほしい。言い換えると、彼は今確かに小説を書いているのだが、それと同時にその小説・原稿が書き続けられるどうかという不安や老耄の現実をもそこに書きこんでいるわけで、こんな小説はまず他に例がないであろう。

先には辻潤『小説』の、「小説を書くことの自意識自体を小説にしている」、奇妙な、開き直ったともいえる〝小説〟の例を見た。しかしそこにはまだどこか遊びがあり、もっと言えば自分の実験的な試みへの、作者のしたり顔さえ見えた。それに対して小島信夫の『残光』には、同じように「小説を書くことの自意識自体を小説にして」いながら、そこには遊び精神などないし、逆に自分の姿勢への自負も衒いもないのだ。この書き手は、今の命のぎりぎりの営みを追い詰めている作者・主人公の実験を、もう一つ冷静に追いかけて、あくまでも客観的である。ここでは、生きる意味も書く意味も、何か人間を超えた大きなものに預けてしまって、その大きなものの促しによって書く機械に徹している、そんな迫力だけが浮かび上がっている。

小島信夫が自分の小説のなかに、それを書きつつある作者自身の現在時を織り込むのは、遡れば『別れる理由』（昭和四三年一月〜五六年八月）の後半あたりから始めた特異な手法であるが、近年はそれがどんどん尖鋭化してきて、ここに見てきたような、私小説のなかでも際立って型破りな、独特なスタイルを作り上げてきた。しかしそれらも、作者がまだ壮健で活躍していたときと、著者の年齢が進んで九〇歳ともなれば自ずからこれまでとは違った意味や影を帯びてくることも必然のなりゆきであったろう。ここでは、著者自身のその現在時が、記憶も視力も体力も衰えて、それを書くこと自体が危うくなっている、いわば生命の存続そのものの、ぎりぎりの現在時を、なお小説に書き込んでゆこうとしているわけだ。そこに作者の執念のようなものを感じざるを得ないし、その凄絶な姿に小説家、表現者のゴウのようなものさえ思わざるを得ない。そしてそういうところに、小島信夫の、いわゆる老年の文学としての、他に例のない特色がある。

次は小島信夫について書いた大庭みな子『風紋』（平成一九年一〇月）からの引用である。

> 生涯人間のことを考え続け、人間の心理の不思議さに捉えられ、その心の動きの妖しさを追い続ける態度は世俗を超越して、ある意味では読者など眼中にはない傲岸さも備えながら、ひたすら彼独自の文学を追い続けた。その航跡が彼の作品群であり、彼は小説を書こうと思って書いたのでは

なく、思い続けたことを書いたのが小説になったに過ぎないというべきであろう。

小島信夫の仕事についてまことに的確なことばだと思うが、この一編の冒頭は、「この作品が雑誌に載るころはいったいどういう状態になっているのだろうか。小島信夫が倒れたという報せに大庭みな子は狼狽している」という二行から始まっている。この雑誌「群像」一〇月号が出たのは九月の初めだから、時間的にはかろうじて小島信夫の眼に触れ得たことになるが、しかしむろん、そのころは既に活字を見るような状態ではなかった。そして、一カ月後、の一〇月二六日、小島信夫は逝去した。一二月二六日に東京会館で行われた「お別れの会」には、大庭みな子は車椅子で出席、付き添った夫君利雄氏が追悼文を代読されたが、しかしそれから約半年後の平成一九年五月二四日、まるで小島信夫の後を追ったように大庭みな子自身もこの世を去った。享年七八。

だからこの文章は大庭みな子の小説としては絶筆（脳梗塞で倒れてから後七年くらいは全て利雄氏による口述筆記であったが）と言ってよいものだが、それがまた不思議な迫力に満ちている。大筋は敬愛親炙した小島信夫との四〇年に近い交友を述べ、彼の人と作品について語ったものだが、そういう間には、「ナコは実際には一人で歩けもしないくせに走って行って信さに抱きついてキスしたかった。信さがまだ元気なころには何回も信さと抱きつけるほど近くに立って、キスできるほどの近さだったのに一度もそんなことをしなかったことが心残りに思われて……」といった具合なのだ。まるで幼児に還ったような奔放純朴さだが、大庭みな子は、行動としては抑制が働いたのであろうが、心としてはこういうものだったというわけである。そして、小島信夫は、人間のそうした自然をいつでも受け入れ、認めてくれる人だった、というのが大庭みな子の小島信夫論なのである。ここで、小島信夫の小説の破格さを言う大庭みな子の文章自体が型破りなスタイル、既に小説か随筆かといった区分や枠組みなど放り出してしまったかのようであるのも面白い。

話を小島信夫に戻すと、『残光』は引用に示したように、自分の老耄状態を書いているが、この小説自体はそういうことを物語ろうとも訴えようともしているわけではない。とくに何の話だと言えるようなまとまった筋はないが、強いて言えば、平成一七年一月から七月半ばまでの作者、ボクでありコジマ氏であり、小島信夫である人物の身辺のこと、記憶を失ってゆく妻の入院のこと、七月にあった書店の「トーク・イベント」で保坂和志と話したこと、そこで保坂和志が類例のない小島作品の面白さとして取り上げた『寓話』や『菅野満子の手紙』『美濃』などを主とした自作にまつわるあれこれ――まさにあれこれとしか言いようのない、解説でも回想でもないあれこれの思いを綴っている。こうした、いわば中心のない、書いている人のその時々の延び広がって行く意識の流れを、流れるままに記述してゆくスタイルは、保坂和志も言っているように、小説としては「絶対に要約不可能」と言ってよいものだが、そのことによって、まさに一人の、しかも作家として長い歴史を経てきた男の深層をリアルに浮かび上がらせているわけだ。それは、口当たりの良い物語はおろか、起承転結式な構成も作らないから、何にせよ小説にお話を求める読者にはいかにも取りとめのない、老人の呟きにしか見えない。大庭みな子が言った、「ある意味で読者など眼中にない傲岸さ」と受け取られても仕方がないが、しかしまた、見方を変えればこれほど「人間の心理の不思議さ」「心の働きの妖しさ」に迫った作品は世界にも珍しく、そのことに気付いた読者には、まさに他に例のない面白さ、人間というものの表現なのである。

『残光』とはそんな小説である。それは、たとえれば溺れている人が、そのうえでなお自分の溺れている状態を冷静に観察し、報告しているような小説だと言ってもよい。先に引用したところには、「ぼくは今日はだめだ。ぼくもダメだ」と、一見誤植かと思われるような不思議な表現があるが、これも強いて説明して見れば、生きている「ぼく」と、これを書いている「ぼく」との、二重の働きを持つコジマ氏をそのまま提示しようとしているのであろう。ただ念のために断っておけば、この、一種患者自身による臨床報告のような小説スタイルが、それが作者が病んだがために、老いたがために結果としてそうなったのではなく、作者が早くからこうした自己ドキュメンタリーのスタイルを作り練り上げてきたからこそ、今九〇歳になっても、その九〇歳の妖態を捉え、描くことができたのだということである。

小島信夫のこうした方法が、四千枚の長篇小説である『別れる理由』の後半くらいから見られることは前にも言ったが、そこでは、たとえば締め切りが迫って、原稿をとりに来る編集者の靴音がしたり、あるいは主人公が作者に電話をかけてきて、当の小説について苦言を呈したりする、そんな無法さが行われていた。今ならば、作中人物が突然作者のいる現実世界に割り込んできて作者に働きかけたりする、「小説の審級」などという理論もあるから、これらを簡単に説明する人もあるだろうが、『別れる理由』連載当時には作者の独善的な遊びだとしか理解されなかったのである。『残光』の「あとがき」にも記されているが、同業者からも「あれはいけないよ」「どうしてあんなものを書くことになったの」といった反応ばかりだったという。

しかし、そうした無法奇怪な小説の意味や力を案外早くから認めていたのが三島由紀夫だったろう、というのが千石英世の説である。三島由紀夫のエッセー『小説とは何か』(昭和五〇年)に、水族館で見た巨大で醜怪なミナミ象アザラシに擬えて、「ただ存在してゐるだけで十分満たしてゐる意外性の条件、存在の無意味と生の完全な自己満足との幸福な結合との提示、人に存在の不条理について考えさせる力、情熱の拒絶とものうげな自負、そして全体に漂ふ何ともいへない愛すべき滑稽さ」、世のなかにそんな小説、「傑作」の有ることを認めた一節があって、これは、それと名指してこそいないが、当時連載中であった『別れる理由』を意識した文章に違いない、と千石英世は指摘している(平成一九年一一月、講演)。まことに卓見で、私は大いに共感したのである。小説は検事調書のようなものだと言い、自分は最後の一行が決まってから書き始めるとまで言った三島由紀夫には、小島信夫が書くような、書いている本人にさえ次のページの予測がつかないような小説作法は、まずあり得ないことであっただろう。まさに「グロテスク」以外の何物でもなかったに違いない。しかし、およそ異質、対照的な作家であったがゆえに、反って敵の本当の姿、実力を三島由紀夫はいち早く見抜いていたのかもしれない。三島由紀夫から小島信夫が見え、小島信夫から三島由紀夫が見えるなと、千石英世の話を聞きながら、私は思ったのである。

その三島由紀夫は、四五歳で自身の生に自ら結末をつけて終えたが、それから三五年後、三島由紀夫のちょうど倍の歳を生きた小島信夫は、彼の流儀に従って、最後まで「ウソくさい」結末などつけない小説を書き続けて死んだのである。そうして、数は決して多いとは言えないにしても、彼の「パイロット」的な仕事について理解し、支持する人たちが確実に増えてきている。

おわりに

私小説は、短歌俳句と同じように、日本の民族文学なのだ、というのが私の結論である。

だが、そう言ってみれば、まず、他国に類例のない短歌俳句については誰にも異存はないであろうが、小説についてはそうはいかない。小説は、その実質についての議論はしばらく措くとしても、少なくともその様式や概念は明治になってヨーロッパから入ってきたものだからだ。何が民族、どこが国産だ、ということになる。それはそのとおりだが、その輸入されたノベルをたちまち消化し改良して、自分たちの身丈に合った、生理、情感、思念に合った、自分たち用のノベルをつくりあげてしまった、それが私小説なのだ。

では、その文学における身丈、生理や情感思念とは何なのか、それは何処からきたのか。そう考えて私は、日本の日記を、随筆を、短歌俳句を見直し、考え直さなければならなかった。千年余も続いて来たこれらのなかに日本の文学の基本的な性格があるに違いないからだ。

そうして辿ってみて、日本の文学をつくってきた根柢に日本語そのものの性格があるという事実にも思いいたった。日本語が日本の文学をつくっている、この当たり前な事実は、当たり前すぎて誰も意識も追究もしないが、本当は、日本語は日本文学をつくっているばかりではない、そのもうひとつ前、日本語を生きる民族の基本の思念を、情感を、日本人の自我を、日本の社会を、つまり日本の文化全般を性格づけているのだ。結局、私小説を考えることは日本人を考えることに他ならなかったのだ。

そのことが、はたして分かっていただけたかどうか、説得ができたかどうか分からないが、この一冊は、そういうことを知った人間の驚きとその報告だと読んで下されば幸である。

明治開国以来、日本の文化は何事につけても、伝統的な価値観と新来の西洋近代の価値観とのダブルスタンダード、二重基準を持つことになった。人々は洋服で働き、和服で寛ぐような生活を余儀なくされてきたが、それを案外素直に、また器用に受け入れてきたのも事実だ。それはそれとしていかにも日本人らしいこと、日本語が日々涵養している日本的自我に相応しいことなのだ。だから、一方には、習い覚えた西洋ノベルのスタンダードを後生大事に守って小説を書く人たちもたくさんいるが、しかし一方、たとえばずっと昔、漢文を取り込んで美しい、格調高い漢文脈、新しい和漢混交文をも作り上げてきたのも日本人なのだ。そういう才能は当然、西洋文学に対しても発揮されて、和洋混交の新しい、繊細な文学も作り上げて、それがつまり私小説なのだ。どこが「和」なのかと言えば、ここが大事なところなのだが、文学観において「和」なのだ。だから私小説は、永い歴史のある民族文学、短歌俳句、日記随筆の文学観とも齟齬しない、共生できる、新しい民族文学なのだ。そして付け加えておけば、民族文学なのだから、それを優れているの劣っているのと議論してもはじまらない。折角つくった和洋混淆文学を、いつまでも洋式基準で測ろうとするのは間違いだ。

＊

本書のⅠ部は、もと「季刊文科」五一号（平成二三年二月）から六〇号（二五年九月）まで、「私小説をめぐる断章」として連載してきたものを中心にしている。Ⅱ部は、若い人たちと出した雑誌「私小説研究」（平成一二年三月〜二一年三月、一〇冊）に「私小説論ノート」として載せたものから、紙数の都合で三編を選んだ。他に、冒頭の「はじめに」は、もと「私小説をめぐって」として「現代文学研究」二〇号（平成二六年六月）に載せたもの、Ⅱ部の「生きる『私』と書く『私』」は、もと「小島信夫　九〇歳の前衛——現在進行形小説のリアリティ」として『老いの愉楽　老人文学の魅力』（平成二〇年九月、東京堂出版）に載せたものに、それぞれ多少の手を入れた。

表題は、私としては思考の到達点から反照して「日本語にとって『私小説』とは何か」というあたりを想定していたが、本書担当の編集者・堀郁夫氏からの提案があり、それに従うこととした。堀氏は、我々「私小説研究会」の仕事である「コレクション　私小説の冒険」シリーズの『貧者の誇り』（平成二五年一〇月）、『虚実の戯れ』（同一一月）の二冊、および『私小説ハンドブック』（平成二六年三月）その他、我々の仕事に理解と同情をもって付き合ってくれている希少貴重な編集者である。

平成二六年一一月

杉田這虎洞にて　勝又　浩

人名索引

書名索引

【か】

【さ】

【た】

【な】

【は】

【ま】

【や】

【ら】

【わ】

【著者略歴】

勝又　浩（かつまた・ひろし）

1938年横浜市生まれ。文芸評論家。法政大学文学部名誉教授。『文学界』『季刊文科』『三田文学』などで同人雑誌評を担当してきた。「我を求めて――中島敦による私小説論の試み」で第17回群像新人文学賞評論部門、『中島敦の遍歴』で第13回やまなし文学賞研究・評論部門を受賞。著書に、『引用する精神』（筑摩書房、2003）、『「鐘の鳴る丘」世代とアメリカ』（白水社、2012）など多数。

私小説千年史《わたくししょうせつせんねんし》

日記文学《にっきぶんがく》**から近代文学**《きんだいぶんがく》**まで**

2015年1月30日　初版発行

著　者　勝又　浩

発行者　池嶋洋次

発行所　勉誠出版 株式会社

〒101-0051　東京都千代田区神田神保町3-10-2

TEL：(03)5215-9021(代)　FAX：(03)5215-9025

〈出版詳細情報〉http://bensei.jp/

印刷　太平印刷社

製本　大口製本印刷株式会社

装丁　宗利淳一

ISBN 978-4-585-29082-7　C1095